將軍別鬧

2

果九 著

風文創 620

風文創 620

目錄

第二十九章　初吻

于掌櫃成親那天，麥穗沒去，她大姨媽來了。

她來到這裡已經好幾個月，這身子卻一直沒來月事，她幾乎都要忘了女人這一個月一次的麻煩事。沒想到，如今久未露面的大姨媽卻不期而至。

她不好意思跟蕭景田說這些，就說自己肚子疼，不舒服。

蕭景田只當她不願意去，也沒說什麼，便獨自起身出門。

蕭宗海不願去湊熱鬧，扛著鋤頭就去了田裡。

丈夫沒去，孟氏當然不會去，她也不讓蕭芸娘去湊熱鬧，畢竟尚未出閣的女子頻頻外出，可是會讓人笑話的。

蕭芸娘對此很不滿，她其實很想跟著去的。

正巧蕭福田和沈氏也接到請帖，蕭芸娘便好說歹說地央求母親讓大哥、大嫂帶她一起去。孟氏拗不過她，只得依她，並再三囑咐沈氏，務必別讓她亂跑。

「小姑又不是小孩子，還能跑丟了不成？」沈氏翻著白眼道。「你娘就是太慣著她了，都要說婆家的人，還把她當小孩子看。」

蕭福田只是訕訕地笑。

他總不能幫著媳婦，說他娘和妹妹的不是吧！

蕭芸娘很興奮，打扮得花枝招展，親親熱熱地挽著沈氏的胳膊，有說有笑地出門了。

「媳婦，妳好些了沒有？」孟氏見麥穗在屋裡翻箱倒櫃地找東西，忙問道：「妳找什麼呢？」

箱子裡沒有半塊碎布，麥穗很沮喪，尷尬道：「娘，我那個……癸水來了，您看能不能給我些碎布用一用。」

「媳婦，妳是第一次來癸水？」孟氏很驚訝，按照這裡的風俗，沒有來過癸水的女子是不能談婚論嫁的。

麥穗紅著臉點點頭。她在這方面當然是有經驗的，只是這裡沒有衛生棉之類的用品，讓她有些不知所措。

「妳等著，我去拿芸娘用的那些棉布給妳。」孟氏暗暗責怪麥三全一家太不地道，若是女子癸水未至就談婚論嫁，娘家事先都會跟婆家講明這一點，這樣婆家就會為新娘單獨準備一間屋子住著，等到她初次癸水過後，再擇日安排小倆口圓房。

都說跟沒來癸水的女子圓房，那就是禽獸不如，男人會遭雷劈的！

自從這媳婦嫁進來，她就一直希望媳婦儘快給他們家生個一男半女，卻不承想，媳婦卻是個還未長成的女娃娃。

天哪，幸好兒子還沒有跟媳婦圓房，要不然，真的遭雷劈該怎麼辦？

孟氏一邊想著，一邊著急地要去取棉布。

「娘，棉布不能共用的。」麥穗聽說孟氏要拿小姑子的給她，很是驚悚。

「妳想到哪裡去了？我當然是拿芸娘沒用過的給妳了。」孟氏愣了一下，又道：「但凡家裡有女兒的，這些東西都是多備的，妳放心，夠妳用的。這些日子，妳哪裡都不要去，安心在家裡待著，記得千萬不要碰冷水，妳這是第一次來癸水，可不能傷了身子。」

她還指望媳婦給她生孫子呢！

待收拾妥當後，麥穗心安理得地坐在炕上織起漁網。她問過姜孟氏，捕海娃娃魚得用大眼漁網，還得特別大的那種，她必須提前準備好才行。做漁夫的女人就是這樣，每天都有織不完的漁網、搓不完的麻繩。

孟氏做好飯菜後，體貼地為麥穗端到炕上，陪她吃完飯後，又麻利地收拾碗筷，還幫她倒了加了紅糖的熱水，說是喝點紅糖水，肚子會舒服一些。

麥穗喝著紅糖水，很是感動，順便拍了拍婆婆的馬屁。「娘，您對我真好。」

「妳是我媳婦，我當然得對妳好。」聽麥穗這麼一說，孟氏反倒有些不好意思，她搓搓衣角，如實道：「娘就盼著妳身子好好的，能早點給咱們景田生下一兒半女。景田也不小了，村裡像他這麼大歲數的，孩子都已經滿院子亂跑了。」

麥穗低頭不語。

她承認她對蕭大叔也有些好感，但這不代表蕭大叔也喜歡她啊……雖然這些日子兩人的關係日益改善，漸漸融洽，可畢竟還沒有好到要生孩子的地步吧！

她覺得她跟蕭大叔之間依然隔著千山萬水，兩人雖然離得近，卻總是在遙望，看不透彼此的心思。

別的不說，蕭景田的過去就是個謎。

很顯然的，他並不想告訴她，關於他的謎底。

「我知道這些日子裡，妳受委屈了。」孟氏字字斟酌，開口替兒子圓場，鄭重道：「其實景田也不是不喜歡妳，而是妳一直沒來癸水，他不能碰妳的。如今妳的癸水既然來了，那就是大人了，等再過七、八天，妳的癸水過去，我馬上跟他說，讓他早點跟妳圓房。」

「娘，咱們的事情就不用您操心了，我……」麥穗一時不知該說什麼好了。

哪裡有地洞啊？她好想鑽進去！難道古代的婆婆還能掌控兒子和媳婦的房裡事嗎？太恐怖了有沒有？

「我是景田的親娘，你們的事情我哪能不操心？」孟氏不依不饒地道：「再說了，哪有成親還不圓房的道理，回頭我再跟景田好好說一說這事。」

「哎呀，娘，這事您就不用管了。」麥穗羞愧難當道。「咱們自己的事情，自己處理就好。」

就算蕭景田願意，她現在也還不能接受啊……要兩個還不算熟悉的人裸裎相見，也太強人所難了吧……

孟氏見媳婦害羞了，也不好再說什麼，隨意閒聊幾句，便抱著籮筐回了屋。

夜裡蕭景田回來的時候，已經有些晚了。

姜孟氏正坐在炕上跟麥穗閒聊，聞見他身上帶著一股酒味，笑道：「景田，聽說你去喝于掌櫃的喜酒了？怎麼，沒喝醉吧？」

「妳看我像喝醉的樣子嗎？」蕭景田淡淡一笑，看了麥穗一眼，便拿著布巾出屋，去井邊提水洗漱。

「景田還是一樣這麼愛乾淨。」姜孟氏戳了麥穗一下，笑道：「像景田這樣的男人，十里八鄉也找不出幾個來，妳得知足喔！」

「看表姊說的，我哪裡不知足了？」麥穗淺笑道：「我若不知足，還能坐在妳面前織網嗎？」

若是不知足，她肯定拔腿就跑了，古代這麼大，還不信沒有她的容身之處了。

「既然知足，得趕緊給咱們景田懷個孩子，好好過日子。」姜孟氏掩嘴道。「我家狗子跟二丫的婚事定在年底，你們可得抓緊，要不然狗子的孩子說不定就搶在你們前頭了。」

「表姊，妳看妳又來了。」麥穗都要懷疑是婆婆讓姜孟氏過來提醒她的了……

難道她跟蕭景田圓不圓房，已經變成全民關注的焦點了？

「看妳煩的。」姜孟氏收拾起籮筐，笑道：「你們趕緊休息，我不在這裡礙眼了。」

蕭景田洗漱完畢走進來，見姜孟氏要走，笑道：「表姊再坐一會兒吧，怎麼我一回來，妳就要走呢？」

「天色不早，我也該回去了。」姜孟氏揶揄地笑了笑，抬腿走了出去。

「歇息吧。」蕭景田脫鞋上炕，見麥穗還在擺弄網線，便索性上前收拾起來，沈聲道：

「以後再弄吧。」

他身上的酒味淡了許多，平添幾分淡淡的皂角清香。想到孟氏和姜孟氏輪番轟炸她的那些話，麥穗都有些不好意思看他了。

炕上鋪的褥子是連在一起的，被子則是兩條，平日裡他們兩人是各蓋各的被子。

麥穗先下炕洗漱去了，蕭景田便在炕上有條不紊地鋪被褥。

待麥穗回來的時候，驚訝地發現兩人的被子挨得很近，枕頭也挨得很近，難不成是婆婆跟他說了什麼嗎？

麥穗紅了臉，匆匆脫了外衣，躺進被窩，悄然把枕頭往另一頭扯了扯。

蕭景田也進了旁邊的被窩，窸窸窣窣地脫了衣裳，熄了燈。

屋裡一片漆黑。

兩人頭一次靠得這麼近，雖然沒說一句話，氣氛卻異常曖昧。

「妳好點了嗎？」暗夜裡，蕭景田率先打破沈默，開口問道。

「好多了。」麥穗輕聲答道。

他身上清清淺淺的氣息將她層層包裹，她心跳個不停，有種幾近窒息的感覺。

不容她多想，他的手突然伸進她的被窩裡，在她腰間輕輕摩挲幾下，低聲道：「麥穗，妳願意跟我一起過日子嗎？」上次沒聽見她的回答，他決定再好好地問一次。

「怎麼這麼問？」麥穗被他這麼一摸，整個人嚇得一動也不敢動。被他粗礪的大手撫摸過的腰間，驚起一片酥麻，隔著一層薄薄的裡衣，她真切地感受到他掌心的炙熱。

「妳只需要回答願意還是不願意。」蕭景田支起身子，俯身看著她，大手卻依然停留在她腰間，另一隻胳膊則放在她的頭上，姿勢要說有多曖昧，就有多曖昧。他像是一隻潛伏在暗夜裡、準備隨時出擊捕獲獵物的野獸。

「我、我願意……」麥穗咬咬唇，紅著臉聲如蚊蚋地答道。

她越想越覺得羞愧難當，索性拽過被子蒙住頭。不想，她身上的棉被，卻一下子就被扯開了。

隨之她整個人便被一個炙熱高大的身軀迅速壓在身下，接著男人微涼的唇肆無忌憚地吻住她。他舌尖上一絲絲的酒香纏繞在她的唇齒間，他的吻太過用力、太過突然，幾乎讓她喘不過氣來。

她紅著臉，用力推著他結實的胸膛，喘息道：「景田、蕭景田，你快停下。」

她說的願意不是這個願意好嗎？難道男人都是用下半身思考的生物？

男人正在興頭上，自然不會因為女人的阻攔而停下，感受著她的綿軟，他只覺得全身上下的血液都迅速朝下半身湧去，腰間的慾望昂揚地叫囂起來。他喘著粗氣，再一次吻上她粉嫩的唇瓣，兩隻大手不安分地在她胸前摩挲，急急地扯著她的扣子。

麥穗手忙腳亂地抓住他的手，小臉酡紅道：「景田，今天不行……真的不行！」

「怎麼？妳不願意？」蕭景田聽她這樣說，馬上停下來，沈聲道：「妳不是說願意跟我過日子嗎？」既然她願意，那做這種事也是理所當然的吧?!

這些日子相處下來，他心裡早已慢慢接受她是他媳婦的事實，既然是夫妻，他並不覺得他現在要做的事有何不妥。

「我、我當然是願意的，只是今天不行。」麥穗紅著臉道：「我、我身子不方便。」真是好險，要不是因為大姨媽，她都不知道該怎麼拒絕他。原來這遲遲不來的大姨媽，是來替她保駕的啊！

「妳不是說好多了嗎？」蕭景田見她這樣說，自然也不好再進行下一步動作，索性收回手，皺眉問道：「還是妳心裡其實是不願意做我媳婦的？」

若是不願意，他自然不會勉強。

「不是，是我那個來了。」藉著窗外透進來斑斑點點的月光，她見他一頭霧水的樣子，便鼓起勇氣道：「就是、就是女人每個月都會來的月事，你知道吧？」

她不確定萬能的蕭大叔知不知道這些事，若是不知道，她豈不是還得給他好好上一堂健康教育課……

蕭景田這才徹底鬆手，身下的慾望也隨之冷了下來，他皺皺眉，體貼地給她往上拽了拽被子。「對不起，是我衝動了。」

「沒事的，是我一開始沒告訴你。」麥穗不好意思看他，只是躲在被窩裡，把被他扯開的扣子一一扣好。想起他剛才的狂吻，她又忍不住蒙住頭，真是沒臉見人了。

「睡吧。」蕭景田伸手揉了揉她的頭髮，低聲道：「我明天要出趟遠海，估計得七、八天才能回來。」

「嗯，我等你回來。」麥穗輕聲應道。

「這可是妳說的。」蕭景田輕咳一聲，伸手摸摸她的臉，輕聲道：「等著我回來。」他的聲音分外輕柔，像羽毛撩撥在她的耳邊一般，癢癢的、麻麻的。

麥穗的臉又紅起來，躲在被窩裡點頭道：「好。」

第二天，兩人早早起身。他們想到昨晚的事，忽然都有些尷尬，因此也沒有看對方一眼。

麥穗照例又做了一疊蔥花脂油餅讓蕭景田帶在船上吃，又想起婆婆前幾天還醃了一些蘿蔔乾，便又去取出來倒進布袋裡，連同蔥花餅一起包起來。

蕭景田有條不紊地收拾自己的衣裳，見麥穗忙裡忙外地替他準備吃食，心裡頓時湧起一陣感動，情不自禁地伸手從背後環住她纖細的腰身，輕聲道：「辛苦妳了。」

不得不承認，身邊有個媳婦是件很不錯的事。奇怪了，他以前怎麼會那麼排斥她？

「哪有，你才是最辛苦的那一個。」麥穗笑了笑，禁不住又紅了臉。不知從什麼時候開始，他跟她竟是如此親密了。

「景田，這麼早就要出發了啊？」窗外傳來孟氏的聲音。

「是啊，今天是早潮，又要出遠海，我得出去個幾天。」蕭景田這才鬆開她，提起包袱和泥罐出了門。

麥穗也跟著起身，打算送一送他。

「你說你出遠海，也不告訴我一聲，我也好給你準備、準備。」孟氏跟在兒子身後埋怨道。

「這不都準備好了嘛。」蕭景田揚揚手裡的包袱，衝著婆媳倆笑了笑，道：「妳們都回去吧。」

「千萬當心些，早點回來。」孟氏囑咐道。

「知道了，快回去吧。」蕭景田回頭看了看麥穗，淡淡一笑，轉身大踏步離去。

兩天後，夜裡突然颳起大風，吹得窗戶上的白麻紙嘩啦啦地響。

麥穗躺在被窩裡，聽見外面傳來的風聲，心裡不禁替蕭景田捏了一把冷汗。這麼大的風，那船在海上還不知道怎麼難行呢！

正想著，突然聽見外面傳來「砰、砰」的敲門聲。「爹、娘，快開門！」

「來了、來了。」蕭宗海披了外衣出來開門，見是蕭貴田，嚇了一跳。「三更半夜的，這是出了什麼事嗎？」

「爹，你快去海邊看看吧，跟老三一起出海的那些人回來了。」蕭貴田走得太急，上氣不接下氣地道：「他們在海上碰到了海蠻子，唯獨咱們家老三沒回來。」

「什麼？就老三沒回來？」蕭宗海腦袋「嗡」的一聲響，撒腿就往海邊跑。

麥穗在房裡聽見這個消息，心裡一沈，趕緊起身去找婆婆，兩人也一起去了海邊。

第三十章 出事了

海邊一片嘈雜。

出海歸來的漁民們情緒很激動，有的甚至抱著前來迎接他們的家人不放，喃喃道：「差點就見不到你們了，這不是作夢吧……」

見到蕭宗海和蕭貴田，他們又湧上來，將父子倆團團圍住，七嘴八舌道：「咱們這次跑得是有些遠，去到了齊州地界北面的那個暗礁島，景田會看潮水，咱們在那裡撒網，很快地網到魚就裝滿了船，而且還把一些魚拿去暗礁島賣了。」

「然後咱們便開始返航，想著還要去千崖島附近撒個幾網。本來一切都挺順利的，可不想剛到千崖島那邊，就碰到了海蠻子。」

「他們的船比景田的船還要大，而且有十幾個人，叫喚著讓咱們把貨物和銀子留下。當時風浪很大，他們的船又橫衝直撞的，再加上咱們船上有魚，本身吃水就重，根本無力反擊。」

「幸好景田反應快，大聲喊著讓咱們分散開先走，他卻一個人划船迎上去，攔住海蠻子的船。」

「景田到現在還沒回來，咱們懷疑那些海蠻子劫了景田的船，還把他也給帶走了。」

麥穗站在人群外，聽著漁民們的話，只覺得兩腿發軟。

蕭景田掩護了所有漁船，他自己卻被海蠻子抓去了？

她覺得她的心像是瞬間跌進無底深淵般。他是那麼自信、沈穩，彷彿沒有什麼事情是他解決不了的。可如今，卻唯獨他出了事……

孟氏得知事情的經過，忍不住抱著麥穗大哭起來。麥穗也跟著紅了眼圈，婆媳倆相擁而泣。

蕭宗海長嘆一聲，抱頭蹲在沙灘上，沈默不語。

「爹、娘，你們都不要傷心了。」蕭貴田安慰道。「那些海蠻子也沒啥可怕的，上次我還不是平平安安地回來了。」

「景田跟你不一樣。」蕭宗海嘆道：「你那次是人多，又是龍霸天的人，後來是龍霸天找了總兵府出面，才把你們給贖回來的。景田這次是一個人，我想總兵府是不會為了他一個人出面的。」

「那、那怎麼辦？」蕭貴田想想也是，如果不是看在龍霸天的面子上，他哪能這麼順利地回來。

「小六子呢？」蕭宗海突然問道。

「小六子也在景田的船上呢！」姜木魚低頭站在蕭宗海身後，哭喪著臉道：「姑父，當時情況緊急，景田一個勁兒地吼著讓咱們趕緊走，咱們也是沒辦法，不是不管他。」

「我知道景田的脾氣，他那麼做也對。」蕭宗海看了看滿身狼狽的姜木魚，拍拍他的肩頭，沈聲道：「快回去歇一歇吧，我在這裡等等看景田。」

海邊頓時沈默了。

漁民們不約而同地在沙灘上坐下來，誰也沒有離去，任憑不斷湧過來的海水打濕他們的褲腳。

這片帶給他們希望的大海，也帶給他們噩夢般的回憶。

「你們大家都回吧！」蕭宗海有氣無力地道。

眾人依然紋絲不動。

他們當然理解蕭家人此時的心情，要不是蕭景田，現在站在海邊哭的人，就是他們的父母妻兒了。

「爹，咱們還是回去吧，您不回去，他們是不會回去的。」蕭福田不知道什麼時候聞訊而來，他挽起蕭宗海的胳膊，嘆道：「景田怎麼說也比咱們這些人機靈，肯定會沒事的。等明日一早，我就帶幾個人再去千崖島找找看。」

「就是啊，爹，咱們回去吧。」蕭貴田也上前安慰道：「若是景田真的被劫，那些海蠻子肯定會要求贖金的，等他們來信，咱們再商議。」

蕭宗海這才慢慢起身，領著一家人上了堤岸，一聲不吭地回了家。

牛五聽說此事後，自告奮勇地要跟蕭福田一起去找人，卻被蕭宗海攔住。「人尋人，最是心焦，別到時候景田沒事，你們倆卻有個什麼三長兩短。都別去了，我信景田，他會很快回來的。」

「爹，那咱們就這麼等著嗎？」蕭福田皺眉問道。

「當然不是。」蕭宗海嚴肅道：「景田畢竟是在海上出了事，得讓官府知道才是。」

蕭貴田自告奮勇，馬上去衙門報官。

沒想到許知縣只是打著哈哈說「知道了」，還說會儘快上報總兵府，便將蕭貴田給打發走了。

龍霸天恰巧也在縣衙，得知此事後，冷笑道：「蕭景田不肯為我所用，如今他自己被海蠻子抓去，是他自己倒楣。我倒要看看，他有什麼本事回得來。我要讓他知道，在魚嘴村，要是沒有我龍霸天的照拂，是很難混下去的！」

「那是！這個蕭景田平日連我都不放在眼裡，我豈會真心幫他？」許知縣蹺著二郎腿，不以為然道：「再說那總兵府也不是誰想進就能進的地方，若是沒有一些財物孝敬，怕是連門也進不去。」

「那咱們就看看他會如何脫身吧。」龍霸天站在窗前，負手而立道：「反正我的船已經跟那些海蠻子打過招呼，也不怕再被他們打劫了。蕭景田這個人，我確實是用不著了。那些漁民們如果識趣，入了我的門下，自然有他們的好處，若是他們跟蕭景田一樣不識抬舉，那蕭景田此刻的下場就是他們最好的警惕，除非他們往後都不想出海了。」

「等我找機會會提點他們一下，我不信他們都是木頭腦袋。」許知縣意味深長道：「得讓那些漁民知道，光幹活是不夠的，必須找個靠山才有活路。」

五天過去了，蕭景田還是一點消息都沒有。

孟氏再也坐不住了，便拉著麥穗出門，讓她陪自己去一趟村東頭的狐大仙家。

婆媳倆剛出了胡同，就看見小六子正匆匆朝她們走來。「嬸子、三嫂，妳們要去哪裡？我正要去家裡找妳們呢。」

「小六子，你三哥回來了？」麥穗又驚又喜地上前問道：「他怎麼樣了？」

孟氏也喜出望外地迎上前去。

這狐大仙也太靈了吧？她都還沒來得及開口，就替她把事情解決了啊！

「三嫂，妳放心，三哥沒事的。」小六子笑道。「三哥讓我回來接妳跟嬸子呢。」

「接咱們？」麥穗愣了，忙問道：「他現在在哪裡？」

「三哥現在在暗礁島，我和三哥撈了好多海娃娃魚呢。」小六子興奮道。「三哥讓我來接妳們過去，就是想讓妳們幫著曬海娃娃魚的。」

「走、走、走，有什麼話，咱們回家再說。」孟氏一聽到蕭景田沒事，忙高興地招呼小六子回家去。

原來，那天蕭景田領著船隊往回走，的確碰到了海蠻子。

但蕭景田在掩護村民走了以後，還沒來得及和海蠻子過招，海上便起了大風，那些海蠻子都自顧不暇，哪裡還顧得上搶劫他們？

他們的船在海上顛簸了大半夜，一路被吹到暗礁島，而那些海蠻子卻被吹得不知去向。

本來打算天亮後就回村的，蕭景田卻發現這暗礁島周圍的海娃娃魚突然變得多了起來，索性冒著風浪在附近撈了好幾天的海娃娃魚。待風浪停了，他才讓小六子回來報平安，順便讓他把孟氏和麥穗接過去幫忙曬海娃娃魚。

「小六子，你說你三哥撈了不少海娃娃魚嗎？」麥穗頓感意外。

不是說遇到海蠻子了嗎？怎麼又突然撈魚去了？

「對，咱們撈了不少呢！」小六子嘿嘿笑道：「多到咱們的船根本運不回來，得就地曬乾才行。」

「只去兩個人怎麼夠，乾脆我也去幫忙吧。」蕭宗海臉上總算有了笑容，起身道：「人多手快，早曬完了早回來。別的不敢說，可是這曬海娃娃魚，我還是很拿手的。」

「對、對、對，咱們一家子都去，我馬上收拾一下。」孟氏喜孜孜地去收拾行李。

蕭芸娘聽說要出遠門，高興得差點沒跳起來，轉過身就要回房去整理包袱。

「芸娘留下，看門。」蕭宗海道。「妳一個姑娘家，亂跑什麼？」

「爹、娘，你們就讓我去吧。」蕭芸娘央求道：「我一個人在家裡多悶啊！」

「家裡總得有個看門的。」蕭宗海訓斥道：「再說了，咱們也不是去玩，是要去曬海娃娃魚的，妳去能頂什麼事？」

蕭芸娘只好作罷。

不一會兒，小六子瞧見孟氏收拾的東西，很是無語。

除了隨身帶的衣物，竟然還有滿滿一袋白麵、一籃子青菜，還有一些瓶瓶罐罐。

孟氏見小六子一臉困惑，忙解釋道：「這麼多人一起去，總得吃飯，買人家的多貴啊，還是自己做著吃就好。」

「那就帶上吧。」小六子嘿嘿笑道：「反正船大，裝得下。」

於是，一家子上船後，由蕭宗海和小六子輪流划船，終於在暮色時分抵達暗礁島。

正值島上居民做飯的時候，炊煙裊裊，晚霞滿天，再加上島上住的人不多，頗有些世外桃源的韻味。

蕭景田在靠海邊的地方租下一個小院，這院子原本是看魚人住的地方，因此小院後面還有一個大魚塘，可以用來放魚。

好些天不見，麥穗再見到蕭景田，有些恍若隔世的感覺。他的臉變得黑了些，眉眼間平添了些許她所陌生的冷淡和疏離。

孟氏和蕭宗海一見到兒子，欣喜若狂地拉著他問了半天，見他真是毫髮無損，才放心地安頓行李，準備做飯。

蕭景田這才走到麥穗面前，上上下下仔細地端詳她一番，低頭問道：「怎麼見了我，也不說話？」

「這不是還沒有機會說話嘛。」麥穗站在他面前，感受著他身上熟悉的氣息，臉紅道：「這些日子，你還好嗎？」

「不是很好。」蕭景田面無表情道：「我想吃妳做的麵了。」

「那我給你做去，娘帶了一袋白麵來。」麥穗轉身就走，卻被他一把拉住。

他用低沈醇厚的嗓音道：「那妳有沒有想我？」

麥穗聽他這樣問，倏地紅了臉，只是低下頭沒有回答。

他要不要這麼直接……

「妳想我了嗎？」蕭景田不依不饒地問道。

漫天橙色的霞光在他身後肆無忌憚地鋪展開來，映得他的臉看起來格外溫柔，他深不可測的眸子目不轉睛地看著她，似乎要把她吞噬進去。

「不告訴你！」麥穗嬌嗔地看了他一眼，便飛也似地逃跑了。

「別急，我幫妳一起做吧。」蕭景田望著她纖細嬌弱的身影，眼角彎了彎，便大踏步地跟上去。

麥穗做了蕭景田愛吃的青菜湯麵，還放了小六子去海邊釣來的小蝦，配上碧綠鮮嫩的小油菜和陳年老醬，口感香醇濃郁，很是美味。

蕭景田一個人就吃了半鍋。

小六子也吃得滿頭大汗，他吃過麵，可是沒吃過如此好吃的麵。

看到兒子和小六子吃得如此香甜，孟氏既心疼又欣慰，忙把自己那份也給了他們。「景田、小六子，這些日子你們肯定沒好好吃飯，你們多吃點。」

「嬸子，我已經吃飽了，還是您吃。」小六子拍拍肚子，放下碗，麻利地下炕穿鞋。

「想不到這蝦這麼好吃，我再去釣一點回來。」

「小六子，你可別走遠，一會兒天就該黑了。」蕭景田囑咐道。「你在屋後釣一些就行了。」

「知道了，三哥。」小六子興沖沖地拽著魚竿出門了。

「娘，您吃，我吃飽了。」蕭景田把麵推給孟氏，掏出手帕，擦擦嘴角，扭頭看了看麥穗，意猶未盡道：「這麵真好吃，明天早上再做。」

「來的時候匆忙，就帶了一袋白麵，早知道多帶點來。」孟氏道：「要不，過幾天吃完了，再讓小六子跟我回家取點白麵來吧？」

「娘，您這是準備在這裡過日子哪?!」蕭景田淺笑道：「這幾天日頭正好，海娃娃魚只消曬個七、八天就夠了。」

「你娘就是這樣，過日子不會精打細算。」蕭宗海放下碗筷，皺眉道：「來的時候就知道裝白麵，也不知道多帶點粗糧過來，也就是仗著家裡麥子多，要不然這樣吃下去，早就吃個精光了。」

「我這不是覺得窮家富路，在外面要讓你們吃得好點嗎？」孟氏嗔怪道。「就你精打細算，那你怎麼不提醒我？」

「這些都是妳們娘兒們的事情，還用得著我一個大老爺們來提醒了？」蕭宗海據理力爭道。「要是我事事操心，妳又該嫌我囉嗦了。」

「你這個人就是這樣，無理也要爭上三分。」孟氏白了他一眼，下炕收拾碗筷。

麥穗抿嘴笑了笑，還沒見公公、婆婆如此鬥嘴過呢，真是可愛。她也一起下了炕，去幫著婆婆收拾灶房。

「穗兒，妳跟我來一下，去幫我把船上的被子取回來。」蕭景田輕咳一聲，招呼道：「這屋裡沒被子，只能蓋船上的。」

「妳快去吧！我一個人收拾就行。」孟氏接過她手裡的碗筷道。

蕭宗海在一旁皺眉，心想拿個被子還用得著兩個人？

「好，那走吧。」麥穗見蕭景田當著公公、婆婆的面邀請自己，臉騰地紅起來，但又不好拒絕，便擦擦手，跟著蕭景田出了屋。

第三十一章 兩人在船上

月上樹梢，映得四下裡一片清亮。

兩人出了門，沿著彎彎曲曲的小徑朝海邊走去。

月光照在海面上，白茫茫的一片，甚至還能看見從海面上急急掠過的海鳥。海浪一波又一波地翻騰著，肆無忌憚地拍打著礁石，蕭景田的木船就泊在岸邊，隨著潮水的湧來，輕輕搖晃。

「咱們上去坐坐吧。」蕭景田提議道。

「好。」麥穗點頭應道。

「抱緊我。」蕭景田突然說道。

麥穗有些茫然。「什麼？」

「妳確定自己能上得了船？」蕭景田目光含笑地望著她，月色下，他的臉也變得柔和起來。

木船來來回回地在海面上搖晃不止，她的確是上不去的，就連來的時候，上、下船也都是小六子扶著她的。

麥穗二話不說，伸手抱住他健壯的腰身，如今她對他已有了好感，也不排斥與他更親近一些。

蕭景田低頭看她，笑了笑，一隻大手環住她的腰身。

兩人挨得很近，她幾乎能聽到他的心跳，兩人就這麼抱著，誰也沒有動。

麥穗忍不住抬頭看了看他。他這是想幹麼？

沒想到蕭景田突然彎腰抱起了她，縱身一躍。

她耳根子是熱的，風是涼的，感受到他身上的氣息層層包裹著她，瞬間，兩人便穩穩地落在船上。

初秋的夜有些清涼，海上的濕氣尤其重。麥穗忍不住打了個寒顫，伸手想去取放在睡艙的被子，卻被他從身後一下子壓倒在睡艙裡。

他滾燙的唇炙熱地吻上她柔嫩的唇瓣，吻得她幾近窒息，他伏在她身上，啞聲問道：「妳到底想不想我？」

沒有她在身邊，他竟然覺得寂寞。

「想了。」麥穗被他壓在身下，感受著他炙熱的氣息，一張臉紅通通的，不好意思看向他。她甚至聽不見四周海浪的聲音，只覺得天地間一片寂靜，只有他和她。

她望著他熟悉而又陌生的眉眼，她承認自己對他是有好感的，但僅僅是好感而已，她還沒準備好要跟他有夫妻之實。因為她覺得這個人對她來說，還是如同謎一般的存在。

但她是他名正言順的媳婦，若是他想要她，她又不能拒絕，畢竟她還是想跟他好好過日子的。既然想過日子，這樣的事情可說是理所當然……

她心中糾結得很。

不容她多想，他再次吻住了她，那種陌生酥麻的感覺，瞬間席捲了她的全身。

木船隨著他的動作搖擺個不停，他的手不安分地解開她的扣子，並探了進去，帶著薄繭的大手握住她胸前的柔軟，驚起她一陣酥麻，她聽見自己顫抖的聲音道：「景田，我不想在這裡。」

麥穗感到既緊張又害怕。他不會想在這裡要了她吧？就算她願意接受他，那也得回家再做這種事啊！

蕭景田不說話，一把扯開她的胸衣，肆無忌憚地吻上她胸前的豐盈，那種難言的觸電般的感覺，讓她羞愧欲死，她在他身下無力地掙扎著，低低道：「景田，別這樣……」

再這樣下去，他真的在這裡要了她怎麼辦？他的力氣那麼大，而她又攔不住他……

「三哥、三嫂，你們在船上嗎？」小六子的聲音由遠而近地傳來。

「小六子來了。」麥穗手忙腳亂地推開他，耳紅面赤地扣著被他扯開的扣子和衣襟。若是被小六子看見，她就真的沒臉見人了。

倒是蕭景田仍意猶未盡地看著面前衣襟半掩的女人，喉頭動了動，緊接著忍無可忍地撲上去，再次吻住她白皙纖細的脖子。

麥穗慌得連連後退，忙道：「小六子來了呢！」

「三哥、三嫂，嬸子說你們來取被子，讓我過來看看怎麼還不回去。」小六子站在船上，仰頭問道。

木船很高，蕭景田和麥穗又是躺在船艙裡，小六子看不真切。但聽見船艙裡有異樣的聲響，便又問道：「三哥，你在嗎？」

「你先回去，咱們坐一會兒就回去了。」蕭景田理了理衣衫，面無表情道：「你三嫂想要看看這邊的海，我陪她待一會兒。」

什麼叫她要看海……蕭大叔撒起謊來，還真是淡定！

「噢，那我回了，你們看完海也趕緊回去。」小六子生性單純，也沒想那麼多，繼續仰頭笑道：「我又釣了不少蝦，明天早上又可以讓三嫂給咱們做麵吃了。」

「好了，我知道了，你快走吧！」蕭景田有些不耐煩地衝著他擺擺手。

這個臭小子打擾了他的興致，他心裡正惱著，哪有心情聽他釣了幾尾蝦。

「好，那我先走了。」小六子嘿嘿笑著走了。

「咱們也回去吧。」就在他們兩人說話的空檔，麥穗已經理好衣裳，麻利地把睡艙裡的被褥捲起來。

「就這麼不想跟我多待一會兒？」蕭景田打趣道。

「走吧。」麥穗拽了拽他的衣角，臉紅道：「天色不早了呢。」

「好，我聽媳婦的，回家。」蕭景田低沈道，他的聲音很曖昧，讓麥穗再次紅了臉。

蕭景田見他的小媳婦害羞了，也就不再打趣她，索性連她帶被子一起抱住，身形索利地跳下木船，穩穩地落在沙灘上。然而他並沒有放下她，反而繼續往前走。

「放我下來。」麥穗跟被褥一起被他抱在懷裡，頓覺尷尬，忙道：「若是讓人瞧見，那多不好。」

「妳怕被別人看見？」蕭景田揶揄道。

「當然了，爹娘都在呢！」麥穗在他懷裡掙扎道：「快放我下來。」

蕭景田笑了笑，只好把她放下來。

兩人一前一後地回了小院。

「怎麼去了這麼久？」孟氏迎出來問道。

「咱們去別的地方走了一下。」蕭景田把被子遞給孟氏，展顏道：「娘，您跟穗兒收拾、收拾，趕緊睡吧，明天還得曬魚呢。」

小院就三間正房，兩邊是臥房，中間是做飯用的灶房。

孟氏和麥穗住西間，蕭景田、蕭宗海和小六子住在東間，東間的炕稍微大一些。

夜裡，麥穗想到剛才蕭景田在船上忘情地親吻她的情景，情不自禁地紅了臉，怎麼想都覺得兩人在船上就像偷情般。這些日子以來，他也是想念她的吧？

她越想，臉越發地紅起來。

「老三媳婦，妳怎麼了？」孟氏見麥穗在炕上翻來覆去的睡不著，忙問道：「是身子不舒服嗎？」

「沒有、沒有。」麥穗忙尷尬道：「可能是方才走遠了，腿有些抽筋，很快就好了。」

「噢，那快睡吧。」孟氏打著哈欠道。

「嗯，睡覺。」麥穗不敢再亂動，規規矩矩地躺好。但一閉上眼睛，眼前竟然全是蕭景田的影子，他生氣的樣子、他笑著的樣子……

唉，難道自己對他不只是好感，而是喜歡上他了？

此時，在東間的蕭景田也沒有睡著，他還在回味他媳婦甘甜的體香和柔軟的身子，心裡很懊惱。找院子的時候就應該找個大一些的，如今這樣可不是苦到了自己？

第二天，一家人吃了早飯，便開始收拾蕭景田撈回來的那些海娃娃魚。

那些海娃娃魚就在屋後的魚塘裡，用海水浸泡著，還很新鮮，有的魚甚至還活蹦亂跳的。想要做成魚乾，必須先幫海娃娃魚去皮，接著撒鹽醃漬，然後再拿去晾曬。

眾人忙得不可開交。

因為撒鹽醃漬得花上一整夜的時間，還得占用魚塘來醃漬，所以蕭景田和小六子也沒再出海捕魚，兩人都待在屋後的魚塘邊忙活著。

麥穗才剛坐下來剝魚皮，剝了不到一盞茶的工夫，便被蕭景田嫌棄了。「妳剝得這麼慢，啥時候能剝完？還有，妳剝得也不乾淨，魚尾巴上還帶著皮呢。」

「我以前沒剝過魚皮，慢慢學著不就會了？」麥穗嬌嗔地看了他一眼，她剝得確實不如公婆他們，甚至連小六子也趕不上，但就算這樣，他也不應該當面數落她吧！

「算了，妳還是做飯去吧！」蕭景田大手一揮，皺眉道：「這些魚，咱們四個人很快就能剝完，用不著妳來添亂。」

「做飯？」麥穗睜大眼睛看著他，才剛剛吃完飯不是？

蕭宗海看看兒子，又看看媳婦，皺了皺眉，沒吱聲。

小六子像是沒聽見他們說話似的，麻利地剝著魚皮，他幹活的時候十分投入，很少說話。

「景田，你別嫌棄你媳婦，她以前沒剝過，你讓她慢慢學著就是了。」孟氏嗔怪道。「你看看你，幹點活就吹鬍子瞪眼睛的，你就不能對媳婦好點？」

麥穗聽孟氏這麼說，也覺得委屈。她做不好就讓她慢慢做唄，可他居然當著大家的面嫌棄她。昨晚他還一副情意綿綿的樣子，怎麼一覺起來，就翻臉不認人了？

「我渴了，妳先去燒點水吧。」蕭景田看了麥穗一眼，肅著一張臉道：「昨天我瞧這魚塘四下裡全是野茶，這種茶爹也愛喝，妳去多採一點，放鍋裡炒一炒，泡壺茶給咱們喝吧。反正妳剝得那麼慢，也不差妳那一點。」

「我也瞧著這野茶比咱們那邊的要好很多，老三媳婦，這裡不用妳了，妳去採茶吧。」蕭宗海看了看蕭景田，開口道：「記住，要採枝頭上那兩、三片嫩芽。」

「這種野茶我以前炒過，沒啥講究，採下來以後，放鍋裡稍微烘乾，就能泡著喝了。」孟氏知道自己兒子脾氣不好，擔心兒媳婦多心，便也順水推舟地教她炒茶的法子。

「好，那我去了。」麥穗尷尬地起身，回院子洗了手，便提著竹籃，去了離魚塘不遠處的山崗上採茶。

鬱鬱蔥蔥的野茶樹僅有半人高，枝條上長滿黃青色的嫩葉，特別好採。

偶爾觸及蕭景田看過來的目光，她賭氣地扭過頭不看他。

等採滿一籃子的茶葉，她又回屋炒茶、燒水，給他們泡茶。待她把清香四溢的茶端到眾人面前的時候，驚覺已經到了晌午，這下是真的該做飯了。

中午依然做了青菜蝦仁麵。

吃飯的時候，蕭景田漫不經心地跟孟氏道：「娘，我想吃餃子了，下午妳跟穗兒去前面村子裡買點肉，晚上咱們吃餃子吧。」

小六子眼前一亮。

「可是魚塘裡還有那麼多魚沒剁完呢！」孟氏是個有活不幹完就睡不著覺的人。聽蕭景田這樣說，她頓覺奇怪。「你想吃餃子，回咱們魚嘴村再吃就是，幹麼非得今天吃？」

「村裡也不是天天殺豬的。」蕭景田看了看麥穗，又道：「穗兒，要不妳自己去吧，順著這條路一直走，第一個十字路口處就有個豬肉鋪子，然後再順著路回來，記得千萬別拐彎，以免迷路。」

麥穗沒搭理他，他居然還好意思提「迷路」這件事！

「既然老三想吃餃子，那就包唄！」蕭宗海不緊不慢地道：「反正活兒也不急，今天剁不完，明天剁就是。」

麥穗見公公也這樣說，只好去肉鋪買肉了。

待她包完餃子，魚塘那邊的活兒已經接近尾聲，去了皮和內臟的海娃娃魚，全都被丟在魚塘裡醃漬，等醃漬一夜就可以晾曬。曬乾之後，就能拿到千崖島那邊去賣了。

看著滿滿一魚塘的海娃娃魚，麥穗心花怒放。這些可全都是銀子啊！

麥穗煮好餃子後，還特意搗了點蒜泥。大蒜發了芽，搗碎之後有些許綠色在醬油裡面，可謂色香味俱全。

眾人吃得滿嘴流油，連聲叫好。

「媳婦，妳餃子裡是放了啥？味道這麼鮮。」孟氏忍不住問道。

「我看池塘邊有兩條馬鮫魚，便撿回來剔了魚肉和餡，另外還放了一點鮮蝦肉。」麥穗淺笑道：「去買肉的時候，肥肉都賣完了，只剩下瘦肉，我便放了魚、蝦來調調味道。」

「馬鮫魚還能包餃子哪?!」孟氏很驚訝。「我活了這麼久，還是頭一回聽說。」

不知道為什麼，一頓飯吃下來，麥穗總覺得蕭景田看她的目光很炙熱，就像昨晚他親吻她的時候一樣。但想起他當眾嫌棄她的樣子，她決定不再搭理他了。

吃完飯，天色漸漸暗了下來。

小六子摸著圓滾滾的肚子，扛著魚竿，興高采烈地出門。

他發現這邊淺灘上的魚不多，蝦卻不少，他每次都能釣小半桶，這蝦子無論是加在麵裡還是包成餃子，吃起來都特別香，他很喜歡。因此一吃完飯，他就決定再去釣些蝦回來。

孟氏累了一天，有些疲憊，早早地上炕躺著歇息。而蕭宗海閒來無事，便提著茶壺去西間找她說話。

老倆口在聊天，麥穗不好意思過去打擾，就去灶房把用鵝卵石壘成的灶臺收拾一番，連邊邊角角也擦拭得整潔明亮。收拾完這些，她又開始打掃院子。

蕭景田則在大門口走來走去，來回踱著步子，見麥穗掃完地，便邁著步子上前道：「咱們去外面走走吧。」

「不去。」麥穗乾脆俐落地拒絕道。

「那妳待在家裡幹麼？」蕭景田低頭看她，細長的眸子裡帶著一絲笑意，他抬頭看了看西間，低聲道：「爹、娘在聊天呢，妳就別在家裡礙眼了。」

「誰說我礙眼了，我又不進去。」麥穗不冷不熱地道：「你走你的，甭管我。」

「妳是在生氣嗎？」蕭景田皺眉問道。

「我哪敢生你的氣。」麥穗看了他一眼，調頭就走，剛走沒幾步，卻被他從背後騰空抱起，她驚叫一聲，掙扎道：「你幹麼?!快放我下來！」

蕭景田沈著臉，抱著她，大踏步走了出去，只是他沒去海邊，而是逕自朝屋後她採茶的那個小山崗走去。

月色朦朧，周圍也變得灰濛濛的。夜風四起，吹得四周的灌木叢來回搖擺，發出「沙沙」的聲音。

小六子就在山崗下的礁石上，安安靜靜地坐著釣蝦。

「你帶我到這裡來幹麼?你快放我下來。」麥穗紅著臉，在他懷裡不安分地扭來扭去。若是讓外人瞧見，還以為她是被他綁架了呢。

「自然是帶妳來散心的。」蕭景田停下腳步，把她的身子往上托了托，見她如野貓般掙扎個不停，便警告道：「再亂動一下試試，信不信我就在這裡要了妳。」

麥穗聞言，羞愧地掉了眼淚，揚拳捶打著他結實的臂膀。「你就知道欺負我，你把我當什麼了?你那麼想要我，你就要了我吧，反正我也打不過你。」

來。

「妳到底是怎麼了？」蕭景田對懷裡的女人頓感無奈，便抱著她，找了塊大石頭坐下來。

女人心真是六月的天，說變就變，昨晚不是還好好的嗎？再說，她都說願意跟他一塊兒過日子了，也就是心甘情願要做他的媳婦了，而他對她也很中意。既然他們是兩情相悅，那麼他自然會對她好。

他早上之所以那樣，就是因為不想讓她去處理那些魚，他不想他的女人太辛苦，做這些她做不慣的事，這才讓她去採茶、包餃子的。但當著他爹、娘和小六子的面，他又不好明著表現出來。難道這些她察覺不到嗎？

「你那麼嫌棄我，還管我做什麼？我什麼也做不好……」麥穗越想越委屈，他那樣當眾嫌棄她，還敢問她怎麼了？

若是他一直待她冷冷淡淡的也就罷了，可他為什麼私下裡待她又是另一副面孔……到底哪個才是真實的他？

「好了、好了，別哭了，我那不是在嫌妳……」蕭景田哭笑不得，伸手輕輕地撫摸她的頭髮，輕聲道：「以後不凶妳了。妳也不是什麼都做不好，妳做飯就挺好的，尤其是妳包的餃子特別好吃。」

說著，又吻了吻她的唇瓣，沈聲道：「別生氣了，妳看月色這麼美，妳要是生氣的話，豈不是辜負了這良辰美景？」

麥穗擦擦眼淚，坐直了身子，抬頭望了望月亮，禁不住破涕為笑。

哪裡美了？月亮都被雲給遮住了！

她突然想到明天還得曬魚，便擦擦眼淚問道：「明天是晴天嗎？」

「怎麼想起要問這個了？」蕭景田抬手替她把垂在額前的髮絲撩開，淺笑道：「是惦記著明天要曬魚嗎？」

「當然了，若是下雨，醃好的魚該怎麼辦？」麥穗垂眸道。

「有我在，妳不用操心這些的。」蕭景田順勢把她放倒在石頭上，俯身壓了上去，低聲道：「妳只要記得，以後得習慣我的親近，因為咱們是要在一起過日子的，知道嗎？」

麥穗羞澀地點點頭。

身上的男人渾身炙熱，她覺得她要被烤化了……

見身下女人異常柔順的模樣，他內心的慾望瞬間被點燃，情不自禁地俯身吻住她柔軟的唇瓣。

他從來都不知道男女之間的情事可以如此甜蜜，如此讓人著迷……

突然，山崗下依稀傳來幾聲吶喊，聽不真切，像是小六子的聲音，又像是別人的聲音。

第三十二章　救了一個人

蕭景田只好喘息著停下動作。

若是可以，他真想把那個大驚小怪的小六子扔回魚嘴村去。

他凝神傾聽片刻，沈著臉從她身上爬起來，又伸手把她也拉起來，沈聲道：「海邊出事了，我下去看看，妳先回去。」

「那你當心點。」麥穗忙理了理衣襟，往回走去。她本來想跟著他去看看的，但瞧見自己身上的衣衫被他拉扯得不像樣，也就沒好意思說要跟著去。

蕭景田剛要走下山崗，卻似乎想起什麼，又停下腳步問道：「妳不會迷路吧？」

「那你送我回去啊！」麥穗嬌嗔地回頭看了他一眼，提著裙襬就往前跑。

最後，蕭景田還真的把她送到大門口，見她進了屋，才轉身朝海邊走去。

麥穗進了院子之後，聽見蕭宗海和孟氏還在屋裡聊天，便放慢腳步，站在門口細細地理著衣衫，只聽孟氏道：「今天景田是怎麼了？嫌他媳婦這不好、那不好的，這孩子的脾氣怎麼還這麼暴躁？」

「哼，這妳可就錯怪妳兒子了，他哪裡是對媳婦不好，分明是有意對媳婦好。」蕭宗海笑道：「妳還看不出來，他是不想讓他媳婦去弄那些魚罷了。」

孟氏恍然大悟。

麥穗聽了，心裡一陣羞愧。連她也錯怪蕭大叔了呢！

一艘大船歪歪斜斜地在離碼頭不遠處的海面上起起伏伏，船上有人在斷斷續續地呼救著，嘶啞的聲音幾乎瞬間就被吞噬在海風裡，要不是小六子在海邊釣蝦，僅憑蕭景田跟麥穗在山崗上散心，壓根兒就聽不到這呼救聲。

「三哥，不如我先去把咱們船上的小船給划過來？」小六子忙問道，大船離海邊有些遠，中間還隔了一些雜七雜八的礁石，要是沒有小船，根本就靠近不了那艘大船。

「不用。」蕭景田縱身跳上停在岸邊的漁船上，找出一大捆纜繩，他後退幾步，把帶著鐵爪鉤的那一端放在手裡搖了搖，「噌」的一聲拋出去。

只聽「啪」的一聲，那鐵爪鉤便牢牢地釘在那艘大船上，接著他又把另一端固定在礁石上，麻利地打好結，便身手敏捷地跳上繩索，一瞬間就上了那艘大船。

小六子驚得目瞪口呆。他從來都不知道三哥還有這本事啊！

蕭景田上了大船後，才發現這是一艘貨船，它的船身被撞了個大窟窿，船艙裡已經進了水。

甲板上躺著一個渾身是血的男人，一見到蕭景田，他緊繃的那根求生弦一下子鬆下來，頭一歪，連話都沒來得及說，就昏了過去。

蕭景田彎腰探了探他的鼻息，迅速出手點了他身上幾處穴道，藉著微弱的天光，查看一下他身上的傷，又從腰包裡取出小瓷瓶，撒在他的傷口處，並起身扯下帆布給他包紮好，這才不慌不忙地把他揹下船。

「這人還活著嗎？」蕭宗海站在船下問道。他聽麥穗說海上出了事，便匆匆地趕過來看看情況。

「他沒事，身上的傷都不是致命傷，只是可能好幾天沒吃東西了，以至於身子虧損得厲害，怕是得多養幾天。」蕭景田的目光在那人的臉上落了落，淡淡地道：「我封住他身上的幾處穴道，估計他得睡上個兩、三天才會醒來。爹就先和小六子把他扶回屋裡安頓好，我再去船上看看他有什麼需要保管的什物。」

孟氏和麥穗見蕭宗海和小六子從海邊扶回來一個男人，忙上前幫忙把那人七手八腳地抬到東間炕上。

藉著昏黃微弱的燭光，麥穗看清那人約莫四十多歲的樣子，穿著一襲灰色衣衫，腰間繫著黑色腰帶，腳上穿著繡有祥雲圖案的靴子，而靴子上的繡功精緻，想來價值不菲。

她能確定，這個人並非尋常漁民。

畢竟漁民的穿著打扮，可沒有像他這樣精緻的。就連蕭大叔這麼愛乾淨的人，出海的時候也常常是長褲、短衫再加上布鞋的裝扮，絕不會穿這麼貴重的靴子。

「我看他那艘船，十有八九是遭到猛烈的撞擊才弄成那樣。」蕭宗海嘆了口氣，道：「這人也不知道遭了多少罪，好在是個命大的，碰到了咱們。」

若是他的船被颳到暗礁島的另一邊，就沒這麼好的運氣了，那邊全是一些農田，晚上是沒人會去那裡的。

「那要不要給他準備點飯菜？」孟氏滿眼同情道：「這在海上吃不飽、穿不暖的，唉，也是個可憐人。」

「景田說他得睡上個兩、三天，等他醒了再說吧。」蕭宗海見那人身上的衣衫都濕透了，便讓孟氏取一套自己帶過來的衣裳，要給他換上。

孟氏找來蕭宗海的衣裳後，便跟麥穗退了出去。

過了好一會兒，蕭景田才從外面回來。

「你這是又去哪裡了？」孟氏擔心道：「這裡不比家裡，人生地不熟的，不要亂跑。」

「我這不是回來了嘛。」蕭景田展顏一笑，抬腳去了東間，見蕭宗海已經給那人換了衣裳，便摸摸他的脈搏，又道：「把炕燒得熱一些，不要動他，就讓他這麼睡吧。」

蕭宗海和小六子點頭道「是」。

麥穗暗暗驚訝，想不到蕭景田竟然會把脈，他怎麼什麼都懂啊？

東間炕再大，躺四個大男人也有些擠，蕭景田便堂而皇之地去了西間睡。西間睡著他娘、他媳婦，他過去睡也沒什麼不妥的，加上出門在外，也顧不了這麼多。

孟氏睡在炕頭，小倆口睡在炕尾。

跟婆婆、夫君同時睡在一個炕上，這畫風徹底凌亂。麥穗雖然覺得彆扭，卻也不好說什麼。

好在蕭景田礙於他娘在，並沒有什麼逾越之舉，她一夜裡睡得安穩無憂。

蕭景田從海邊救回來的那個人，足足睡了三天三夜才醒來。

孟氏熬了稀粥，讓蕭宗海一點一點地餵給他。

他喝了小半碗粥，卻仍然沒力氣說話，便又昏睡過去。

就這樣睡睡醒醒，到了第六天那人才逐漸有了力氣，慢慢地也能坐起來說話了。

他說他姓焦名連德，是個跑船的，在海上遇到暴風雨，被風颳到了這裡來。

蕭宗海和孟氏很同情他，一有空就陪著他喝茶、聊天，照顧得也越發周全。

對此，焦連德十分感激，三人相處得很融洽。

而蕭景田和小六子來來回回地運了兩天，才把曬乾的海娃娃魚全都運回魚嘴村。

一家人這才算鬆了口氣，終於可以回家了。

剛來那天採的野茶也喝光了，麥穗見公公和蕭景田都很喜歡喝這茶，於是臨走的時候，她決定再去多採一點帶回去。

孟氏在屋裡收拾行李，麥穗便提著籃子出門。

在這個小島上已住了一段日子，她還真有些不想走了。這裡的人淳樸忠厚，路不拾遺、夜不閉戶，還真是個十足的世外桃源。

走著、走著，突然聽見山崗下面依稀傳來兩個人的說話聲，麥穗聽出其中有蕭景田的聲音，便好奇地停下腳步。

「將軍有所不知，因我綠林軍在當年奪嫡之時，曾聲援過成王，如今勝者為王、敗者為寇，皇上因此對咱們耿耿於懷，總是尋找各種由頭為難咱們，剋扣咱們的軍餉不說，還要咱們開荒種地、自給自足，這些咱們都忍了！」說到激動處，焦連德猛地一拳捶在坑坑窪窪的礁石上，憤然道：「可後來跟成王有過來往的王大將軍和幾個副將，都先後被以莫須有的罪名砍了頭。兄弟們不平，紛紛替他們上書請願，卻不想朝廷一紙令下，把咱們全都充軍流放邊塞。咱們在邊塞受盡那些卑鄙小人的打罵侮辱，豈能甘心？」

將軍？

麥穗大吃一驚。

他這是在稱呼蕭景田嗎？還有，他們兩人明明是認識的，可為什麼他們卻假裝不認識呢？

「所以你們就落草為寇，在海上幹這些見不得人的勾當？」蕭景田臉一沈，厲聲道：「你們這麼做，豈不是更加坐實了罪名？你知道私藏兵器是什麼罪嗎？就你船上那些兵器，砍你一百次頭都算是少的了。」

「將軍，咱們若是不這麼做，早就死得不明不白了。」焦連德苦笑一聲，又道：「俗話說，良禽擇木而棲，既然朝廷對咱們已生殺念，那咱們為什麼不能反抗，另擁明主上位呢？」

這回麥穗是真的聽明白了，這個焦連德的確是喊蕭景田為「將軍」，而且他還是備受焦連德尊敬的頂頭上司。

外面一直傳言蕭景田做了土匪，如今怎麼一下子變成將軍了呢？

麥穗心裡一陣狂跳。

「胡鬧！如今四海安康，百姓安居樂業，是人人都期盼的盛世之境，你們豈能為了一己私利，而肆意挑起戰亂，屠害眾多無辜百姓?!」蕭景田語氣愈加凌厲道：「若你眼裡還有我這個昔日上峰，你就帶著兄弟們解甲歸田，像我一樣從此寄情於山水之間，安安分分地過日子。」

原來十里八鄉的人都誤會他了……他不是土匪，而是將軍！

麥穗透過鬱鬱蔥蔥的樹枝，目不轉睛地看著山崗下那張年輕俊朗的臉，心裡突然湧起一種複雜的情愫。想起之前跟他相處的點點滴滴，以及他和她之間的種種親密舉動，她情不自禁地紅了臉。

為了不被發現，她隱在樹後，一點也不敢亂動，擔心驚擾了他們。她屏住呼吸，靜靜地聽兩人說話。

「可如今咱們從邊塞逃回來，朝廷是不會放過咱們的，咱們已經沒有回頭路了。」焦連德長嘆一聲，又道：「雖然朝廷沒有連坐咱們的家人，但咱們卻是有家也不敢回了，若是因為咱們而讓家人跟著遭殃，那咱們活著還有什麼意思……」

「成王在哪裡？」蕭景田沈默良久，皺眉道：「他也有跟你們一樣的想法嗎？」

「成王的下落，恕在下不能相告。」焦連德握拳輕咳，壓低聲音道：「但成王知道將軍解甲歸田後，曾跟咱們說，有朝一日，他定會親自拜請大將軍再度出山，並與大將軍共商朝政。」

「你給成王帶句話，你跟他說，若是他肯做個富貴閒人，寄情山水，我依然拿他當兄弟；若是他執意要帶著你們胡鬧，肆意挑起戰亂，休怪我翻臉無情，不念昔日情分。」蕭景田看了看焦連德，冷冷地道：「至於你們……給我三個月的時間，我會想辦法還你們一個清白，替你們脫罪。到時候，何去何從，就看你們的了。不過三個月之內，你們不能在海上攔劫船隻，再給自己增添罪孽。」

「如今將軍已解甲歸田，居然還苦心為吾等謀劃……將軍放心，歷經此劫，在下定會痛改前非，給兄弟們另謀出路，不會再帶著他們過這種刀尖上舔血的日子了。」焦連德滿臉慚愧道：「只是王大將軍所受的冤屈，咱們該討還是要討回來的，否則，咱們真是無顏立足於天地之間，無顏面對王大將軍的妻兒老小。」

「王大將軍跟我有數面之緣，雖不曾深交，但我敬他是條漢子，他的事情，我會放在心上的。」蕭景田說著，從懷裡掏出一包銀子扔給他，扭頭就走，邊走邊道：「咱們以三個月為期，我定會為你們綠林軍洗刷冤屈的。」

焦連德連聲道謝。

待他離開後，麥穗才從樹叢裡慢慢走出來。

我……竟嫁了個將軍？

蕭宗海和孟氏對焦連德的不辭而別感到很意外，他們原本還想帶他一起回魚嘴村小住幾天的。

「他傷得那麼重，怕是還沒有養好，怎麼說走就走了？」孟氏向來同情心泛濫，她心有餘悸地望著依然在海面上起起伏伏的大船，看了看蕭景田，道：「你既然救了人家，就應該好人做到底，等人家痊癒再讓他走才是啊！」

「娘，您這可就冤枉我了。」蕭景田站在船艙裡，正凝神想著心事，見孟氏埋怨他，皺眉道：「人家想走了，我還能硬攔著人家不成？你們知道他是什麼來歷嗎？就知道亂同情人！」

「他是什麼來歷啊？」麥穗試探地問道。

「我也不知道。」蕭景田扭頭看了看她，語氣瞬間變得緩和許多。「我跟他都沒說上幾句話，怎麼會知道這些？」

麥穗笑而不語，就知道他肯定不會把他跟焦連德認識的事情說出來。

他出外的那些年，到底幹了些什麼，對蕭宗海、孟氏和她，甚至整個蕭家、魚嘴村來說，都是一個謎。

他是有意不讓他們知道真相的。

等回到魚嘴村，天已經黑了。

吃完飯，麥穗見蕭景田依然坐在炕上跟蕭宗海閒聊，沒有回房的意思，便起身去灶房燒了水、取了木盆，然後關上門洗澡。

在暗礁島的那些日子，人多屋少，她每次都是趁屋裡沒人的時候，才悄悄地用布巾隨便擦洗了下身子。好不容易回了家，是得好好地去一去風塵了。

雖然是在家裡，但麥穗依然覺得有些彆扭。在屋子裡洗澡什麼的，實在是不大方便，尤其是蕭景田在家的時候，他人要是就在外間，她都特別不好意思。

老大、老二搬走以後，東、西廂房空了出來。蕭芸娘住了西廂房，東廂房卻是空著的，只是放了一些雜七雜八的什物，若是把東廂房騰出來做個浴室，倒是挺不錯的。

至於浴桶，蕭景田既然會做船，那浴桶想必也不在話下，到時候再讓他做幾個浴桶，這樣洗澡的問題就解決了。

正想著，門被推了一下。

外面傳來蕭景田的聲音。「妳關著門在裡面幹麼？」

「我在洗澡，你待會兒進來吧！」麥穗忙取過布巾，手忙腳亂地擦乾身子，直到穿戴妥當後才打開門。

蕭景田跨了進來，端起地上的木盆就往外走。「妳不要出來，小心著涼，有什麼需要告訴我。」

麥穗應了一聲，退到裡屋，找了塊乾淨的布巾，坐在炕邊擦拭著濕漉漉的頭髮。這裡沒有吹風機，頭髮乾得很慢。

蕭景田替她倒完洗澡水，又回屋取了布巾，然後轉身提起水桶走了出去。

他在樹下沖完澡後，才一身清爽地回了屋，見她還坐在炕邊梳理頭髮，便勤快地上炕鋪起了被褥。

麥穗見他把兩人的枕頭緊緊地靠在一起，頓時明白他的心思，小臉瞬間紅了起來。

今晚，怕是躲不過了……

雖然已有了心理準備，但真正到了這一刻，麥穗心裡還是很緊張，她甚至都不敢抬頭看他，只是慢騰騰地擦拭著她的頭髮。

燭光漸漸地暗了下去。

蕭景田上前挑了挑昏昏欲睡的燭光，屋裡倏地亮起來，他見麥穗還在不疾不徐地擺弄著頭髮，促狹道：「還不睡覺？」

這女人該不會打算擦她的頭髮擦到天亮吧？

「就睡了，只是我頭髮還不乾。」麥穗臉紅道。「你先睡。」

「那妳慢慢擦，我等妳。」蕭景田笑了笑，隨手取過放在窗臺上的書，淡定地翻著書頁。

燭光映在他的臉上，使得他清雅俊朗的臉龐增添幾分溫暖的顏色。她雖然心裡經常吐槽喊他蕭大叔，那是因為原主比他小了整整八歲，可實際上，論前世的年齡，她跟他也就差個一、兩歲而已。

兩人不再說話，氣氛卻是異常曖昧。

窗外，幾隻未眠的小蟲躲在角落裡低鳴淺唱，點綴著這個寂靜的夜。

麥穗不好意思再擦下去了，她的頭髮其實早就已經被她擦乾。

躲得了初一，躲不了十五，早死早超生，橫豎就痛那一下。既然嫁了人，這種事也是理所當然的。

想到這裡，她放下梳子，羞澀地躺進被窩裡。

第三十三章　打算蓋新房

蕭景田見她進了被窩，便也放下書，又上前挑了挑蠟燭，待屋裡的光線亮了亮，才掀開被子，一個翻身壓在她身上，耳語道：「害羞了？」

麥穗見他這樣問，臉上頓時火辣辣地燙起來，難為情道：「把燈熄了吧！」

「為什麼要熄燈？」蕭景田打趣道，他見身下的女人嬌羞的樣子，只覺得全身血液迅速地朝身下某個部位湧去。

他不由分說地低頭吻住她嬌嫩的唇瓣，用力吮吸著她的甘甜，恨不得要把她拆骨入腹。

麥穗被他吻得七葷八素，幾近窒息，她含糊不清地道：「求你了，熄燈。」

蕭景田起身，一下子就吹滅了蠟燭，屋裡頓時一片昏暗。

窗外的月色，透過白麻紙斑斑點點地灑進來，他溫柔地俯下身，再次擁住她。帶著薄繭的大手，摸索著解開她的腰帶、扯開她的衣襟，待觸到她光滑如玉的肌膚，他的呼吸逐漸變得沈重起來，肆無忌憚地低頭吻遍了她的脖子、她的臉……

意亂情迷中，她感覺到他腰間的炙熱正抵在她小腹上來回火熱地摩擦，她心裡一陣慌亂，忍不住來回躲閃著，卻被他用力壓著雙腿。

他喘息著在她耳邊道：「放鬆，我輕點，會有些疼，妳忍一忍……」

麥穗怯生生地望著身上的男人，月光下，她突然發現他俊朗的臉龐變得陌生起來，恍惚間，她有些不記得自己跟這個男人是怎麼到了如此親密的一步。

她的雙手忍不住推著他壓下來的結實胸膛，鬼使神差地道：「景田，我、我有事要問你。」

他畢竟位高權重過，不可能沒有女人愛慕過他，或者，他也喜歡過別的女人……

「有什麼事，以後再問。」蕭景田正在興頭上，不想回答她任何問題。他堵住她的嘴，大手一路下滑，摸了下去，突然他怔了怔，翻身坐了起來，不解地看著滿手的血。

他還沒有進去，怎麼就出血了？他有那麼強嗎？

麥穗連忙面紅耳赤地坐起身來，這才感覺到身下黏糊糊的濕了一片，小腹還有些隱隱作痛。

天哪，她來了月事！

點了燈，兩人手忙腳亂地各自收拾一番，才又重新睡下。

「我、我不知道我那個會在這個時候來。」麥穗尷尬道。

她內心雖然糾結，但是她和他的這一關遲早都要過的，畢竟她也想認真地跟他過日子。

「無妨。」她來了月事，不能行房，適才那些旖旎情愫頓時煙消雲散。蕭景田伸手拍了拍她的肩膀，若無其事地問道：「妳剛才是有什麼事要問我嗎？」

「你能不能幫我做個洗澡用的浴桶？我要大一些的。」麥穗自然不好在這個時候道出心裡的疑惑，她紅著臉躲在被窩裡道：「還有咱們連個洗澡的地方都沒有，我想跟娘說一下，看能不能把東廂房騰出來當浴室用。」

「我知道了，得空了就給妳做浴桶。」蕭景田點點頭，又道：「待過些日子，咱們把手裡的這批魚乾賣掉，我就打算蓋新房了。妳有什麼想法，可以隨時告訴我。」

「你是說要給咱們蓋新房？」麥穗眼前一亮，怎麼以前從來都沒聽他說起過呢？

「當然，要不然我給誰蓋？」蕭景田淡淡地道：「今晚我跟爹商量過了，爹也同意，他說過幾天就去跟里長說一聲，就挨著爹、娘這處老院子蓋幾間新房就成。等賣了魚乾後，咱們就著手準備蓋新房，估計明年年初就能住進去。」

「真的啊？那太好了！」麥穗心裡一陣興奮，一骨碌地爬起來道：「那咱們是不是得抓緊時間畫草圖了？」

她雖然不是專業製圖的，但畫個住宅基地的平面圖還是沒問題的。

「既然妳對此事感興趣，那就交給妳了。」蕭景田只當她是一時興起，也沒打算真的要她畫出個什麼像樣的圖。「妳想怎麼畫就怎麼畫，不用擔心銀子，畢竟這房子是要住一輩子的。」

「好，那我畫畫看。」麥穗雀躍道，適才跟他行房不成的尷尬也隨之拋到了腦後。

第二天一大早，蕭景田吃了早飯，便匆匆出了門，去了鎮上。

「這麼早來找我，是有什麼事嗎？」于掌櫃打著哈欠，伸伸懶腰道：「聽說你前些日子遇到了海蠻子，有沒有活捉幾個回來問話啊？居然敢在太歲頭上動土，是不是活膩了？」

「我正是為此事而來。」蕭景田從懷裡掏出一封信，推到他面前，肅然道：「替我去京城走一趟，務必把這封信親手交給忠武侯蘇賢，蘇侯爺。」

「就知道你閒不住。」于掌櫃收起信封，皺眉道：「若是蘇侯爺不肯幫忙怎麼辦？」

「他會的。」蕭景田不假思索地道。

「好、好，說不過你。」于掌櫃搖頭道：「你這出去闖蕩十年，沒攢下金、沒攢下銀，唯獨攢下了幾個患難之交，也算是值了。」

麥穗在家閒來無事，便興沖沖地取來蕭景田的紙筆，開始畫起新房子的草圖。

看著畫好的草圖，連她自己都滿意極了，就是不知道蕭大叔會不會答應這樣蓋房子，再者就是會不會太張揚奢華了？

正房是中間一間大客廳，左右兩邊各兩間臥房，東廂房是兩間書房、兩間客房，西廂房是浴室和灶房。浴室有兩個，一個主浴、一個客浴；灶房也分了兩間，一間用來做飯、一間當餐廳。大門兩側則分別是雜物間和淨室。

對這樣的安排，她很滿意。

夜裡，蕭景田回來後，看了她畫的草圖，頓感驚訝，忍不住仔仔細細地看了好幾遍，才抬手指著正房道：「客廳右邊留一間臥房就好，把另一間改成衣櫃間和浴室，還有客廳左邊怎麼還有兩間臥房，妳是打算要做什麼的？」

「當然是將來給孩子們住了。」麥穗脫口而出，說完又騰地紅了臉，嬌嗔地看了他一眼，垂眸道：「你明明知道還問我……」

「孩子們不用住在正房，他們住廂房就好。」蕭景田失笑，見他的小媳婦害羞了，便轉移話題道：「左邊這兩間臥室，靠客廳這邊這間改成書房，書房裡面那間改成臥房，這間臥房的炕設在北面靠牆處，咱們夏天的時候過去住。」

「好，那咱們就按你說的那樣改。」麥穗見他說得倒也很有道理，便道：「只是西廂房已經有兩間浴室了，怎麼這裡還要改成浴室？」要這麼多浴室幹麼啊！

只是讓他這樣改了之後，貌似屋子有些不夠用的。

「浴室和衣櫃間本該跟臥房相連的，就這樣改。」蕭景田不容置疑道，又指著西廂房靠門的浴室，繼續道：「這間浴室改成花房，窗下盤個大炕，冬天燒個爐子在裡面喝茶，也是極好的。至於客房完全不用另外設置，東廂房那兩間書房就可以當客房用的，這樣原來那兩間客房就留給孩子們住。」

他說孩子們的時候，情不自禁地上下打量一眼麥穗纖細的腰身，又指著草圖房後的空白處道：「這裡建個後院，蓋幾間馬廄，以後咱們要置辦馬車，還要養牛。」

「好，那咱們就再弄個後院。」麥穗倒是沒有注意到他的目光，欣然提筆在草圖上畫了後院。

沒想到蕭大叔比她更會享受，竟然沒有指責她把宅子弄得太奢華，於是她便又觸類旁通地指著馬廄對面的空白處道：「那這一排就建個雞舍、鴨舍，順便養些雞、鴨吧。」

蕭景田又細細地看了一遍草圖，拍板定案道：「行，那就這樣吧，要蓋自然得蓋個兩人都覺得稱心如意的。」

「好是好，可是後院又是雞舍、鴨舍，又是馬廄的，味道會不會很重？」麥穗皺眉道。

「你看，跟臥房只隔著一面牆。」想了想又道：「要不，咱們在後院多栽一些花花草草的也行。」

「不用，後院除了種幾棵樹以外，地上全部鋪上青石板。」蕭景田看了麥穗一眼，不以為然道：「花花草草是用來欣賞的，自然得種在前院。妳放心，只要勤打掃，肯定沒味道，這些交給我就好，妳就不用操心了。」

「那咱們是不是現在就得提前去後山砍點木頭啥的？」麥穗立刻興奮起來，心花怒放道：「等砍了木頭回來，別忘了先做幾個浴桶。」

「放心，忘不了。只是明、後天有雨，等天完全放晴之後，我再去後山挑選木材。」蕭景田收起草圖，看著麥穗。「妳呢？要不要跟我一起去？」

「好，我跟你一起去。」麥穗開心地應道。

那個時候她大姨媽早就過去了，正好出去走走。

山是連綿的山，路是彎曲的路。昨夜下了雨，路面濕漉漉的，卻不泥濘。

路邊大片的野燕麥草已開花抽穗，沈甸甸地壓了下來，使得原本狹窄的小路顯得更加擁擠。

蕭景田拿著鐮刀，邊走邊把傾瀉在小路上的野燕麥草割掉，讓麥穗面前的路頓時寬闊不少。她見他割了一路草，以為他是為了讓她好走一些，抿嘴笑道：「這條路我能走的，你不用這麼辛苦。」

留著力氣好砍樹蓋房子啊！大叔。

「這些草遲早得割，過幾天往山下運木頭的時候也方便些。」蕭景田頭也不回地說道。

好吧，是她自作多情了。

麥穗聳聳肩，往上提了提包袱，緊緊地跟在蕭景田後面。

因為蓋房子所需的木頭都是選用粗壯的木材，山下和半山腰都沒有，得往大山深處走。走了好一會兒，他們腳下的羊腸小徑漸漸消失，面前全是一片齊腰的灌木叢，時不時地勾住衣角，走起來很艱難。

想起上次在路上碰到的那條白花花大蛇，麥穗心裡一陣發毛，她快走幾步，伸手拽著蕭景田的衣角，小心翼翼地跟著他往山上爬。

秋日的陽光打在身上，暖暖的，不時有被壓彎的枝頭橫在面前，腳下的山石上纏繞著紅彤彤的爬山虎。不遠處的山谷裡，一道瀑布傾瀉而下，發出「嘩、嘩」的聲音，山風襲來，松濤陣陣，野果飄香，放眼望去，遠處的海和腳下的村莊，一切都盡收眼底。

到了一處平坦的山崗處，蕭景田停下腳步，把手裡的鐮刀和繩索往地上一扔。「就在這裡吧！」

山崗前面是一大片松樹林，樹影婆娑，鬱鬱蔥蔥，不時有驚起的鳥尖叫著從樹梢掠過。

麥穗找了塊大石頭把包袱放下，又彎腰把衣襬挽起來，一回頭，卻發現蕭景田已不見身影，她心裡頓時一陣緊張。

這個人怎麼不說一聲，就把她扔在這裡了？若是有蛇或狼什麼的突然出現，那她豈不是要玩完了……大叔，不帶這樣不負責任的哪！

正想著，便聽見山崗下面傳來聲音，麥穗還沒有弄明白是怎麼回事，就見蕭景田拖著好些樹枝走過來，展顏道：「我給妳折了些野果枝，妳在這裡慢慢吃，我砍樹去了。」

枝條上碩果纍纍，有黃色的野梨，紅色的漿果，還有一種麥穗叫不出名字的深褐色野果，問了問蕭景田，才知道那是秋麻棗。

麥穗心裡一陣甜蜜。蕭大叔還真是細心！

「我不要待在這裡，我要跟你一起砍樹。」麥穗從野果枝上摘了一些果子放在包袱裡，嬌嗔道：「萬一我再碰到蛇怎麼辦？」瞧著這山崗上大大小小的石頭，她不信這石頭底下沒有蛇之類的東西，要她一個人待在這裡，打死她也不願意的。

「別怕，這裡啥都沒有。」蕭景田笑道：「再說我就在前面的樹林裡砍樹，有什麼事妳喊我一聲。放心，我不會走遠的。」他帶她來，只是解解悶而已，又不是要她來幹活的。

「我不，我就要去，我不要離開你。」麥穗索性耍起任性，像個孩子般地拽著他衣角不放。最終男人拗不過女人，只得帶她進了林子。

林子從外面看很繁茂，進去一看才知道樹跟樹之間的空隙很大。

麥穗緊緊地跟在他身後，望著無邊無際的樹林，小聲問道：「我能幫你做什麼嗎？」

蕭景田掏出別在腰間的斧頭，握在手裡，上下打量面前又高又直的松樹，又用腳踢了踢，這才扭頭看了她一眼，指了指松樹下，輕咳一聲，道：「妳看那是什麼？」

許是昨夜下了雨，松樹底下冒出一簇簇大大小小探著腦袋的傘狀褐色蘑菇，有的像手掌那麼大，有的卻像指頭般大小，看上去很討喜。

「蘑菇！」麥穗眼前一亮，迫不及待地從包袱裡掏出布袋，放在地上開始動手採蘑菇。這種蘑菇她認識，是長在松樹底下的松菇，味道鮮美，可以現吃，也可以曬乾了存放起來。

蕭景田笑了笑，揮起手裡的斧頭，對著樹根處砍了幾下，再抬起腳朝樹身上蹬了一腳，高大的松樹便轟然倒下，直直地橫在地上。

麥穗嚇了一跳。這就砍倒了？

蕭景田又在四周轉了轉，遇到中意的木材，兩、三下就能搞定，山崗上很快就堆了一大堆木材。

麥穗跟在他後面，也採了滿滿一袋松菇，心情很愉悅。可惜她之前沒想到這裡會有這麼多松菇，要不然她肯定得多帶幾個布袋來，她帶布袋原本是來摘野果的。

不知道為什麼，她總覺得四下裡有無數雙眼睛在盯著他們，待細細環顧周圍，卻無異樣。大概是第一次來這樣的深山老林，心裡有些緊張的緣故吧……麥穗在心裡安慰自己。

晌午的時候，兩人去山崗那邊歇息。

蕭景田生了火，把打來的野雞放在架子上烤，待烤到半熟的時候，麥穗便把帶來的調料，細細地撒上去。她又折了幾根細細的樹枝把採來的松菇串上去，放在火堆上面，慢慢轉動著，直到烤得焦黃，鮮香四溢，才撒上調料，遞到蕭景田面前，道：「雞還得一會兒才好，先嚐嚐這烤松菇的味道。」

「不錯，妳上面放了啥調料？」蕭景田覺得很奇怪，他經常吃的松菇怎麼會有如此濃郁鮮香的味道。

「我放了孜然粉。」麥穗得意道。「上次我在鎮上逛街的時候，在一家藥鋪裡買的。這種孜然粉放在肉裡特別香，可我發現你們這裡的人，卻把它當成治牙痛的藥了。」

她視如珍寶地買回來，就是準備烤肉用的。畢竟跟著蕭大叔，可是有肉吃的呢！

「咱們這裡的人？」蕭景田瞇眼道：「難道妳不是這裡的人？」

「我、我是麥家窪的嘛！」麥穗自知失言，忙又把一串烤好的松菇遞到他手裡，淺笑道：「你砍樹也累了，多吃點，下午還得繼續幹活呢。」

蕭景田接過松菇串，不疾不徐地吃著，放了孜然粉的烤松菇很是美味，他一連吃了好幾串，點頭讚道：「味道真不錯，松菇也能吃出肉的味道來。」

「那是當然，孜然粉本來就是用來做燒烤的嘛！」麥穗把烤好的山雞又抹上一層孜然粉，一本正經道：「你嚐嚐這加了孜然的烤雞，保證你吃了還想再吃。」

「妳聽著，待會兒無論發生什麼事，妳都要待在這裡別動，我自會護妳周全的。」蕭景田一手拿著烤串吃著，另一隻手卻悄然握緊放在一邊的斧頭，壓低聲音道：「不要慌，不過是來了幾個毛賊而已。」

「你說什麼？」麥穗一頭霧水。畫風轉得太快，她有些無所適從。

第三十四章　劫持

十幾個身穿黑衣的蒙面人，不知道什麼時候悄無聲息地出現在蕭景田身後，如幽靈般看著正在吃野味的小倆口。

麥穗這才明白蕭景田的意思。

「嚐嚐看，味道還不錯。」蕭景田若無其事地扯下一條雞腿遞過來，讓麥穗頓覺哭笑不得。

蕭大叔就是蕭大叔，都這個時候了，還能如此淡定，真是服了。

麥穗接過雞腿，努力讓自己鎮靜下來，低聲提醒道：「他們一共十二個人，怎麼辦？」

「妳相信我嗎？」蕭景田反問道。

他迎光而坐，橙色的陽光映照在他年輕俊朗的眉眼上，熠熠生輝。他看起來波瀾不驚，彷彿站在他身後的，只是十幾個木樁。

「我信你！」麥穗心裡怦怦亂跳，忙問道：「我能做什麼？」

「妳既然相信我，那乖乖坐在這裡吃雞腿就好。」蕭景田伸手扯下另一隻雞腿，慢騰騰地吃完，取過水壺喝了幾口水，才清清嗓子道：「你們是一起上，還是一個一個來？」

站在最前面的那個黑臉大漢不說話，手輕輕一揚，身後的黑衣人立刻蜂擁而上。

蕭景田一個飛躍，上前迎戰。

雙方頓時打成一團。

蕭景田剛才說要她待在這裡別亂跑，麥穗也不敢四處亂動，傻站了一會兒，見那些黑衣人雖然多，但也沒占到什麼便宜，竟被蕭景田打得連一個人也沒機會靠近她所站的地方。

麥穗暗暗驚嘆。沒想到蕭大叔竟然是個深藏不露的武林高手，好崇拜有沒有！

但畢竟敵我雙方人數懸殊，她覺得自己應該出手幫一幫自家夫君才是。

她瞅見地上那大大小小的山石，靈機一動，抓起石頭就朝他們擲去，她算過了，連同蕭景田在內，一共十三個人，打中蕭景田的機率很低。

許是被蕭景田感染了士氣，麥穗的命中率很高，幾乎是十發九中，一時間，竟然打得那些黑衣人哇哇亂叫。

蕭景田哭笑不得。他一邊跟那些黑衣人過招，一邊還要躲避他媳婦扔過來的暗器，這個媳婦確定不是在幫倒忙？

麥穗自然不知自家夫君的腹誹，她接二連三地打中好幾個黑衣人，心裡很得意，石頭也扔得愈加起勁。

那些被石頭打中的黑衣人快氣死了，這兩口子真是夠了！

那男子如凶神惡煞般，打得他們毫無招架之力，他們認了；但怎麼連那個看似柔柔弱弱的女子，居然也敢拿石頭扔他們？而且那女人的命中率還不是一般地高，他們的頭都被砸中好幾下了。

這到底是哪種打法？

為首的黑衣人肩頭上又挨了一記石頭後，不禁火冒三丈，悄然朝其中一個黑衣人遞了個眼色。那黑衣人會意，默默地跳出打鬥的圈子，一個箭步躥到麥穗面前，扛起她就往林子裡跑。

麥穗嚇得大叫。「景田救我！」

那人輕功極好，騰空一躍，便跳進林子深處，並扛著她飛快地在林中狂奔，轉眼不見了蹤跡。

蕭景田見麥穗被黑衣人擄走，大怒，三拳兩腳地擺脫那些人的糾纏，迅速地追上去。他在林子裡狂奔一陣，竟不見半點人影，心裡暗叫不好，又匆匆返回山崗。

山崗上空無一人。

蕭景田臉一沈，縱身跳入山崗下的山谷中，穿過谷底，抄近路上了林子後面的那條山路。

只見山路上數匹快馬簇擁著一輛馬車絕塵而去，揚起陣陣塵土。

蕭景田悄無聲息地跟上去。

麥穗在疾馳的馬車上，被顛得七葷八素。外面馬蹄聲四起，她知道自己暫時逃不掉了，又見坐在車廂門口的黑衣人虎視眈眈地看著她，便扯了扯嘴角，大大方方地道：「你別這麼盯著我好不好？外面都是你們的人，我能逃得掉嗎？」

「那妳就老老實實地待著。」黑衣人打量她一眼，冷聲道：「若是敢玩什麼花樣，我馬上讓妳死無葬身之地。」

麥穗聽這黑衣人說話，不像本地口音，因此故作鎮定地坐直身子道：「咱們怎麼得罪你們了？」

「這一點妳不需要知道。」黑衣人面無表情地打量麥穗一眼，心裡暗忖，這女人膽子還挺大，竟然敢跟他搭話。他欠了欠身，腰間露出一方墨綠色的木牌，木牌中間刻了一個栩栩如生的虎頭，很是威風凜凜。

麥穗瞟了一眼他腰間的木牌，冷諷道：「我早就看出來了，你不過是個小嘍囉而已，肯定是受命於人。」

眼下她是無法指望蕭景田了，唯一的辦法就是自救，只有摸清他們的意圖，才能保全自己。

「小嘍囉又怎麼樣？」黑衣人把臉上的黑巾往上拉了拉，冷聲道：「小嘍囉照樣能要了妳的性命。」

「那這位壯士，你能不能說得明白一些，咱們到底是招誰惹誰了？」麥穗往後靠了靠，悄悄地摸著手上的繩索，楚楚可憐道：「我男人不過是個漁民，只知道出海打魚、上山砍柴，安安分分地過日子，並沒有得罪任何人，你們肯定是認錯人了。」

「妳不用跟我說這些。」黑衣人冷笑道。想從他嘴裡套話？休想！

突然，馬車猛然停下來，車廂外傳來一陣嘶鳴聲。

麥穗從車窗探頭往外看，心裡一陣狂喜，就像在沙漠跋涉已久的人，猛然見到綠洲般的激動和興奮。

那個站在橋中央的男人，竟然是蕭景田！

他臉上依然是令人捉摸不透的冷靜和沈著，好像她只不過是出了趟遠門，他是來接她的。

「景田，我在這裡！」麥穗大喊道。

那些黑衣人狠狠地吃了一驚。他們怎麼也想不明白，這男人是怎麼搶先一步，到了他們前面去的？

「不想死就閉嘴。」馬車上的黑衣人厲喝一聲，卻沒有上前，反而迅速地抄起車上的木棍擋在車廂門口，許是他太緊張，拿著木棍的手不停地顫抖。

他越抖，麥穗越放鬆。有句話怎麼說來著？狹路相逢勇者勝！

蕭景田已經跟走在前面的兩個黑衣人動起了手，他們騎在馬上，不易展開攻擊，很快就被蕭景田打倒在地上。但他們畢竟人多，後面的黑衣人很快地湧上來，連趕車的黑衣人也上前幫忙。

雙方再次打成一團。

麥穗意識到蕭景田一個人要脫身，其實挺容易，都是自己拖累了他。

思索片刻，她再次探出頭，看了看馬車附近的環境。

馬車是在橋上，周圍的地勢盡收眼底，這座橋離河面不遠，也就兩公尺高左右，河裡的水流也不是很急，更重要的是在下游不遠處，河水拐了個彎，進入另一段較開闊的蘆葦叢中，再往前便到了渡口。

麥穗心裡頓時有了主意。

她趁那些黑衣人不備，迅速地掀開車簾，毫不猶豫地跳入河裡，待黑衣人反應過來，早就看不見她的蹤跡。

蕭景田見麥穗突然落到河裡，大吃一驚，但又見那個黑衣人氣急敗壞的樣子，這才明白過來，她是自己跳的水，而不是被人推下去的。

那些黑衣人見麥穗已逃，手裡沒有可以牽制蕭景田的籌碼，便愈加瘋狂地撲向蕭景田。

蕭景田看出他們的意圖，自然無心戀戰，他縱身跳入河中，潛水而去。

「都愣著幹什麼？還不趕緊給我去找人。」為首那黑衣人氣急敗壞地吼道。「難道你們站在這裡，他們就會乖乖回來嗎？」

眾人忙紛紛上馬，沿著河道一路尋下去。

麥穗順著水流游了一會兒，原本是想到渡口那邊再上岸，可她覺得體力有些不支，又見後面並沒有人追上來，便奮力地游到對面，悄無聲息地上岸。

岸邊有條小路，小路對面是一望無際的桃林。

麥穗濕漉漉地進了桃林，找了塊石頭坐下來歇息，身上的衣裳都濕透了，不斷滴著水，很是狼狽。她一邊絞著衣角，一邊不時注意著河面那邊是否有什麼動靜，她知道蕭景田肯定會過來找她的。

她等著、等著，便倚著樹幹打起瞌睡，最後竟迷迷糊糊地睡著了。

再睜開眼睛，她發現自己竟然又回到馬車上，黑衣人正用陰狠毒辣的目光看著她，嚇得她一個激靈。「我怎麼又被你們抓來了？我男人呢？」

「哼，妳自身難保，就別再惦記他了，他壓根兒就沒想要救妳回去。他身邊的女人多得是，又不差妳一個。」黑衣人冷諷道：「妳以為妳是誰，不過是頂著正妻名分的局外人罷了，妳還是乖乖給咱們頭兒當壓寨夫人吧。」

「才不是，他心裡是有我的！」麥穗想起她跟蕭景田之間的點點滴滴，不容置疑地道：「他一定會來救我，絕對不會置我於不顧的！」

「妳看看，那是誰？」黑衣人掀開車簾，指著站在路邊說話的蕭景田和于掌櫃，冷笑道：「他明明知道妳在車上，卻無動於衷，妳還好意思說他心裡有妳？」

「景田、于掌櫃，我在這裡，快救我！」麥穗大聲喊道。「我不要去當壓寨夫人！」

蕭景田聽到喊聲，冷淡地看了她一眼，嘲諷道：「不過是貪圖我家那袋白麵才嫁過來的女人，哪裡值得我費盡心思去救妳！」

「景田，不是的，不是那樣的！」麥穗見蕭景田竟然這樣說她，心裡一陣難過，疾聲道：「我不要跟他們走。景田，你救我，我要跟你回家。」

「景田，好歹是夫妻一場，幫幫她吧。」于掌櫃皺眉道：「她好歹是你媳婦啊！」

「什麼媳婦？她心裡只有吳三郎，而我跟她並無夫妻之實，她不是我媳婦。」蕭景田的聲音愈加冷淡。「喜歡我的女人那麼多，隨便挑一個都比她強。」

「怎麼樣？我說蕭景田根本就不在乎妳吧？」黑衣人冷笑著放下車簾，得意道：「還是乖乖跟咱們走吧。」

黑暗瞬間籠罩了她。

「不，放開我，我不要當壓寨夫人！」麥穗奮力掙扎著。

「快醒醒，妳作噩夢了是嗎？」一個熟悉的聲音在她耳邊響起。

麥穗猛然睜開眼睛。

蕭景田的臉在面前猛然放大，他的衣裳也是濕的，像是剛剛從河裡爬上來一樣，臉上的表情十分平和，不像剛才那麼冷漠無情。

麥穗一頭霧水。

她一時分不清哪個才是真正的蕭景田，喃喃地問道：「我這是在哪裡？」

日頭還沒有完全落下，眼前是一片絢麗的晚霞。

面前的火堆燃得正旺，她身上披著他已經乾了的衣裳，半躺在溫熱的草地上。而他則只穿著裡衣坐在她身邊，不斷往火堆裡添枝加葉，見她一臉迷茫地看著他，皺眉道：「妳倒是會找地方藏，我在河道上來來回回找了妳兩次，才在桃林裡找到妳。」

「那些人走了？」麥穗忙環顧四周問道。奇怪了，她怎麼會睡得這麼沈？

「早就走了，妳放心，咱們安全了。」蕭景田沈聲道：「妳把身上的濕衣裳脫下來，我幫妳烤乾，不然穿著濕衣裳會著涼的。」

麥穗有些為難。當著他的面脫嗎？

「在我面前，妳還要不好意思嗎？」蕭景田有些無奈地看了看她，識趣地背過身去，道：「妳放心，我不會看妳的。」反正，又不是沒看過。

濕答答的衣裳貼在身上，的確挺難受的，麥穗迅速地脫下身上濕漉漉的衣裳，將整個人都蜷縮在他寬大的衣衫裡。

她紅著臉把濕了的衣裙遞給他，自己則拿著抹胸和褻褲，慢慢地挪到火堆前翻烤。她這才驚覺他已經帶著她離開桃林，此時他們正置身在渡口岸邊的草地上。

背後是幽暗無邊的林子，前面是緩緩流淌的護城河，不時還有夜歸的鳥，從兩人面前掠過。

麥穗便把聽來的話一五一十地告訴蕭景田，包括那個黑衣人腰間的虎頭腰牌。

蕭景田神色一凜。

據他所知，虎頭權杖軍是宮裡曹太后的親衛軍，只聽太后調令，甚至連皇上都不能過問。難道曹太后把手伸到他這裡來了嗎？

「景田，你說那些人為什麼要圍攻咱們？」麥穗神色凝重道：「難道他們都是龍叔的人？」

「不是他。」蕭景田沈吟道：「總之妳不必憂心，一切有我。」

「那就好。」聽他這樣說，麥穗頓時鬆了口氣。

待手裡的衣裳完全烤乾，她才起身走到一塊大石頭後面，迅速地穿好衣裳，清清爽爽地走出來，還伸了伸懶腰，問道：「這裡離家有多遠？」

「走水路的話是五、六十里，再加上等船的工夫，回家怕是得半夜了。若是走山路，也就二十多里地，雖然路很不好走，但只要兩個時辰就到家了。」蕭景田見她一臉輕鬆的樣子，忍不住嘴角微翹，問道：「妳說，咱們走山路還是水路？」

「自然是走水路了。」麥穗不假思索地指著河面上遠遠靠過來的船，道：「你看那船再有半個時辰左右就靠過來了，咱們就等那艘船吧。」

她才不要走山路呢！大晚上的，嚇死人。

「那是貨船，不會靠岸的。」蕭景田理了理衣衫，伸手拽過她的手，堅定道：「走山路。今晚月色好，說不定用不著兩個時辰就到了。」

「若是碰到狼的話，該怎麼辦啊？」麥穗忐忑不安地問道。

「有我在，妳怕什麼？」蕭景田見她瞬間又變得膽小起來，忍不住好氣又好笑地道：「難不成妳擔心自己會成了那些狼的晚飯？放心，要吃也是先吃我，不會吃妳的。」

麥穗嬌嗔地看了他一眼，任由他牽著，跟著他沿著河道往回走。想到適才的那個夢，她忍不住開口問道：「景田，你以前是做什麼的？」

「土匪。」蕭景田想也不想地道：「十里八鄉的人不都是這麼說的嗎？」

「我不信。」麥穗扭頭望著他俊朗沈穩的臉，如實道：「你根本不像土匪。」

「那像什麼？」蕭景田也扭頭看著她。

「反正不像土匪。」麥穗並不想讓蕭景田知道她那天偷聽他跟焦連德的對話，她覺得他要是信任她，一定會親口告訴她的。

她要等他親口告訴她。

蕭景田笑了笑，沒再吱聲。

「你、你在外那十年，肯定去了不少地方，經歷許許多多的事情。」麥穗邊走邊踢著一顆小石頭，接著又側頭看向他，滿臉期許道：「講講你的經歷給我聽聽唄，就當解悶了。」

月明星稀，山高路遠，最適合回憶往事。

尤其是蕭大叔的往事。

麥穗敢保證，若是蕭景田願意說，肯定是三天三夜也講不完，那可是十年啊！

從一個手無寸鐵的少年到威震四方的大將軍，其中多少辛酸血淚，是常人所不能體會的。

「其實也沒什麼好說的，白雲蒼狗、滄海桑田，世上的事情也就那麼一回事。」蕭景田面無表情道：「人是要活在當下的，過去的事情，不提也罷。」

麥穗扭頭望著他帥氣的側顏，心裡突然覺得很不是滋味。

不是她想探究他的秘密，而是她覺得自己根本就沒有走進他的心裡，又或者他壓根兒就沒想讓她走進。

她承認自己已經喜歡上他，所以才會希望他能跟她分享他所有的秘密或心事。可是，他卻無情地拒絕她。

想到這裡，她不由得從他手裡抽回手。

也許，他對她的好，不過因為她是他的媳婦，僅此而已。

而她，卻想做他的心上人。

難道是她要得太多了嗎？

蕭景田並沒有留意到她的疏離，只是任憑往事一幕一幕地在他腦海裡翻騰，越想心裡越覺沈重。

兩人不再說話，各懷心思地往前走。

第三十五章　扭到腳

很快就到了山腳下。

只要翻過前面這座小山坡，便能看見谷底那條小路，順著小路一直往前走，就到了兩人砍樹的那個山崗下面，離家也就不遠了。

山坡上的路坑坑窪窪的，不大好走。

「我扶妳。」蕭景田伸手攙住她。

「不用，我自己能走。」麥穗賭氣地縮回手，提起裙襬，一步一步地跟在他後面。剛走沒幾步，她腳下突然踩空，一下子便摔倒在地上。

緊接著，一陣鑽心的疼從腳上傳來，她的額頭瞬間痛出了一層汗。

真倒楣，她居然扭到腳了……

「妳沒事吧？」蕭景田像提小雞一般將她拽起來，順勢把她放在他的膝上，溫言道：「我看看，妳腳怎麼了？」

藉著月色，他驚訝地發現她的腳踝處已經腫起來，原本白皙細嫩的小腳，變成了軟軟胖胖的小蹄子。他不過是輕微觸碰一下，都能疼出她一頭汗。

「別動、別動，先讓我坐一會兒。」麥穗心裡很沮喪。她在那些黑衣人面前都能順利脫險、毫髮無傷，想不到卻在這小坑裡翻了船。

嚶嚶嚶，古代太危險，她要回家！

「我先看看妳有沒有傷到骨頭。」蕭景田不由分說地脫下她的鞋襪，把她紅腫的小蹄子托在掌心裡細細查看，還捏了捏她的腳踝處，問道：「這裡疼不疼？」

「疼，別動。」麥穗眼裡已泛起淚花。

雖然是她自己扭傷腳，但她心裡還是覺得很委屈。

「妳這是傷到骨頭了，忍著點。」蕭景田說著，便把她的腳放在他腿上，來回撫摸一番，然後冷不防地用力一握。

麥穗只覺得她的腳要被他扭斷了，「啊」了一聲，忍不住抽泣起來。「你別碰我！都說了很疼的。」

「好了，沒事了，很快就不疼了。」蕭景田見她哭得一把鼻涕一把淚的，忙掏出手帕給她擦淚，無奈道：「妳看妳，對付那些混蛋妳都不怕，就這麼一點疼，妳哭什麼？我若是不幫妳把骨頭扭過來，只會越來越痛的。」

麥穗只是哭。他什麼都會，什麼都懂，卻唯獨不懂她的心。

蕭景田一言不發地看著她哭了好一會兒，有些哭笑不得。他蹲下身來，揹起她就走。

麥穗在他背上掙扎道：「你放下我，我自己能走。」

「別鬧了，妳是想留在這裡餵狼嗎？」蕭景田臉一沈，邁開長腿就往前走，道：「妳這個女人啊，哪裡都好，就是愛鑽牛角尖。」

「我鑽什麼牛角尖了？」麥穗伏在他寬厚結實的背上，嘴硬道：「你有什麼牛角尖可讓我鑽的？」
蕭景田展顏一笑，不再吱聲。
他再怎麼身強力壯，背上畢竟多了個人，走的還是坎坷不平的山路，再加上奔波勞累了一整天，體力有些不支，腳步也漸漸地慢下來。
明明眼前只是個小山坡，他揹著她卻走了足足有半個多時辰。待下了山坡，進了山谷，路才平坦起來，谷底滿是齊腰的野燕麥草，風一吹，「嗚、嗚」地響，讓人聽了很害怕。也就蕭景田敢在這個時候從這裡回家，估計十里八鄉的人，沒幾個人有這膽量。
周圍靜悄悄的，被野草掩蓋的小路看不見盡頭，偶爾驚起一、兩隻野雞，從他們身邊飛過。
「你放我下來吧。」麥穗知道他累得很，有些不好意思地道：「我覺得腳不痛，能走了。」
「我剛出去那年，是跟著商隊做生意的，就是于掌櫃他爹的商隊。那時候于老爹還健在，他主要是做海貨生意，就是把咱們這邊的海貨以及當地特產沿路賣掉，然後再從別的地方買上一些貨物，去另一個地方賣，賺取差價。」也許是因為氣氛太沈悶，蕭景田直接無視她的話，緩緩道：「咱們出了禹州，去宣州把海貨賣掉後，又進了大批當地的皮毛，一路向西，去了西北銅州。因為那裡冬天極冷，原想著皮毛肯定能賣個好價錢，但沒想到，剛進銅州地界，便碰到了楚國敵軍。」
麥穗見他提起以前的事情，小臉悄然紅起來。

難道他知道了她的心思，所以願意跟她分享他的過去了？

想到這裡，她溫順地伏在他背上，靜靜地聽著。他的氣息若有似無地包裹著她，讓她覺得異常踏實。

「楚軍搶走咱們所有的皮毛和貨物，還把咱們關起來，因擔心咱們洩漏他們的行蹤，就對咱們起了殺心。」蕭景田把背上聽得入迷的女人往上托了托，又道：「幸好咱們提前發現他們的企圖，趁夜逃走，可是咱們人雖然逃出來了，馬匹和貨物卻還在他們手裡。我便返回去，在他們營地裡放了一把火，趁亂拿回所有的貨物和馬匹，還順手把他們的馬放走數十匹。」

麥穗忍不住抿嘴偷笑。想不到蕭大叔小時候就這麼有膽有謀，那個時候，他應該才十四歲吧！

「後來，我被楚兵追上，打落懸崖，被一個好心的王爺所救。那個王爺世代駐守在銅州，雖然掌管軍務，卻是個不折不扣的才子，他幾乎什麼都懂，什麼都精通，可謂上通天文、下通地理，他是真正的博學多才，並非我誇大其詞。」

「那個王爺就是教你看天象的人嗎？」麥穗小聲問道。「那後來呢？他去了哪裡？」

「可惜天妒英才，他在沙場上戰死了。」頓了頓，蕭景田嘆道：「他死後，我便離開軍營，去了鏢行運鏢，並非是我喜歡，而是我得養活自己。因為咱們鏢行押的是水鏢，終日都在海上奔波，因此我也跟著去了不少地方。最遠去過楚國的國都上城，上城是個很特別的地方，家家戶戶都喜歡臨水而居，靠船出行，那裡的人也比較陰柔，喜歡穿一些華麗濃豔的衣裳。」

「那楚國是不是比咱們大周要富饒得多？他們那裡是有名的魚米之鄉，老百姓的日子也比較富足。」麥穗插話道。「而且那裡的氣候比較溫潤，四季如春，對不對？」

「妳是怎麼知道的？」蕭景田頓感驚訝。

「我在書上看到的。雖然那本書上沒有詳細說那裡的氣候如何，但你剛才說那裡的人靠船出行，我就知道楚國必定是四季如春的氣候，因為若是結冰，船自然就不能出行了。」麥穗侃侃而談。「那既然水都不結冰，天氣肯定不會冷，不會冷就是溫潤，溫潤往往代表多雨，以此類推，老百姓的日子自然會好過些。」

「沒錯，的確是這樣。」蕭景田失笑，想不到這個女人的性子如此討喜，剛才還疼得哭唧唧的，現在又開始耀武揚威地聊起來。

前面依稀有許多火把照過來，山崗那邊嘈雜聲不斷。

蕭宗海和蕭福田率先跑過來。見小倆口安然無恙，蕭宗海才算鬆了口氣，蕭福田卻埋怨道：「老三，你們到底去哪裡了？不知道家裡有多擔心你們嗎？」

眾人一窩蜂地圍上來，七嘴八舌地問道：「景田，到底出了什麼事？是不是碰到劫匪了？」

「我看這裡沒有好的松木，就多轉了幾個山頭，讓你們擔心了。」蕭景田顯然不想跟他們說出實情，歉然道：「都這麼晚了，還讓大家出來找咱們，真是抱歉，多謝各位了。」

眾目睽睽之下，蕭景田也沒有要放她下來的意思，麥穗只好繼續趴在他背上裝死。

看來蕭大叔是不想讓其他人知道他們遇襲的事，那她只好跟著他夫唱婦隨了。

「景田你太客氣了，只要你沒事就行。」姜木魚撓撓頭，摸了把臉上的汗，嘿嘿笑道：「咱們還等著你帶大家一起出海捕魚呢！」

「就是啊，景田，你可不能有事。」莊栓舉著火把，輕咳幾聲，上前一本正經地道：「以後大家出海，還得指望你了。」

蕭景田只是笑。

眾人雖然早已發現蕭景田正揹著他媳婦，但誰也不好意思問緣由。

「好了、好了，既然景田沒事，那大家都回吧。」蕭宗海長長地吁了口氣，感激道：「改天再請大家去家裡喝茶，咱們都快下山吧，景田他娘還在家裡等著呢。」

眾人這才說笑著下山。

「景田，你媳婦怎麼了？」蕭宗海走了幾步，便轉過頭不解地問道。

「爹，我、我沒事。」

麥穗剛想要下來，卻被蕭景田再度托回背上，如實道：「她扭到腳了。」

「噢，那趕緊回家去吧。」蕭宗海看了看兩人，舉著火把，不聲不響地走在前面。

孟氏和蕭芸娘站在村口，焦急地等他們回來，見蕭景田揹著麥穗走過來，抹著眼淚問道：「景田，你媳婦怎麼了？」

「娘，我扭到腳了。」麥穗小聲道。

「啊，腳扭了，嚴重不嚴重啊？」孟氏大驚道：「不能走了嗎？」

「娘，您有什麼事，等回去再問。」蕭景田又累又乏，沈著臉道：「這裡是說話的地方嗎？」

「就是，真囉嗦。」蕭宗海也黑了臉，喝道：「回家。」

孟氏這才閉了嘴。

蕭景田揹著麥穗進了屋，把她往炕上一放，隨即自己也跟著躺上去。

「景田，你們先歇息、歇息，娘給你們端飯過來。」孟氏見兩人疲憊不堪的樣子，不敢多問，便讓蕭芸娘去正房端飯。

兩人奔波了大半天，在路上的時候也沒覺得餓，如今進了家，聞到飯菜香，才覺得自己早已飢腸轆轆。因此他們誰也沒說話，只是低頭吃飯。

晚飯照例是吃包子。麥穗感到有些奇怪，孟氏怎麼就這麼喜歡做包子呢？

吃完飯，孟氏來幫他們收拾碗筷，讓他們趕緊休息，便洗碗去了。

蕭景田倚著被褥，瞇眼歇息。

麥穗嘗試著起身走動，雖然腳踝處還有些腫，但沒有一開始那麼疼了。

誰知剛要動作，便聽見蕭景田道：「別亂動，乖乖在炕上待著。」

「我想下炕走走。」麥穗低聲道：「多活動，好得快。」

蕭景田瞥她一眼，道：「妳下炕試試，我保證妳今晚疼得睡不著覺。」

麥穗嚇得忙縮回腳，她相信蕭景田說的，畢竟他曾經是個大將軍，在戰場上肯定遇過不少這方面的經驗。

「景田，你媳婦的腳要不要請你啞巴大爺過來看看？」孟氏推門走進來，擔憂道。「可別落下病根了。」

「娘，您放心，她的腳傷我心裡有數，沒那麼嚴重。」蕭景田欠了欠身，坐起來道：「您就不用操心了，趕緊睡去吧！再說了，哪有讓長輩來給姪媳婦看腳的？」

他可不想他媳婦的腳被別的男人捏來捏去的，就算是啞巴大爺也不行。

孟氏一時語塞。

麥穗知道他的心思，嬌嗔地看了他一眼，低頭抿嘴笑著。

孟氏又問道：「景田，你們今天到底發生了什麼事啊？怎麼這麼晚才回來？」他們再不回來，她又得找狐大仙去了。

「沒事、沒事，都說去找木材了。」蕭景田打著哈欠道：「娘，您歇息吧，咱們也累了一天，想睡了。」

孟氏覺得兒子在敷衍自己，便又看著麥穗，想看看媳婦那裡是不是有不一樣的說法。

麥穗見蕭景田不肯說實話，自然也不好說別的，索性跟著扯謊道：「娘，咱們真的是找木材去了，一開始覺得天色尚早，就多走幾個山頭，想不到回來的時候，天色晚了。讓您擔心了，是咱們不對。」

「沒事就好。」孟氏見小倆口並無異樣，這才放心。

蕭景田下炕去井邊打水，到門外沖了個澡，又端了一盆清涼的井水進屋，拿起布巾替麥穗冷敷在腳踝上，微微笑道：「今晚先冷敷，明早再給妳熱敷，之後在炕上多養幾天就沒事了。」

麥穗忍不住問道：「你怎麼什麼都會？」

「那是因為我什麼都做過。」蕭景田平靜道：「凡事做得多了，自然就精通了。」

「那你以前經常扭到腳嗎？」麥穗睜大眼睛問道。

蕭景田突然哈哈大笑，抬手刮了刮她的鼻子。「真不會說話。」

麥穗一臉納悶。難道她問錯了嗎？

蕭景田沒再說什麼，俐落地鋪好被子。她也迫不及待地鑽進被窩，倒頭就睡。

隔天醒來，天已經大亮，院子裡傳來蕭景田跟孟氏的說話聲。「娘，您現在就把這兩條黃魚拿去燉個黃魚湯，等她醒來，就讓她喝了。她的腳傷需要好好調養，再麻煩您照顧著點。」

麥穗一骨碌地爬起來，看了看腳，腳踝處還有些腫，一動便是鑽心地疼。她心裡有些沮喪，這腳什麼時候能好啊？再過兩天就是一個月一次的千崖島大集，她很想跟著蕭景田一起去把曬好的那些海娃娃魚給賣了。

「你放心忙你的，家裡有我呢。」孟氏應道。

麥穗趴在被褥上，想著他昨晚揹她回來時的情景，情不自禁地咧嘴傻笑。

有蕭大叔的日子，真好啊！

而村人都知道蕭景田要蓋新房子，紛紛去後山幫忙砍了一上午的樹。牛五、小六子和姜木魚幫著把砍下的木材從後山拉回來，整齊地排在牆外。

「三表舅，最近禹州城有家磚窯在嘗試燒製各種顏色的磚瓦，價格不貴，質地也好，城裡好多富戶都用他們家的磚。」姜木魚的兒子狗子提議道：「您要不要也去看看，買點顏色好看的磚瓦回來用。」

狗子是泥瓦匠，成天在別人家幫著蓋房子，見識自然比村人多。

「不過是蓋個房子，哪裡用得著去禹州城買磚瓦？」蕭宗海面無表情道：「就在鎮上買點得了。」他其實是不贊同蕭景田蓋房子的。分家的時候，他就跟老大、老二說好，這老院子以後是要留給蕭景田的，畢竟大興土木地蓋房子對他來說，是件極其奢侈的事。

就算木材不用花錢，可是光磚瓦和請泥瓦匠的費用，就是一筆不小的花費，其間還得請匠人們吃三頓飯——開工一頓，上梁一頓，完工又是一頓，想想就讓人頭疼。

「爹，禹州城的磚瓦未必比咱們鎮上的貴，若是顏色好看、質地上乘的話，無非是多費一些車馬錢罷了。」蕭景田解釋道。

他又轉身朝狗子點點頭，道：「這樣吧，你有空先幫我打聽一下具體的價錢，等我把手頭的海娃娃魚賣了再說。」

狗子點頭道「是」。

第三十六章 發財

家裡的海娃娃魚太多，蕭景田決定提前一天運到船上去，先拉一船去千崖島賣賣看。

蕭宗海提議把海娃娃魚裝在大網兜裡，讓牛五拉到船上去。

「這麼多魚，得用好多網兜，一時半會兒也織不出來哪！」孟氏如實道。「再說織網兜用的蒲草還沒割下，現在準備也來不及了。」

「那怎麼辦？」蕭宗海臉一黑。「妳早該想到這些的，沒有網兜怎麼裝這些魚？總不能讓人家用手拿著回家吧！」

「你就知道賴我！」孟氏委屈道：「我又沒賣過這樣的魚，哪能想得這麼周全。」

蕭景田沒吱聲，他一時也想不出更好的辦法來裝這些魚。

「景田，咱們不如提前把這些魚乾按大小分揀好。」麥穗提議道。「咱們大魚要價高一點，小魚要價低一些，每捆按十斤或五斤秤好。這樣就算到時候來買的人再多，也不至於手忙腳亂。」

上次她去千崖島的時候，看見賣海娃娃魚乾的攤子，圍了好多人。顧攤子的雖然有三個人，但要一邊秤重、一邊收錢，還是忙得焦頭爛額。當時她就想，若是能在家裡提前秤好，肯定不會這麼忙的。

蕭景田眼前一亮，當即點頭道：「妳說得對，咱們將大、小魚乾分開，每捆按十斤提前秤好，到時候只要忙著收錢就行。」

「那要是人家不想買這麼多怎麼辦？」孟氏皺眉道：「咱們豈不是還得給他們拆開，再重新秤？」

「說妳笨妳還不樂意。」蕭宗海見孟氏憂心忡忡的樣子，好笑道：「咱們帶上一麻袋散魚，給那些不打算買多的人準備著就是了。」

「你不笨，你方才咋想不出個好辦法？」孟氏見蕭宗海當著兒子、媳婦的面打趣她，老臉微紅道：「既然你們都同意提前秤好，就趕緊出去多借一些秤桿回來。」

「我去借秤桿。」蕭宗海見老妻臉紅，忙攬下這個活兒，笑著出門。

「妳進屋好好養著，不要亂動。」蕭景田上前把麥穗扶回屋，笑道：「明天才可以下來活動，若是覺得累，就趕緊上炕休息，知道嗎？」

「可是我覺得沒你說的那麼嚴重。」麥穗低聲抗議道：「我沒那麼嬌氣！再說就快要蓋新房子了，我總不能一直在炕上躺著吧。」

「妳的傷是我醫治的。」蕭景田笑了笑，一把將她抱上炕，拍拍她的肩膀道：「所以妳得聽我的，我現在是妳的大夫。」

「好，我聽你的。」麥穗莞爾道。

孟氏站在門口，無意撞見小倆口卿卿我我的樣子，心裡一陣欣慰，看來她得再多抓幾隻雞，等媳婦有了身子，要好好地給她補一補才是。

一家人一直忙到晚上，才把家裡的魚乾秤好，一捆捆地裝進麻袋裡，再用牛五的馬車拉到船上。

麥穗腳傷未好，幫不上忙，卻又閒不住，索性讓蕭景田幫她在門口擺了一張小桌子，鋪開紙筆，記下每個麻袋裝了多少斤魚。

不算不知道，一算嚇一跳。

原來他們在暗礁島那半個月，足足曬了兩千多斤的魚乾，粗略算下來，差不多能賣一百多兩銀子。

一百多兩啊！發財了！

麥穗不禁心花怒放。

蕭景田的大船一趟裝不下，蕭宗海索性把蕭福田和蕭景田的船也借過來裝貨，才總算把家裡的魚乾全都清理完畢。

晌午的時候，蕭芸娘嘻嘻哈哈地進屋，興奮道：「三嫂，咱們的魚到了千崖島大集上，可搶手了，很快就被搶光，一條魚也沒有剩下。」

「是嗎？太好了！」麥穗欣喜問道：「那集上除了咱們，還有幾家賣這種海娃娃魚乾的？」

「有四、五家吧。」蕭芸娘大大方方地脫鞋上炕，眉開眼笑道：「咱們的魚賣相好，而且都是提前秤好的，算起來價錢也比那些零散的還要便宜一些。那些趕集的人一拿就是一捆，一點也不含糊，而且最搶手的就是那些價錢高的大魚，許多人因為沒有買到咱們家的大魚而懊惱，還問我三哥下個月來不來趕集呢！」

「那你三哥怎麼說？」麥穗饒有興致地問道。
「我三哥直接說不來了。」蕭芸娘笑道：「你猜那些人怎麼著，連小魚也搶走了呢！」
麥穗抿嘴笑。這蕭大叔也太會做生意了吧！
孟氏推門走進來笑道：「媳婦，還是妳的主意好，幸虧提前秤好，要不然這個時候咱們哪能回得來？妳不知道，咱們回來的時候，那些跟咱們一樣賣海娃娃魚的人都還有大半車沒賣完呢！」
「娘，看您說的，我不過是出了主意而已。」麥穗笑著往裡挪了挪身，給孟氏讓出一塊地方，讓她炕上坐，又道：「若不是那些日子你們在暗礁島忙活，咱們也曬不了那麼多魚，還是爹、娘最辛苦。」
「娘，您瞧，三嫂的嘴真甜，怪不得三哥會喜歡呢。」蕭芸娘打趣道：「要是我，我也喜歡哪！」
「哎呀，妳就知道打趣我。」麥穗騰地紅了臉。
「好了、好了，趕緊給我做飯去，說話沒大沒小的。」孟氏見兒媳婦害羞，便沒再多說什麼，拖著女兒下炕就走。
「您還說我呢，難道您不盼孫子嗎？」蕭芸娘嘻笑道。「您為了這事，不是經常勸三哥的嗎？」
母女倆拉扯著出了門。
麥穗摸了摸發燙的臉，穿鞋下炕，小心翼翼地在炕前走著。除了不大敢用力著地，她的腳其實已經沒什麼大礙，可以慢慢走路了。
蕭景田這個江湖大夫的醫術，還是挺靠譜的。
麥穗來來回回地走動一會兒，便悄然把蕭景田放在外屋門口的恭桶提出去，放進茅廁裡。
家裡人來人往的，她哪好意思在屋裡方便。
到吃飯的時候，蕭景田才腳步生風地回家，見麥穗也坐在正房的炕上，關切地問道：「好點了？」
「好多了。」麥穗點點頭。
孟氏炒了一大盆土豆燉豆角，拿著勺子給每個人都舀了滿滿一碗，主食是白麵鍋貼，炒菜的時候放在鍋裡圍上一圈，煎得外焦裡嫩，很是美味。
除了土豆燉豆角，還有一小碟豬頭肉，是啞巴大爺送過來的，說是別人給了一個野豬頭，他自己滷的。
「景田，你剛才去你表姊家幹麼了？」孟氏問道。
「去找狗子問了點事。」蕭景田漫不經心地用筷子挾著豆角，放進嘴裡嚼著。「狗子不在，表姊說他去禹州城了。」
「怎麼？你還真打算用禹州城的磚瓦？」蕭宗海輕咳一聲，道：「雖然眼下咱們是有點銀子，但為人不可太招搖。」

他窮了一輩子，習慣過低調樸實的日子。如今，要他冷不防地站在別人面前，過得高調又奢華，他有些畏懼。

「爹，我這不是招搖，我只想順著自己的心意，想好好過日子罷了。」蕭景田挾了一塊豬頭肉，用筷子挾掉肥的那端，把剩下的瘦肉放到麥穗碗裡，和顏悅色道：「既然打算蓋新房子，自然得蓋一個自己喜歡的，不要擔心別人怎麼想。」

「三哥好偏心，給三嫂挾瘦的。」蕭芸娘眼尖，看到蕭景田的小動作，嘟著嘴，撒嬌道：「我也要瘦肉，肥的太膩了。」

麥穗剛把肉放到嘴裡，聽見小姑這麼說，頓覺尷尬，又不好說什麼，只好裝作沒聽見。

「想吃什麼自己挾，叫喚什麼？」蕭景田索性把那碟豬頭肉都推到蕭芸娘面前，沈聲道：「吃吧，全是妳的了。」

「哎呀，三哥，人家跟你開玩笑的，你還當真了。」蕭芸娘噗哧一笑，又挾了一大塊瘦肉放到麥穗碗裡，笑道：「三哥，這下子滿意了吧？」

「你們自己吃自己的，不要給我挾來挾去的。」麥穗頓覺無語，又把肉挾回去給蕭芸娘。

這兄妹倆鬥嘴，居然還要牽扯上她？

「三嫂，妳傷了腳，得好好補一補。」蕭芸娘執意把肉又挾到麥穗碗裡，嬌嗔道：「三嫂，求求妳了，快吃了吧，要不然我三哥非打我不可。」

蕭景田的嘴角彎了彎，沒再吱聲。

「吃飯，鬧什麼鬧！」蕭宗海實在看不下去，朝蕭芸娘低吼道：「吃飯也堵不上妳的嘴。」

蕭芸娘吐了吐舌頭，立刻乖乖地閉嘴。

麥穗忍著笑，低頭吃著碗裡的飯。

「你爹的意思是擔心咱們房子蓋得太招搖，要是引起別人注意就不好了。就像上次收成的那些麥子一樣，你看王家多眼紅，鬧出多少事來。」孟氏也瞪了蕭芸娘一眼，繼續道：「景田，你長年在外，自然有你的想法，但別人的心思也是要顧及的。」

「若凡事都要顧及他人的想法，那這房子也不用蓋了。」蕭景田吃了幾口，便放下筷子，道：「此事您們就別操心，匠人什麼的我都找好了，木材也有了，待磚瓦定了，就可以開工。」

蕭宗海和孟氏對視一眼，只是嘆氣。

他們是說服不了這個兒子的。

吃完飯，蕭景田又出了門，不用說，又是為了磚瓦的事去姜孟氏家了。

蕭宗海照例扛著鋤頭出門。

麥穗閒來無事，在院子裡小心地來來回回鍛鍊著，走了一會兒，額頭已經出了一層汗。一旁的蕭芸娘看到，忙殷勤地搬了張凳子讓她坐。

這小姑子不知道為什麼，像是換了個人似的，對她很熱情，讓她感到有些不習慣。

這時，一輛馬車徐徐停在門口，從馬車上走下來一個衣著考究的中年人。

一襲絲綢長衫，還戴著一頂瓜皮帽，氣質儒雅。

見了孟氏，來人忙作揖道：「這位嬸娘，請問這裡可是蕭景田的家？」

「正是，請問你是？」孟氏疑惑道。

「鄙人王顯前來拜訪，還望嬸娘通融。」自稱「王顯」的中年人，畢恭畢敬地遞上拜帖。

「快請進。」孟氏不識字，也不知道拜帖是啥，但見此人態度如此謙卑，又指名道姓要來找她兒子，便客客氣氣地把人領進院子。

蕭景田從孟氏手裡接過拜帖，瞄了一眼，淡淡地道：「大人請！」

兩人進了正房。

麥穗給他們泡茶，端過去後，便悄無聲息地退出來。

走到門口的時候，她聽見那人說：「壯士，咱們明人不說暗話，如今海上不寧，海蠻子三番五次作亂，禍及百姓安危。朝廷特派在下前來協助趙將軍剿匪，可是在下見趙將軍麾下之兵馬不能擔此重任，故而來此請教壯士，希望壯士能助趙將軍一臂之力。」

蕭景田跟那個王顯這一聊，竟然聊了一下午。直到天快黑，王顯才意猶未盡地起身告辭離去。

吃晚飯的時候，蕭宗海問起王顯的來歷，蕭景田淡淡道：「是如今坐鎮禹州城總兵府的巡撫大人，聽說我上次在海上遇到海蠻子，就過來問問詳細情況。」

牛五恍然大悟，興奮道：「若是總兵府出面，那咱們海上可就能清明了。」

最近牛五在魚塘那邊沒什麼事要做，因此他幹完自家田裡的活兒，又幫著蕭宗海幹了大半天的活兒，蕭宗海便拖著他來家裡吃飯。

「三哥，這可是個機會啊！」牛五神秘兮兮道：「咱不能白給他帶路，得跟他要個一官半職的，讓他在總兵府幫你謀個職位，說不定還能搬到禹州城去住呢！」

「你這小子正經點吧！」蕭宗海笑罵道。「要我說，去給人當差，還不如在家自己種田謀生。還想去禹州城住呢，你這小子心夠大的。」

蕭芸娘不以為然道：「爹，這人往高處走，水往低處流嘛！」

「對、對，知我者，芸娘也。」牛五撓撓頭笑道。

「去你的。」蕭芸娘白了他一眼。

「景田，總兵府那邊不會讓你也跟著去剿匪吧？」蕭宗海想了想，擔憂道：「帶路是可以，但咱們萬萬不能跟著去對付那些海蠻子啊！」

「爹，您放心，我只答應幫他們帶路，不會跟他們一同出戰的。」蕭景田道。「再說，咱們還得忙著蓋房子呢，哪裡顧得上幫他們剿匪？」

「那就好。」蕭宗海這才放心。

麥穗卻覺得蕭景田只是不想他爹擔心而已，畢竟剿匪跟蓋房子，哪頭重、哪頭輕，他心裡自然是分得清楚的。

夜裡，麥穗問著身邊的蕭景田。「你真的只是答應幫他們帶路？」

「當然。」蕭景田翻了個身，面對著她，問道：「怎麼？妳不相信我？」

「不是，我是覺得他們若真的只想找個帶路的人，也不是非得找你不可，熟悉這片海路的人太多了。」麥穗如實道：「俗話說，千軍易得，一將難尋，我想他們看上的，不過是你的身手罷了。」

「不錯，的確是這樣。」蕭景田突然伸手抓住她的手，放在手裡揉捏幾下，沈聲道：「妳放心，不但我不用出戰，就連總兵府的人也不用。」

「怎麼說？」麥穗頓感驚訝。

暗夜裡，她看不清他的臉，但依然能感覺到他的自信和從容。

「妳以為總兵府的那些人是能打仗的嗎？」蕭景田握住她的手，把她的手放在他的胸口上。

感受著他有力的心跳，麥穗悄然紅了臉，只聽他接著道：「趙庸生性懶散，不理軍務，卻喜歡當個大財主。聽說他霸占許多良田，把手下的士兵都趕到田裡去幹活，根本就不操練士兵，這樣的軍隊哪有什麼戰鬥力可言？」

「那怎麼辦？」麥穗暗暗驚訝，她真的沒想到總兵府竟然是這樣的。怪不得上次蕭貴田出事，總兵府硬是沒出面，最後還是龍霸天花銀子把他的船和人都贖回來。

「之前海上有三股海蠻子的勢力，現在只剩下齊州幫一家獨大，說起來，不過是強龍難壓地頭蛇罷了。」蕭景田拍拍她的手背，道：「那些海蠻子大都是齊州人，並非是作惡多端之人，要想制伏他們，得靠齊州當地的官府，而不是總兵府。」

「可是當地官府縱容他們這麼多年，肯定是利益共存的，哪能因為驚動朝廷就把他們趕盡殺絕？最多讓他們收斂一陣子，待風頭過去後，他們便又會出來興風作浪了。」麥穗立刻領悟蕭景田的意思，嘆道：「如此一來，這些海蠻子豈不是更加有恃無恐？」

她的聲音不大，但落在蕭景田的心裡，卻猶如注入一股清泉般的清爽和舒心。想不到在這個山野鄉村裡，他竟然也能碰到懂他的女人。

原來他之前經歷的那些戎馬歲月、鐵馬冰河，上蒼都看在眼裡，因此默默地給了他一個大大的驚喜，那就是把這樣一個聰慧的女人，冷不防地送到他的面前。

一股強烈的衝動迅速席捲他全身，他只覺得全身血液再一次因她而沸騰。

他緊緊地握住她的手，剛想有進一步的動作，便聽見她突然低低痛呼一聲。「景田，你、你壓到我的腳了。」

「對不起，我忘了妳腳還沒有好。」蕭景田忙把腳拿開，坐起身來。

他一手拿著蠟燭，一手把她的腳捧在手裡細細查看，一隻纖細白皙的小腳秀氣地展現在他面前，腳踝處微微發紅，別的地方並無大礙。

他替她按壓一番，才把她的腳小心翼翼地放回被窩裡，熄了燈，又給她蓋了蓋被子，才繼續剛才那個話題。「妳剛才說得很對，所以我才覺得只有讓齊州官府下定決心剿滅他們，事情才能徹底解決。」

「他們唇齒相依這麼多年，豈會說翻臉就翻臉？」麥穗自然沒有察覺身邊男人在極力克制自己，繼續吐氣如蘭地道：「說說看，你有什麼辦法？」

「建立一個新的利益網。」蕭景田一字一頓道：「用更大的利益去打倒他們。」

「你是說要送銀子給齊州官府？」麥穗吃了一驚，道：「那不就等於用錢來剿匪？」

「我只是借力打力而已，讓齊州官府去消滅齊州海蠻子，是最合適不過的事了。」蕭景田坦然道：「再說除此之外，也沒有更好的辦法。據我所知，總兵府雖然沒有戰力，銀子還是有的。我想，趙將軍會是個願意出銀子給別人，讓別人代替他去打仗的人。」

「那如果齊州官府為了得到更多好處，繼續養虎為患，不斷索取錢財，那怎麼辦？」麥穗幽幽道：「難道趙將軍不會考慮到這個問題嗎？」

「妳放心，用不了多久，剿匪就不再只是總兵府的職責。」蕭景田看了看她，極力壓抑住體內的衝動，翻了個身，面對著牆，沈聲道：「時辰不早了，睡覺吧！」

再聊下去，他不敢保證自己能有這麼好的定力。

「嗯。」身邊女人輕聲應道，她往被窩裡縮了縮，很快地沈沈睡去。

蕭景田聽著她清淺的呼吸聲，有些哭笑不得。

這個女人撩起他的慾望之後，卻這樣自顧自地睡著，害得他一個人慾火中燒。一閉上眼睛，她的體香肆無忌憚地縈繞在他身邊，他連看都不敢看她，怕一看就會控制不住自己。

輾轉反側了一番，他再也忍受不了這種煎熬，索性起身下炕，去井邊打水，提著水桶就在門外樹下沖起了冷水澡。

第三十七章　夫妻

蕭景田看了狗子從禹州城帶回來的那些磚瓦，細細比較一番，便決定就用禹州磚窯的磚瓦。至於顏色，徵求過麥穗的意見，用了常見的灰藍色。

不得不說大磚窯燒出來的磚瓦，就是比鎮上出的要好得多，看上去更大氣精緻。

狗子看了看蕭景田手裡的草圖，連連咂舌道：「三表舅，您這房子得需要多少磚瓦哪？再加上後院還那麼多間屋舍。」

「要蓋自然得蓋個稱心的。」蕭景田沈聲道：「挑選磚瓦的事就交給你了，你估摸一下我這房子得用多少磚瓦，儘管從禹州城那邊給我拉來就是。」

「嗯，好的，三表舅您放心，這事就交給我了。」狗子見蕭景田神情嚴肅，便大氣不敢出一聲地溜走了。

蓋房子是好事，怎麼三表舅還成天板著一張臉呢！真是想不通啊想不通。

「娘，我也想跟著狗子去禹州城看看。」蕭芸娘撒嬌道。「我都還沒去過禹州城呢。」

「狗子是去拉磚瓦，又不是去玩，妳去幹麼？」孟氏瞪了她一眼。「等以後得空再去就是了。」

「三哥，讓我去看看吧！」蕭芸娘又去拽蕭景田的胳膊，哀求道。反正是當天去、當天回，有什麼好擔心的。

「不准去！」蕭景田臉一黑，訓斥道：「妳一個姑娘家，給我老實在家待著。」說著，便邁開長腿大踏步地出門。

走到門口，半塊磚頭橫在面前，他飛起一腳把磚頭踢得老遠，那磚頭「嗖」的一聲掠過院牆。

牆外有人「啊」的一聲，只見牛五抱頭跑進來，苦著臉道：「我的天啊，是誰亂扔磚頭？要不是我反應快，腦袋非得開花不可。」

「是我三哥。」蕭芸娘噘嘴嘀咕道：「也不知道怎麼了，我三哥最近心情不大好，逮著誰就教訓誰，你可得小心點喔。」

「嘿嘿，景田哥平日裡本來就板著一張臉，反正我是沒怎麼見他笑過。」牛五撓撓頭，低聲道：「妳發現了沒？自從妳三嫂過門，妳三哥也沒怎麼笑過。妳想啊，他對媳婦都不笑了，對咱們能有好臉色嗎？」

「我三哥什麼性情，我自然比你清楚。」蕭芸娘不以為然道：「反正我覺得他這幾天是格外煩躁，整天臭著一張臉，像是誰欠他錢似的。」

「大概是因為蓋房子的事，心裡發愁吧。」牛五嘻笑道：「景田哥是個閒不住的人，如今整天忙著房子的事，不能出遠海，心情自然不好。」

「就是不能出遠海，也用不著對我發火啊！」蕭芸娘嘟了嘟嘴，悻悻地轉身回屋。

孟氏聽了，也覺得兒子最近有些不對頭，問他什麼也是一臉不耐煩的樣子。除了對他媳婦稍稍好點，其他人跟他說話他都覺得煩，還常常愛理不理的。

麥穗的腳這幾天已經大好了，走路也跟平日裡沒什麼區別。她已經七、八天沒有出門，都快憋壞了，於是便提著籃子，去了趟菜園。摘完菜之後，她見天色還早，又跑去姜孟氏家串門子。

「妳家景田最近怎麼了？」一進門，姜孟氏劈頭蓋臉地問道：「我怎麼看他老是黑著一張臉，跟他說話，他也心不在焉的，嚇得狗子都不敢去妳家了。」

「他沒怎麼樣啊。」麥穗不解地道。

蕭大叔有那麼可怕嗎？再說最近也沒發生什麼不愉快的事。

這幾天他沒有出遠海，只是在附近撒了幾網，好給于記飯館供貨。出海回來後，他下午就會跟蕭宗海去田裡幹活，晚上父子倆在新宅那邊忙著規劃地基大小，除了每晚回來得有些晚以外，也沒什麼異樣啊。

「妳跟他，那事怎麼樣？」姜孟氏悄聲問道。

「啥事啊？」麥穗一頭霧水。

「炕上的事。」姜孟氏見她一副不開竅的樣子，索性直言道：「妳腳受傷的這幾天，他碰妳了沒？」

「沒有。」麥穗紅著臉嗔怪道：「哎呀，表姊，妳也太不正經了，回頭狗子娶了媳婦，妳可別這樣操心呢！」

「怪不得呢！」姜孟氏摀嘴笑了一會兒，看了看麥穗的腳，揶揄道：「妳的腳沒事了吧？」

「沒事了。」麥穗被她笑得心裡有些慌。「表姊，妳神神秘秘的到底想說什麼？」

「沒什麼，就是隨便問問，關心一下你們兩口子還不行嗎？」姜孟氏不再逗她，笑道：「對了，剛才梭子媳婦來過，說她家後天要殺羊，讓我問問妳要不要羊肉？妳要的話，我待會兒就去跟她說，讓她給咱們留點兒，她家的羊成天在後山亂跑，不但瘦肉多，滋味也好。」

「是嗎？那太好了。」麥穗眼前一亮，笑道：「我家新房後天開工，正好要招待客人。那我就要十斤羊肉、五斤羊雜吧。」

「好，我跟她說。」姜孟氏說著，進了灶間，拿起木瓢從水缸裡舀了一瓢水，一口氣喝完後，用袖子一抹嘴，笑道：「你們家現在果然是村裡的大財主，出手就是闊綽，聽說你們上次去千崖島賣了一整船的魚乾，村人那個眼紅勁兒就甭提了。不過海上不寧，大家也沒敢去暗礁島那邊試試運氣，聽說鄰村有個膽大的去了一趟，撒了好幾網也沒網到多少魚，還晦氣地碰到海蠻子，嚇得他們連漁網都不要，拚了性命才逃回來。」

「想不到海蠻子還是那麼猖狂。」麥穗皺眉道，也不知道蕭景田的那個計策管不管用，若是這招真的能讓那些海蠻子銷聲匿跡，那蕭景田就太了不起了。

「唉，什麼時候官府才能管管這些海蠻子？咱家木魚也好幾天沒有出海了，再這樣下去，真的要喝西北風了。」姜孟氏嘆道。

「表姊妳也別太擔心了，海蠻子遲早會被解決的。」麥穗安慰道。

新房開工那天，蕭宗海和蕭景田本來想算著最多有七、八個人來幫忙，可是那天一大早，卻一窩蜂地來了三十多個人。

魚嘴村裡一半以上的男人都來了。據說另一半是想來卻不好意思來，因為來了就得管飯，他們擔心蕭家會吃不消。

蕭宗海和孟氏喜出望外。

新房開工奠基最喜人多，人越多越好。人多就意味著家業昌盛，人丁繁茂。

可麥穗卻犯了愁。

前一天擬好的菜單，肯定不能按計劃做了，畢竟七、八個人的飯跟三十多人的飯，可不只是差了四倍那麼簡單。

別的不說，原先備下的肉跟菜根本就不夠用，總不能讓人家餓著肚子回去吧？

孟氏高興之餘，顯然也意識到這個問題，趕緊過來跟麥穗商量。「媳婦，妳說來了這麼多人，這飯咱們怎麼做？」

新房奠基講究的是熱場子，也就是所有人都得在新宅要開工的地方吃飯，圖個熱鬧喜慶。

炒菜的話怕是得炒三十多個不重樣的菜，她們沒準備那麼多食材，若是再去鎮上買，時間似乎有些來不及。

如果吃大鍋菜，感覺又太寒酸了。

「娘，您放心，我有辦法了。」麥穗想起梭子家今天殺羊，她眼前一亮，忙道：「您去烙些白麵餅，我先去梭子家買些羊肉回來，咱們做兩鍋羊肉泡饃招待客人吧。」

「也行，我再讓芸娘找幾個人過來幫忙包些餃子，拿去妳表姊家煮了抬過來。」孟氏說著，急急忙忙安排去了。

婆媳倆立刻分頭行事。

香噴噴的羊肉泡饃搭配熱氣騰騰的大肉餃子，雖然不是特別豐盛，但勝在味道鮮美獨特，一頓飯吃得賓主盡歡。

眾人一直幫忙到日落西山，才收工回家。

蕭福田和蕭貴田兩家人留下來吃晚飯，嚷嚷著還要吃羊肉泡饃，晌午那頓光忙著招待外人，自家人反而都沒有吃好。

蕭景田索性再去梭子家買了些羊肉回來，一家人又美美地吃了一頓羊肉泡饃，吃得盡興極了。

大家心情都不錯，兩家人在正房聊到很晚，還沒有散去的意思。

麥穗見他們聊得火熱，便悄然退出來，去灶房燒水洗澡。她這一天不停地做飯，身上全是汗味，只是這鍋子許是白天熬了羊肉湯，水開以後還有股羊腥味。她沒法子，只好倒掉重新添水。

如此折騰一番，羊腥味還在。麥穗很沮喪。

「怎麼了？」蕭景田不知道什麼時候來到她身後，見她一趟趟地來回提水，還以為是失火了呢。

「我想燒點水洗澡，可這鍋子之前用來熬了羊肉湯，我都已洗好幾次了，卻還是有股羊肉味。」麥穗皺眉道。

「傻瓜，換個鍋不就得了。」蕭景田笑了笑，轉身去新宅那邊提了口新鍋過來換上，又很勤快地去井邊打水，在鍋子裡注滿水，低聲道：「看見我給妳做的浴桶了嗎？妳回屋等著，等等水燒開，我再幫妳提到屋裡去。」

「不用，還是我燒吧，你也累了一天。」她做飯累，蕭大叔蓋房子更是累啊！眼見那如磨盤大的石頭，他硬是一塊一塊從河邊揹回來，她看見他背後的衣襟全都濕透了。

「妳回屋裡去，我一點都不累。」蕭景田在她耳邊，低聲道：「再不回去，我就抱妳回去了。」

麥穗臉一熱，落荒而逃。

新做的浴桶就是好，裡裡外外刷了桐油，邊邊角角也打磨得精細圓潤。浴桶高大，蕭景田還特意做了一個矮墩放在浴桶外面，設計得很周到。

待麥穗洗完澡，蕭景田才進來把浴桶提出去，自己又去井邊打了水沖澡，換上乾淨的衣裳後，又摸黑坐在井邊把自己和麥穗換下來的衣裳給洗了。

「哎呀，景田，怎麼是你在給三弟妹洗衣裳呢？」沈氏和喬氏從屋裡走出來，見蕭景田竟然在洗他媳婦的衣裳，大驚道：「三弟妹呢？」

「她睡了。」蕭景田頭也不抬地答道，他並不覺得給媳婦洗衣裳，有什麼值得大驚小怪的。

直到出了大門，妯娌倆還有些摸不著頭腦，這還是她們認識的那個老三嗎？

蕭福田和蕭貴田領著孩子，一聲不吭地走在後面，心裡也暗自嘀咕道，這老三也太不像樣了，男人怎能給媳婦洗衣裳呢！

麥穗躺在炕上，聽見院子裡傳來的說話聲，很是吃驚。

蕭大叔在給她洗衣裳？

待他回了屋，麥穗從被窩裡探出頭道：「我是覺得今天太晚了，想明天再去河邊洗，不用你洗的。」

今晚蕭大叔也太勤快了吧！

「可是我已經洗了，妳打算怎麼謝我？」蕭景田蹬掉鞋子，上了炕，盤腿坐下，專注地看著躺在他面前的小媳婦。

觸到他炯炯的目光，麥穗騰地紅了臉。

她往被窩裡縮了縮，垂下眸子，有些不知所措。

瞬間一個炙熱的身子壓下來，把她結結實實地撲在身下。「知道該怎麼謝我了嗎？」

麥穗會意，又不知道該說什麼，索性耍賴道：「我不知道……」

「那我來告訴妳。」蕭景田看著她白皙細嫩的脖頸和如畫的眉眼，急切地低頭吻住她柔軟的唇瓣，大手也不安分地探進她的衣襟裡。

她被他嵌固在身下，本能地推著他結實的胸膛，耳紅面赤道：「景田，我、我不會……」

咳咳，其實她會的。她糾結的是蕭大叔都還沒跟她說他是不是喜歡她，就要跟她做這種事……

「別怕，我教妳。」男人在她耳邊低語道。

意亂情迷中，麥穗只覺得她的身子像是被撕裂般的疼痛，她忍不住推著他的臂膀，對上他黝黑深邃的雙眼，嗚咽道：「嗚嗚，景田，咱們以後再做吧！」

蕭景田強忍著慾望，停下動作，低頭吻著她的臉，柔聲道：「咱們是夫妻，這一關早晚都要過的，很快就好了。」

他都還沒完全進去，她就疼成這樣，那以後怎麼辦？

殊不知她楚楚可憐的模樣，落在男人眼裡，簡直是火上澆油，他只覺得全身血液瞬間熊熊燃燒起來。不過想到她是初經人事，他動作緩了緩，不停地吻著她，每一下都極其溫柔，像是擔心碰碎了珍貴寶貝一樣的輕柔。

屋裡一片昏暗。

月光斜斜地灑進來，她的眼前一片朦朧，唯獨他的雙眸在她面前逐漸清晰起來。

他溫柔的撞擊讓她頓感踏實，原先的痛楚漸漸消失，一種前所未有的極致歡愉席捲而來，她覺得自己就像一葉扁舟，剛被沖上浪頭，又被迅速地按入水中，完全不能自已……

待他結束後，麥穗渾身軟得像是被抽了筋，連動都不能動了。一扭頭，迎上男人看過來的目光，她頓覺臉上似火在燒，索性用被子蒙住頭，不好意思再看他。

蕭景田見她把自己包得像個粽子，笑著扯了扯她的被子，低聲問道：「還疼嗎？」

他像是在旱地上跋涉許久的人，可面對著擺放在他面前的瓊漿甘露，卻只能小口小口地飲著，讓他欲罷不能。

「一開始挺疼的，後來就不疼了。」麥穗聲如蚊蚋地答道。

人家不想討論這個問題了好嗎？

「讓我看看妳。」蕭景田扯開她的被子，眉眼含笑地盯著她看。

麥穗被他看得心裡直發毛，垂眸道：「你幹麼這麼看我？」

見她有氣無力的樣子，蕭景田索性長臂一伸，把她嬌小的身子攬在懷裡，憐惜道：「妳歇息一會兒，我去給妳打水洗漱一下，鍋裡還溫了半鍋水呢。」

「好。」麥穗低聲應道。

蕭景田很快就打來水。

麥穗雖然不想動，卻還是忍著痠痛起身，剛要下炕，就被蕭景田一下子抱起來。

男人醇厚的聲音在耳邊低語道：「我抱妳去洗。」

麥穗身子乏得厲害，實在不想動也不願意動，只得軟綿綿地趴在他懷裡，一切由他。

洗漱過後，她很快地沈沈睡去。

一覺醒來，已經是晌午，蕭景田早就不在她身邊了。

大片陽光從窗櫺灑進來，照得屋裡很是明亮耀眼。

天哪，她竟然一覺睡到這個時辰……

想到昨晚，麥穗的臉又熱起來，他和她就這樣成了真正的夫妻了！想著、想著，她又覺得心裡空蕩蕩的。

院子裡傳來蕭芸娘的聲音。「娘，三嫂到底怎麼了？怎麼到現在還不起來？」

「妳三哥說妳三嫂昨晚腳又疼了，到天亮的時候才睡著，讓咱們別過去打擾她。」孟氏道：「她腳剛剛好，就忙前忙後地幫著做飯，是該累著了。」

「喔，那我就不過去叫她了。」蕭芸娘走到門口，又退了回去。

麥穗聽了，覺得好氣又好笑。

蕭大叔可真會編，她晚起是因為腳疼嗎？

而外牆那邊，男人們正有說有笑的，搬磚的搬磚，和泥的和泥，忙得不亦樂乎。

蕭景田格外神采飛揚，邁著長腿從馬車上往下卸磚，還眉眼柔和地拍著狗子的肩膀道：「狗子辛苦了，你先去表舅家裡坐坐吧，歇歇腳，晌午留下來吃飯。」

「不用、不用，我回家吃就行。」狗子望著蕭景田的笑臉，受寵若驚道：「三表舅，您蓋房子的磚瓦我都給您拉回來了，回頭您對對帳目，看看銀子對不對。」

「不用看了，我信得過你。」蕭景田大手一揮，看看天色，又對眾人道：「大家辛苦了，今上午就到這裡，快回家吃飯吧。」

眾人才相互告辭離去。

蕭景田匆匆地回了家，見孟氏在炒菜，而麥穗正坐在灶間燒火，便走到她身邊，關切地問道：「妳好點了嗎？」

「好多了。」麥穗不大好意思看他，只是低頭抓起柴火，往灶口裡放，灶口裡的火烤得她的臉愈加紅了起來。

「看來你媳婦的腳還是沒有好全。」孟氏當然不知道麥穗說的「好多了」是啥意思，她蓋好鍋蓋道：「我下午就去啞巴大爺那裡討幾帖膏藥，回來給她貼一貼。」

「也好。」蕭景田點點頭，見他媳婦面若桃花、羞答答的模樣，只覺得喉嚨有些發乾，他情不自禁地抓起她的手。「妳快回屋歇息，我來燒火。」

「不用，燒火是坐著的，腳又不疼。」麥穗嬌嗔地看了他一眼。他當著婆婆的面，這樣拉拉扯扯的好嗎？

孟氏看了看兩人，不動聲色地走開了。

第三十八章　新婚燕爾

待吃了飯，蕭芸娘陪著孟氏去了啞巴大爺家，蕭宗海去了田裡，麥穗則坐在炕上學著繡花。

她實在太羨慕婆婆和小姑子，就那麼穿針引線一番，幾朵栩栩如生、嬌豔欲滴的花便綻開在衣料上，讓她驚豔極了。

蕭景田去新房那邊轉了轉，見幹活的人還沒有來，便又推門進屋。見他的小媳婦正聚精會神地低頭繡花，目光觸及她白皙的脖頸，眸底黯了黯，便順手把她手裡的繡活拿過來，扔到一邊，想也不想地把人直接壓倒在炕上，啞聲道：「媳婦，我想妳了。」

「你幹麼？現在是白天。」麥穗手忙腳亂地推著他，臉紅道：「娘她們很快就回來了。」

若是被家裡人撞見，那她還要不要見人了？

「回來就回來，她們不會到咱們屋裡來的。」蕭景田不由分說地低頭吻住她，粗糙有力的大手在她纖細的腰間摩挲著，驚起她一陣酥麻。

感受到他某處的堅硬，麥穗紅著臉掙扎道：「你放開我，我都快喘不上氣來了。」

「那妳壓著我。」蕭景田一個翻身躺在炕上，把她抱著放在他身上，大手探進她的衣襟裡，摸著她的後背一路下滑，直到往前觸到她的豐盈，低聲道：「妳太瘦了，我得好好給妳補補，這身上摸著沒幾兩肉怎麼行。」

人都被他吃乾抹淨了，他還要來個事後評價嗎？真是夠了！

「你就知道取笑我！」麥穗俏臉發紅地在他懷裡掙扎，卻怎麼也掙脫不開，她張大杏眼瞪道：「你快放開我，要不然我就、我就……」

「妳就怎樣？」蕭景田抱著她，絲毫不肯鬆手，望著她清麗端莊的臉龐和臉上羞愧難當、似喜似嗔的神色，越看越覺得口乾舌燥，恨不得現在就……

這時，外牆那邊傳來男人們的說話聲。「狗子，看見你景田表舅了沒？怎麼還不見他過來？」

「沒看見，我來的時候他就不在啊。」

「說不定在家裡，快去他家裡找找。」

接著，大門響了一下，有腳步聲傳來。「三表舅在家嗎？該開工了！」

「快起來，有人來了。」麥穗耳紅面赤地從他身上爬下來，手忙腳亂地理著被他弄亂的頭髮。

「來了、來了。」蕭景田笑了笑，起身理好衣衫，心情愉悅地走出去。

「俗話說，傷筋動骨一百天，妳這才養了幾天？」孟氏親眼看著麥穗把膏藥貼在腳上，才放下心，囑咐道：「這些日子妳別出去了，好好在家養著，有什麼需要的就告訴娘，娘給妳跑腿。」

「娘，我沒事的。」麥穗尷尬道：「沒有您想得那麼嚴重。」她哪裡是腳疼，分明是不該疼的地方在疼……

「怎麼可能沒事，昨兒個都疼了一夜。」孟氏嗔怪道。「貼了這膏藥，可不能再隨意亂動，否則藥就不管用了。妳乖乖在屋裡躺兩天，別落下病根，景田最近忙著蓋房子顧不上妳，妳得自己多留意一下腳傷。」

「我知道了，娘。」麥穗點頭應道。

傍晚，蕭景田又提了兩條黃魚回來，拿給孟氏做了魚湯，還特意讓蕭芸娘去喊了牛五過來吃飯。

牛五也不推辭，大大方方地上炕吃飯，侃侃而談道：「三哥，你蓋房子真是找了個好時候，現在官府都不讓出海，說是齊州那邊正在整治海蠻子，怕那些窮凶極惡之徒會狗急跳牆，來傷害咱們老百姓，所以連咱們這邊的海路都封了。」

蕭景田嘴角一扯，沒吭聲。

「那你們魚塘那邊除了養魚，不是也沒活兒可幹了？」蕭宗海問道。「若是封了海，那龍霸天也不能往京城送貨了吧？」

「還送什麼貨？我聽說京城大灣子那邊連碼頭都封了。」牛五壓低聲音，神秘道：「聽說溧陽郡主正在京城整頓軍隊，要親自前來清剿海蠻子，龍叔說，在溧陽郡主啟航之前，海路都不會開通。」

「溧陽郡主是誰？」蕭宗海一頭霧水。

「聽龍叔說，溧陽郡主是咱們大周唯一一個異姓王秦王爺的女兒。說起來，這個溧陽郡主可是不得了，她雖然是一介女流，卻掌管銅州邊境的十萬人馬。」牛五越說越興奮，手舞足蹈道：「聽說溧陽郡主至今尚未婚配，引得天潢貴冑們紛紛請旨求娶，可惜落花有意、流水無情，溧陽郡主一個也沒看上，至今仍是孤身一人。」

蕭景田靜靜地聽著，面無表情地放下筷子，道：「你的這些消息，都是從哪裡打聽來的？」

「嘿嘿，龍叔告訴我的。」牛五撓撓頭，笑道：「龍叔還說，溧陽郡主容貌嬌媚，恍若天仙，不但通古博今，而且武藝超群，是咱們大周真正的女中豪傑、巾幗英雄。」

「哇，那這樣的女人豈不是只有皇親國戚能相配了？」蕭芸娘睜大眼睛道：「你們想想啊，這個溧陽郡主長得好看，又手握重兵，要學問有學問，要武功有武功，這樣的女人，尋常男子根本配不上嘛！」

「那是，這樣的女人是天上難尋、地上無雙，誰要是娶了溧陽郡主，那簡直是上輩子修來的福分，祖墳都要冒青煙了。」孟氏見牛五說得口乾舌燥，便倒了杯水給他，牛五接過水，咕嚕、咕嚕地喝完，用袖子一抹嘴，繼續道：「我還聽說了，這個秦王爺膝下還有個兒子，就是溧陽郡主的兄長，她這個兄長是襲了爵位的。可是這位小王爺跟老秦王爺不一樣，成天吊兒郎當、不務正業，前幾年到處遊蕩，一直都是溧陽郡主幫他掌管軍務。直到兩個月前，他才突然回了銅州，溧陽郡主這才騰出空，前來協助總兵府剿匪。」

蕭景田沒說話，自顧自地下炕出門，在屋前空地上來回走了幾圈，便去了新宅那邊，找了塊大石頭坐下來。一直坐到四周都暗下來，他才驚覺天色已晚，起身回了屋。

炕上的女人睡顏寧靜，眉眼間彷彿帶著淡淡的笑意，柔軟的唇瓣嬌豔欲滴，一切都是他喜歡的模樣。

他忍不住探進她的被窩裡，伸手撫摸著她纖細的腰身，越摸越來了興致，索性解開她的腰帶，揉搓著她光潔細膩的肌膚。

麥穗睡得正香，迷迷糊糊地覺得有人在扯她的衣裳，胸口莫名地一涼，昨晚那種酥麻感迅速爬上全身，她無力地掙扎幾下，卻被他猛然壓在身下。那股熟悉的痛楚再一次席捲而來，她情不自禁地連聲呼痛。

他迅速吻住她的唇，似乎想轉移她的注意力。

許是她的身子小巧緊致，禁受不住他孔武有力的熱情，忍不住低聲啜泣起來。「景田，下次再做吧，我真的疼。」

不是說以後就不疼了，怎麼她還是疼得要命？

他見她求饒的模樣，差點笑場，這個女人看上去堅強柔韌，實際上身子卻脆弱不堪，扭到腳也哭，床事疼一點也哭。偏偏他就是拿她一點辦法也沒有，只得好言哄勸道：「妳看昨晚是第一次，妳還不是這麼過來了，所以咱們更應該多做幾次，這樣妳才能早點適應，等妳習慣，就會覺得歡喜了。相信我，我不會傷了妳的，我還指著妳給我生兒子呢！」

見他這樣說，她不忍再拂了他的興致，索性羞澀地閉了眼睛，任憑他在她身上為所欲為。

他見她不再喊痛，愈加興起，緊鑼密鼓地攻城掠地，大汗淋漓地釋放著他的慾望。

沒想到做到最後，她卻忍不住地昏睡過去。

第二天，麥穗醒來，竟然又是晌午了，她望著滿屋子的陽光，欲哭無淚，頓覺羞憤難當。她把頭埋到被子裡，心裡一陣哀叫，真的是沒臉見人了！

嚶嚶嚶，古人的媳婦真不好當！

正自怨自艾著，卻聽見蕭芸娘小聲地在門外敲了敲門，道：「三嫂，妳醒了嗎？妳娘來看妳了。」

吳氏坐在炕上，見麥穗臉色很憔悴，心疼道：「娘聽說你們要蓋新房，就過來看看，來了才聽說妳傷了腳。現在怎麼樣了？還疼嗎？」

「娘，我好多了。」麥穗不好意思看著她娘，臉紅道：「我的傷沒大礙了。」

「妳這孩子一向這樣，有什麼苦楚，都不跟娘說。」吳氏當然不知其中緣由，忍不住抹起眼淚，低泣道：「適才妳婆婆都跟我說了，說妳的腳傷得不輕，一到了夜裡就疼得睡不著覺，妳還在瞞著我。」

麥穗徹底無語了。

好吧，她的確是一到夜裡就疼，但她疼的地方，並不是腳……

此事橫豎是難以啟齒，她索性閉嘴。

見麥穗不說話，吳氏擦了擦眼淚，又道：「你們蓋房子，娘也沒啥東西好給妳，就把家裡的兩隻老母雞抓來了。這兩隻雞勤快，每天都下蛋，多少能幫襯你們一些。」

「娘，咱們手裡有銀子，不用您幫忙什麼。」麥穗知道吳氏的日子過得拮据，忙道：「您把雞拿回去，我不要。」

「娘都拿來了，妳再讓娘拿回去，這是讓娘難堪哪！」吳氏戳了戳她的頭，嗔怪道：「以後不准跟娘見外。」

「好，那我留下，把雞蛋攢下來孵小雞。」麥穗笑道：「反正新房蓋好以後，也得養一些雞、鴨的。」

「這就對了。」吳氏笑著望了望窗外，拉過女兒的手，壓低聲音道：「穗兒，娘瞧著姑爺也是個能幹的，妳要好好地跟他過日子，早點給他生個孩子。妳記住，女人想在婆家有穩固的地位，必須得有個兒子傍身才行。妳現在不覺得，那是因為妳嫁過來的時間不長，若是過個兩、三年，妳肚子還沒有動靜，別說妳公公、婆婆，就是姑爺也不願意啊！」

「娘，我記住了。」麥穗點頭道。

「對了，妳那個麥花姊姊也有婆家了，嫁的就是我大姑家的那個兒子。」吳氏感慨道：「這十里八鄉的人都說山梁村是個窮地方，當年妳大伯和妳大伯娘更是瞧不上山梁村，可誰能想到，如今他們的女兒卻成了山梁村的媳婦，真是世事難料。」

「娘，您說的就是跟您去討要木箱的那個莊青山？」麥穗對那個二愣子還是有些印象，人長得還可以，就是性情有些魯莽。

「對，就是他。」吳氏點點頭，搖頭道：「這也是他們之間的緣分，那個莊青山讀過書，雖然沒考中秀才，卻自己在村裡辦了私學，也算是個讀書人。而妳麥花姊姊，又最喜歡文質彬彬的年輕人，他們兩家結親，是各自歡喜。」

「他們什麼時候辦喜事？」麥穗問道。

「說是年底就辦。」吳氏壓低聲音道：「我那大姑最精打細算，年底娶親，又是過年、又是娶媳婦，還能省下一些置辦飯菜的錢，一舉兩得。」

「哦，原來如此。」麥穗恍然大悟，果然是省錢有方。

「穗兒，說起來，妳還得隨禮呢。」吳氏見麥穗沒再說話，又道：「妳大伯和妳大伯娘待妳再怎麼不好，終究是他們養大了妳。所以妳麥花姊姊出嫁，妳得去給個禮錢，咱們得記著人家的好。」

其實麥穗並非是心疼那幾個禮錢，而是她真的不想跟麥三全一家有什麼來往。

但想到麥花是嫁給吳氏大姑的兒子，跟她娘還沾了點親，日後麥花跟吳氏低頭不見抬頭見的，鬧僵了也不好。她想了想，才勉強答應下來。「那到時候您跟我說一聲，我去就是了。」

兩人閒聊一會兒，正房那邊的飯已經做好，孟氏熱情地過來招呼母女倆去正房吃飯。

吳氏原本沒想留在蕭家吃飯，但到了飯點，再走也不合適，只得客隨主便地上了炕。

這時，蕭景田也收工回到家，見了吳氏，他畢恭畢敬地上前作揖，喊了一聲「岳母」。

吳氏很高興，越看這個女婿越滿意。

蕭宗海去了鎮上不回來吃飯，家裡就蕭景田一個男人，也就沒有分桌吃飯。

飯菜是四葷、四素、一湯，很是豐盛。

一家人輪流給吳氏添湯挾菜，很是熱情，尤其是蕭景田，格外殷勤，一口一個「岳母」，叫得很親近。

麥穗坐在她娘身邊，偶爾觸到蕭景田看過來的目光，臉不知不覺又紅起來，也不知道為什麼，自從跟他有了夫妻之實，每每見到他，她總覺渾身不自在。

「親家母、姑爺，我看你們蓋房子都挺忙的，穗兒的腳又沒有好全，在家裡也幫不上什麼忙。」吳氏好心道：「不如讓我接過去住些日子，等她好了，再讓她回來。」

「多謝岳母好意。」蕭景田看了麥穗一眼，立刻答道：「您放心，咱們會照顧好她的，我保證她的腳傷很快就能好起來。」

麥穗垂眸，心裡暗忖道：有你在，我能好才怪。

孟氏見蕭景田不願意讓他媳婦去娘家住，也笑道：「就是啊，親家母，雖說親娘照顧女兒更妥貼一些，但這裡到你們山梁村的路也不好走，就別再讓她顛簸了。」

「娘，其實也不遠的，很快就到了。」麥穗有心想去吳氏那裡歇息一、兩天，忙道：「我看我還是跟著我娘回去住幾天，等新房上梁的時候，我再回來。」

反正只要離了某人，她的「病」就能好。

「不行，岳母一個人操持家務，哪有時間照顧妳？」蕭景田沈著臉拒絕道。「妳就在家裡乖乖待著，腳傷過幾天就好了。」

他們好歹也算是新婚燕爾，這個女人是腦子不開竅，還是故意要躲他？她怎麼忍心跑到娘家去住，把他一個人扔在家裡獨守空房？

氣氛頓時有些尷尬。

麥穗不禁皺眉，他這說變就變的性子，她還真的有些難以接受。

「既然姑爺擔心妳，妳就在家裡養著吧！」吳氏見蕭景田不想讓女兒跟她回家，心裡很欣慰，從善如流道：「娘過幾天再來看妳。」

「也好。」麥穗多少有些瞭解蕭景田，知道他決定的事情，是不會輕易改變的。再說她也不願意當著她娘和婆婆的面，跟他起爭執，只好不再提回娘家的事。

吃完了飯，吳氏又略坐一會兒，便起身告辭。

麥穗一直把吳氏送到村口。

吳氏拉著她的手，囑咐道：「穗兒，妳婆家人多事也多，做人家媳婦，妳要記住，少說話、多做事。我瞧著妳婆婆是個心善的，家裡人也都好，妳一定要好好跟他們相處才是。」

「娘，您放心吧，我知道了。」麥穗笑了笑，望著吳氏端莊卻異常憔悴的眉眼，心頭突然一酸，索性伸手攬住吳氏的肩頭，悄然把懷裡包的一些碎銀子遞到她娘親手裡，低聲道：「娘，這些年您受苦了。這點銀子您先拿著用，等以後我多賺一些銀子，再多給您一些。」

吳氏是真的不容易。

剛嫁過去，林大有便逃婚走了，留下她一個人伺候林老太太。待林老太太過世後，又要伺候兩個不著調的叔父，還有動不動就過去窺探家裡什物的大姑。

吳氏其實才三十多歲，年紀並不大，可是看起來卻像四十多歲的模樣，明顯是操勞過度。

「穗兒，妳這是幹什麼？」吳氏見麥穗拿錢給她，忙推回去，肅容道：「妳如今已經成家，過的就不是一個人的日子，哪能背著夫君往外拿銀子？這銀子，娘說什麼也不能要！」

「娘，這是我自己曬魚乾掙來的錢，景田說了，這些錢讓我自己拿著花。」麥穗忙道：「您放心，景田不會過問的，不過是幾個小錢而已。」

上次賣海娃娃魚的錢，都在蕭景田那裡，他沒告訴她賣了多少錢，她也沒問。

而她手裡，目前就只有這些當零用的碎銀而已，就算是全都給了吳氏，她覺得蕭景田也不會在意的。

「穗兒，妳的孝心娘知道，但是這銀子娘不能要。」吳氏執意把銀子塞到她手裡，嗔怪道：「兩口子過日子，並不是誰賺的錢誰就能自己作主。妳做了人家媳婦，連人都是人家的，何況是妳賺的銀子。以後切不可分得那麼明白，妳的是他的，他的也是妳的。」

「娘，瞧您說什麼呢？」麥穗哭笑不得道：「我是您女兒，您花我的錢，也在情理之中，是您見外了。」

母女倆正說著，卻見牛五趕著馬車在兩人面前停下來，笑道：「嬸子，快上車，三哥讓我過來載您送回家去。」

吳氏聽說女婿讓人過來送她，有些受寵若驚，忙擺手道：「不用麻煩了，我走一會兒就到家了。」

「娘，牛五都趕著車過來了，您還是趕緊上車讓他把您送回去吧。」麥穗硬是扶著吳氏上車。

「嬸子，您坐好，走了啊。」牛五好脾氣地笑著，揚鞭前行。

想不到蕭景田有時候還挺細心的，竟然還能想到讓人送一送她娘。

想著、想著，麥穗的嘴角不禁笑得彎起來。

第三十九章　貴客來訪

「哎呀，老三媳婦，妳在想什麼好事呢？樂得嘴都合不攏了。」姜孟氏迎面走來，打趣道：「撿著大元寶了？」

「我要是撿著大元寶，早就跑回家了，哪能在這裡磨蹭？」麥穗笑問道：「表姊，妳這急匆匆的，是要到哪裡去？」

「當然是去妳家了。」姜孟氏看了看麥穗的腳，上前攙起她，笑道：「剛才芸娘說妳家來客人，讓我過去幫著做做飯，說是妳腳傷犯了，不能太勞累。怎麼樣，好些了嗎？」

「好多了。」麥穗疑惑道：「我家來了啥客人，我怎麼不知道？」

「剛剛來的，誰知道是什麼客人。」姜孟氏邊走邊道：「對了，大後天是咱們鎮上的廟會，熱鬧得很，廟會上賣啥的都有，而且價格也便宜，好多人一年的花銷都在這廟會上呢！妳去不去？」

「那太好了，我要去。」麥穗跟著興奮起來，眼下她手裡也有一些積蓄，正好出去轉一轉，買些日常用品什麼的……天啊，她想買的東西簡直太多了。

「那到時候咱們一起去。」姜孟氏笑得眉眼彎彎，打趣道：「我還以為妳腳傷未好，景田不會讓妳出去呢！我瞧著這兩天景田心情不錯，說說看，是不是妳給他甜頭嚐了？」

「表姊，妳就知道打趣我。」麥穗騰地紅了臉。

兩人一回到蕭家，只見門旁的樹上拴了兩匹棗紅色的高頭大馬，毛色烏亮、軀幹壯實、四肢修長，正安安靜靜地低頭吃著籮筐裡的草料。

「妳家這客人是騎馬來的，來頭不小喔！」姜孟氏瞄了瞄那兩匹馬，低聲道：「我就說嘛，景田怎麼可能做過土匪，村人也太能瞎傳了！」

「我覺得也是。」麥穗下意識地理理衣衫，心裡頓時有些小忐忑。除了于掌櫃，她還沒見過他以前的那些朋友呢！

兩人進了屋。

「是景田的兩個故友來了，說是從京城那邊來的。」孟氏忙拉著姜孟氏，低聲道：「人家說了，不吃別的，就想吃蓧麵蒸餃。妳做的蓧麵蒸餃是全村有名的，我才讓芸娘去喊妳來。」

「這簡單，不就是蓧麵蒸餃嘛！」姜孟氏去井邊洗了手，挽起袖子，進了灶間。

「表姊，妳教我怎麼做，我幫妳。」麥穗一邊說著，一邊也去井邊洗手。

她洗完手，剛想進南房取布巾擦手，卻見南房的門緊閉著，裡面隱隱傳出男人的說話聲。

麥穗知道蕭景田在屋裡待客，不好進去打擾，便又折回來，甩了甩手裡的水珠，進了灶房。

姜孟氏正在和麵。

蓧麵是要用開水和的，因為太燙，姜孟氏手裡拿著一根剝了皮的木棍，來回攪動著和麵，泥盆裡散發出熱騰騰的麥香味。
麥穗感到很好奇，饒有興致地在一邊看著。
「老三媳婦還沒吃過蓧麵餃子吧？」姜孟氏笑道：「我猜你們麥家窪沒這種蓧麥。」
「不光麥家窪沒有，咱們村原本也沒有產蓧麥呢。」孟氏從櫃子底下掏出一個泥罐，把裡面黑乎乎的野菜倒出來，跟事先切好的土豆絲和在一起，道：「除了我娘家的趙家堡和山梁村，哪個村子裡都沒有。」
「娘，咱們這些村是沒法子種蓧麥嗎？」麥穗問道。
「嗯，除了趙家堡和山梁村，其他村的蓧麥都是結穗不結籽，種不成。」孟氏把和好的餡麻利地倒進泥盆裡，取了板凳坐下來，繼續道：「咱家的這點蓧麥，還是妳姨媽上次來的時候，給捎來的。我本來打算過年的時候吃，既然客人要吃，就只能現在拿出來了。」
「老三這兩個故友還真是會吃。」姜孟氏低聲笑道：「這蓧麥雖然不是什麼金貴的吃食，卻也是稀罕麵食，再配上咱們這裡特有的野苦菜，味道還是不錯的。」
「那我來擀麵皮。」麥穗忙去取擀麵杖。
孟氏和姜孟氏笑起來，麥穗頓時一頭霧水。
「媳婦，蓧麵餃子的皮是用手搓的，不是用擀麵杖擀的。」孟氏笑著從灶臺後取出一塊壓鍋的磚頭，遞給姜孟氏。
姜孟氏接過來，把手裡的蓧麵搓成長條，再拽出一小塊麵團，放在磚頭上一搓，一張厚薄均勻、大小適中的餃子皮便搓好了，讓麥穗看了很驚訝。

「我就說這魚嘴村女人們搓蓧麵皮的功夫，誰也趕不上妳。」孟氏笑著接過麵皮，把面前泥盆裡的餃子餡，用手抓起來，放進麵皮裡就開始包餃子。

麥穗暗暗稱奇，也學著孟氏的樣子，坐下來包蓧麵餃子。

「景田，溧陽郡主的性子你最瞭解，她可是一條道走到黑的人。」身穿玄色衣衫的男子皺眉道：「如今她執意率兵前來禹州清剿海蠻子，肯定是知道你就在禹州，你可得做好心理準備才是。」

另一個白衣男子接著道：「元直說得對。眼下銅州綠林軍謀逆的案子，已由蘇侯爺出面為其力證平反，如今那些老部下紛紛表示會誓死效忠朝廷，都陸續回了銅州。而溧陽郡主的兄長秦小王爺又向來跟綠林軍不合，聽說半個月前還差點打起來，要不是因為你，郡主斷然不會在這個時候離開銅州的。景田，女人心、海底針，你不能不防。」

「兩位放心，我跟溧陽郡主並非你們想的那樣。如今我已解甲歸田，是再也配不上郡主了。」蕭景田抿了一口茶，淡然道：「兩位不遠千里來到禹州，不會只是想來看我的吧？」

玄衣男子跟白衣男子對視一眼，皺了皺眉，沒吱聲。

「我只是隨便問問，你們無須為難。」蕭景田輕咳一聲，道：「是我唐突了。」

「其實也不是不能說。」玄衣男子壓低聲音道：「皇上對秦家兄妹素來心存芥蒂，如今兄妹二人兵分兩處，皇上自然要防，故而派我等前來督戰。」

「原來如此。」蕭景田意味深長地看了看兩人，沈聲道：「我在銅州多年，跟秦家兄妹相交甚篤，他們雖然手握重兵，卻最忠心耿耿，絕無二心。」

兩人齊齊嘆氣，當今皇上生性多疑，不但忌憚秦家兄妹，對所有手握重兵的武將也都心存戒備。兩個月前，他們才奉旨查抄了兩位大將軍的府邸，說是兩人勾結朝臣，意欲謀反。兩人被關進大牢嚴刑拷打一番，雖然寧死不肯承認，但後來卻莫名其妙地死在大牢裡。

此事鬧得大臣們人心惶惶，生怕自己哪天也被扣上謀反的罪名。

「她什麼時候會到禹州？」蕭景田問道。

「咱們來的時候，郡主的人馬剛剛在城外安營駐紮，若是沒有別的事，郡主很快就會到禹州城了。」白衣男子看了看蕭景田，沈聲道：「這些日子，我二人就住在禹州城的鳳陽客棧，直到戰事結束。若是有什麼事情需要咱們幫忙的，你儘管差人去尋咱們。」

當初蕭景田執意要解甲歸田的時候，他們兩人曾經苦勸過，說他不該急流勇退，應該留下繼續為朝廷效力才是。但現在看來，蕭景田退隱，未必不是件好事。

「眼下就有事情要找你們幫忙。」蕭景田笑了笑，道：「我在禹州磚窯買了些鋪地的青磚，不想卻遲遲沒有送過來，你們回去再幫我催一催，這樣等你們下次來，我就能在新宅那邊招待你們了。」

「若是磚窯的那些人，知道是咱們錦麟衛的人前去催他們送磚，怕是連膽也嚇破了。」玄衣男人半開玩笑、半認真地道：「想不到咱們來禹州城要辦的第一件事，竟然是為景田的新宅子奔波，真是榮幸之至。」

三人對視一眼，哈哈大笑起來。

吃飯的時候，因為有男客在，麥穗和蕭芸娘都沒有露面。

孟氏把蓧麵餃子連同蘸料給三人端過去，蘸料是油潑辣子、陳年老醋，還有浸著胡蘿蔔絲的鹽水和用油熗過的野韭菜花。

一頓飯吃得賓主盡歡。待客人走後，已是傍晚時分。

麥穗這才回到南房，把茶壺裡的殘渣倒掉，將茶杯清洗乾淨，反扣在茶盤上。一低頭，就見茶桌下方的木板上，放著一塊方方正正的淺灰色汗巾，她扯開一看，徹底愣住了。

汗巾下方赫然擺放著兩塊黃澄澄的小金條，讓她不禁倒吸一口涼氣。

汗巾上還寫了一行小字：區區薄禮，望兄笑納。

麥穗大驚。

原來蕭大叔的朋友個個來頭不小，真是土豪啊！

蕭景田見了金條，卻異常淡定。「妳先找個地方放好，這樣的錢財來得快，往往去得也快，說不定什麼時候就花出去了。」

「好，聽你的。」麥穗拿著這兩個沈甸甸的金條，總有些不真實的感覺，她不安地在屋裡走來走去。

放哪裡好呢？這屋子也太小了吧！

蕭景田只是笑。「隨便找個地方放就好，自己家裡，放哪裡都安全。」

「可是咱們也有不在家的時候哪！」麥穗對蕭景田的淡定感到奇怪，低聲道：「萬一沒放好，被人偷了咋辦？」

「誰會知道咱們家有金條？」蕭景田失笑，饒有興味地看著他的小媳婦，打趣道：「只要妳不說出去，就沒人知道。」

「說什麼呢，我當然不會出去說了。」觸到他含笑的眉眼，麥穗騰地紅了臉，嬌嗔道：「我藏都來不及了，怎麼會跟別人說？」

蕭景田哈哈大笑，伸手攬過她，一個轉身就把人壓在身下，俯身看著她，輕聲道：「若是有一天，我拿金條去辦了別的事情，妳會不會怪我沒花在這個家上頭？」

「當然不會！你若是要用，只管拿去就是，錢本來就沒有只進不出的道理，不管你是用在哪兒，只要你覺得用對地方就好。」觸到他眸底暗湧的異樣情緒，麥穗害羞地推推他，低聲道：「我拿去放在櫃子的夾層裡。」

「妳真的這麼認為？」蕭景田含笑問道。

「當然。不過，我還是覺得自己賺的錢花起來比較踏實。」麥穗如實道：「像這樣橫空而來的一大筆錢財，反而讓我覺得有些不安。」

蕭景田笑了笑，繼而又在她耳邊低語道：「我去燒水，咱們今晚早點歇息。」

麥穗會意，情不自禁地紅了臉，見他興致勃勃地出去提水、燒水，她心裡那番想要「休戰」幾日的說詞，硬是卡在喉嚨裡，說不出口。

月色透過糊著白麻紙的窗子，肆無忌憚地灑在男人結實健壯的後背上，女人緊緊地抓住身下的被褥，怯生生地承受著他越來越勇猛的撞擊。

到底是她的身子太弱，還是蕭大叔太強？為什麼每每床事，她總有一種受刑的感覺。說好的魚水之歡、水乳交融呢……

廟會這天，鎮上人山人海，熱鬧非凡。

不少鎮上的商家，索性都把自家的貨物搬到門前叫賣，外來的商家則聚集在麒麟書院門前的空地上擺起了長龍，叫賣聲、吆喝聲、說笑聲此起彼伏，一片嘈雜。

廟會上就數賣布料的攤位多，從麒麟書院門口一直擺到戲臺那邊，琳琅滿目的布料看得人眼花撩亂。其中又以京城那邊來的商家攤位前人潮最多，別說想摸一摸布料，就連人都擠不進去，生意不是一般的火爆。

蕭芸娘急得直跺腳，卻仍堅持要往那人最多的攤子擠去。

「咱們還是去別家看看吧。」麥穗提議道，她可不想在這裡擠來擠去的。

「我去年買的是一家齊州商鋪的布料，價錢不貴，質地也好，那家鋪子今年也來了，妳瞧，就在前面，我帶妳去。」姜孟氏見蕭芸娘不搭理她，便逕自拉著麥穗往另一頭走。

人太多，明明只有一小段路，兩人還是被擠得氣喘吁吁。

姜孟氏差點跟人撞了個滿懷，還把人家姑娘腰間掛著的香囊給擠掉。

「失禮了。」姜孟氏忙去撿掉在地上那帶著牛頭掛飾的腰包，卻被厲聲喝住。

「放下！不要動！」那女子的嗓音洪亮尖銳，讓人聽了不寒而慄。

姜孟氏忙慌得縮回手。

麥穗記得，蕭景田也有這樣一個帶著牛頭掛飾的腰包。有一次她無意問起那牛頭掛飾，蕭景田說，那是在銅州得來的，西北人視牛為幸福的圖騰。

如今這個女子也有這樣一個香囊，那她是從西北來的吧？

麥穗不禁多看了那女子一眼。這女子身著一襲玄色長裙，相貌端莊，眉宇間帶著一股說不出的英氣，腰間居然還別著一把短劍，舉手投足間都帶著一股練家子的氣勢。

那女子迅速彎腰撿起香囊，看都不看兩人一眼便揚長而去，一股淡淡的草木香也隨著她漸漸散去。

這香氣很熟悉呢！麥穗望著那個修長的身影，有些出神。

「想什麼呢？走了，買布料去了。」姜孟氏拉著麥穗就走。

姜孟氏所說的這家鋪子，布料花色不多，但質地還算不錯，價格也不貴，麥穗很滿意，索性把新房那邊所需的布料全在這家鋪子裡買了。

掌櫃的喜形於色，忙道：「不知道小娘子家的馬車在何處？我這就讓人給妳送過去。」

他覺得能大手筆買下好幾疋布料的小娘子，肯定是家境殷實、坐著馬車來的。

「咱們沒有馬車。」麥穗如實道。「麻煩您給咱們包好就行。」

「好、好。」掌櫃的忙取了一塊大布頭，把麥穗選中的布料包好，滿臉笑容地遞給她。

麥穗接過布料，隨口問道：「掌櫃的，齊州那邊最近海上怎麼樣了？你們是怎麼過來的？」

「唉，小娘子有所不知，最近海路不寧，咱們哪敢從海上過來？」掌櫃的苦著臉道：「咱們是坐著馬車，繞了一大圈才過來的。要不是為了來趕這個廟會，咱們才不願意冒險到這裡來呢！」接著，他又壓低聲音道：「妳們不出門不知道，現在就連旱路也不安寧了。咱們來的時候，幸好一路跟著鏢行的人，才沒有出意外。聽說那些海蠻子在海上劫不到船，便開始在路上行搶。」

「這可如何是好？」姜孟氏嘆道：「再這樣下去，我家的日子可就難過了。」

兩人抱著布料，擠出人群，坐在路邊歇息。

戲臺子那邊已經敲鑼開唱，咿咿呀呀的聲音引得眾人立刻圍上去。想起逛廟會前和婆婆還有小姑子約好，買好東西就要在戲臺前會合，於是麥穗便拉著姜孟氏往戲臺走去。

狗蛋媳婦和梭子媳婦嘻嘻哈哈地迎面走來，隔著熙熙攘攘的人群大喊道：「妳們兩個真不夠義氣，來趕廟會也不喊上咱們。」

「明明是妳們來得早，還嫌咱們不喊妳們，這是惡人先告狀吧？」姜孟氏笑嘻嘻道。

麥穗剛想說什麼，卻見梭子媳婦臉色一變，大喊道：「老三媳婦，小偷！妳的錢袋！」

麥穗這才覺得腰間一空，忙環顧左右，只見一個黑色身影正匆匆地扒拉開人群，朝前躥去。

「站住，還我的錢袋來！」麥穗忙把布料往姜孟氏懷裡一放，快步追上去。

「抓小偷啊！」姜孟氏大聲喊道：「大家都快來抓小偷！」

那人身形靈活，速度極快，在人群裡穿梭可說是遊刃有餘，很快地不見了身影。

第四十章　俠女

麥穗追上去，卻再也看不到那人的身影。

正沮喪著，卻聽見「啪」的一聲，一個黑衣人猛地摔倒在她面前，手裡還緊緊攥著她的錢袋子。緊接著，一個洪亮的女聲問道：「是不是這個人？」

麥穗抬頭循聲望去，發現正是剛才被姜孟氏撞掉香囊的那個女子，忙點頭道：「多謝俠女相助，就是這個人偷走了我的錢袋子！」

「俠女饒命、饒命啊！」那黑衣人連忙雙手把錢袋奉上，跪地求饒道：「小人再也不敢了、再也不敢了！」

「看看有沒有少。」那女子冷聲道。

麥穗急急上前拿過錢袋子，摸了摸裡面原本就不多的碎銀，又見錢袋子連暗扣都沒有被打開，便道：「沒少、沒少，都在。」

那女子臉一沈，飛起一腳就把那黑衣人踢出數丈遠，她理了理衣衫，頭也不回地離去。

那黑衣人狠狠地摔在地上後，狼狽地爬起來，摀著胸口，一瘸一拐地跑了。

圍觀的人群這才如鳥獸散。

「老三媳婦，妳沒事吧？」姜孟氏和梭子媳婦從後面追上來問道。

「沒事，銀子找回來了。」麥穗捏著錢袋，心有餘悸道：「多虧那個俠女幫忙。」

許是剛才走得急，麥穗覺得腳踝處有些隱隱作疼，再也沒了逛街的興致，便進了一家茶館歇腳。她讓姜孟氏去戲臺那邊跟婆婆和小姑子說一聲，以免她們擔心。

姜孟氏囑咐一番，讓她好生歇息，便跟梭子媳婦和狗蛋媳婦去了戲臺那邊看戲。

茶館的窗外正對著大戲臺，只見看戲的人把戲臺圍了個水洩不通，所有人都看得津津有味，像是全然沈浸在角色般的專注。戲臺後面是一道低矮的山崗，山崗上長滿鬱鬱蔥蔥的松樹，一條曲折的小路蜿蜒其中，與鎮外面唯一的官道相連。

小路的松樹下，靜靜地停著一輛馬車。

不一會兒，麥穗驚訝地看到孟氏和蕭芸娘，連同沈氏、喬氏和她們的孩子，在兩個綠衣女子的帶領下，從戲臺那邊走過去，順著山崗下面的那條小路，依次上了馬車。

片刻，馬車緩緩離去。

緊接著一匹快騎不知道從哪裡躥出來，朝馬車消失的方向追上去，馬背上的女子穿著玄色長裙，英姿颯爽。麥穗認出騎在馬上的那個女子，正是幫她抓賊的俠女。

麥穗越想越不對勁。到底是什麼原因會讓婆婆、小姑子連同兩個妯娌，都心甘情願地上了陌生人的馬車呢？若是她們要搭順風車回家，也不會不跟她打一聲招呼的。

再說，那也不是回家的路。

麥穗急忙起身下樓，出了茶館，直奔戲臺，找到依然在看戲的姜孟氏和狗蛋媳婦、梭子媳婦她們，急切地問道：「表姊，我娘和我嫂子她們去哪裡了？」

「不知道啊！」姜孟氏左右張望一下，不以為意道：「剛才還在這裡呢，是不是又逛廟會去了？」

狗蛋媳婦和梭子媳婦彷彿沒聽見一樣，繼續聚精會神地聽戲。

「可我方才見她們坐上馬車走了。」麥穗低聲道。「她們走的時候都沒說一聲嗎？」

「沒有啊！」姜孟氏驚訝道：「咱們剛才只顧看戲，也沒留意她們啥時候走的，難道她們是上了牛五的馬車？不可能啊，就算要走，也得跟妳說一聲才是啊。」

「她們不會是出什麼事了吧？」麥穗不安道，她不由分說地拉著姜孟氏的手，擠出人群，爬到山崗上，又道：「剛才我在茶館二樓時，就是看到她們在這裡上了馬車走的。」

「咦，這不是回村的路啊！」姜孟氏想了想，又道：「是不是妳三表姊派人過來把她們接走了？我聽說那個袁庭前些日子給蘇家新買了一輛馬車，妳三表姊現在去哪兒都得坐馬車，該不會顯擺到這裡來了吧？」

「不會是她。」麥穗搖搖頭，想起那個俠女腰間的牛頭香囊，心裡一沈，忙道：「走，咱們這就回村，得把此事告訴景田才行。」

「妳說得對，咱們趕緊回家跟景田說一聲。」姜孟氏也覺得事情頗為蹊蹺。「若不是妳三表姊的話，那可就麻煩了。」

兩人急匆匆地回了村。

「方才妳三表姊的確是坐著馬車來過。」蕭宗海正在整理木材，聽麥穗說了此事，並沒在意，他不慌不忙地對麥穗道：「她說袁庭在禹州城那邊給她開了一家繡坊，還說等妳們趕完廟會，就要帶妳們去她的繡坊看看。我估計她們是被妳三表姊給帶去繡坊了。」

「那就好。」姜孟氏在一旁拍拍胸口道：「姑姑也真是的，去繡坊也不說一聲，害得咱們白擔心一場。」

「可我當時並沒看到蘇三表姊啊！」麥穗想了想，又道：「那輛馬車離開後，那個幫我追賊的俠女又跟了上去，所以我覺得娘和嫂子她們不是被三表姊接走的。」

「若不是妳三表姊，那還有誰？」姜孟氏笑道：「好了，別自己嚇自己了，放心吧，姑姑她們肯定是去妳三表姊那裡了。」

安慰完麥穗，姜孟氏便說要先回去。她剛走出院子，便碰到了蕭景田。

蕭景田見到姜孟氏，頗感意外。「表姊，妳們怎麼回來得這麼早？」怪不得他剛才去戲臺那邊找人卻找不著，原來已經回來了。

「還不都怪你三表姊，招呼也不打一聲，就把姑姑她們給接走了，害得我跟你媳婦一頓好找。」姜孟氏道。「你快回去看看你媳婦吧，她方才說腳不大舒服。」

蕭景田回了聲「好」，便去新宅那邊讓眾人休息，先回去吃個午飯，這才回到院子裡。

而蕭宗海見蕭景田回來，一問之下得知新宅那裡大家都已經回家吃飯，便沒再過去幫忙。他挑起水桶，出門澆菜去了。

麥穗則坐在灶前燒火，準備做午飯。

「腳沒事吧？我看看。」蕭景田在她面前蹲下身來，掀開她的裙角，想要看她的腳。

「哎呀，你幹麼？我沒事的。」麥穗臉一紅，忙縮回腳，嬌嗔地看了他一眼，道：「我有事跟你說呢！剛才在廟會上，娘她們被一輛馬車接走，爹說她們是被三表姊接走的，可我總覺得接走她們的不是三表姊。」

「說說看，若不是三表姊的話，又是誰？」蕭景田拉了一張板凳，挨著她坐下來，抓起一把柴，放到灶口。

「有一位幫我奪回荷包的女俠，她腰間有個牛頭掛飾，而且跟你的那個掛飾一模一樣，她的口音我聽著也不像是本地口音。」麥穗補充道：「娘她們上了馬車後，我看見那個女俠尾隨在馬車後面，因此我才覺得此事很蹊蹺。」

「妳可看清楚了，她的那個牛頭飾物跟我的一樣？」蕭景田問道。

「看清楚了，是一模一樣的。」麥穗肯定道。

「我一會兒再去禹州城看看。」蕭景田又抓了一把柴，放進灶口，然後抓起麥穗的手，柔聲道：「若是太晚，我今夜就不回來了，下午新房那邊，妳多去盯著一點。」

「家裡的事你放心，早去早回。」麥穗囑咐道。

大門響了一下，蕭宗海從門外走進來，一眼瞧見蕭景田正抓著他媳婦的手，便輕咳一聲，扭頭又走了出去。

麥穗忙抽回手。

蕭景田只是笑，耳語道：「妳放心，我會很快回來的。」

觸及他含笑的眸子，麥穗又紅了臉。

吃完午飯，蕭景田便步行去了鎮上，來到于記飯館。

「什麼？你說溧陽郡主來了，還接走了伯母和你嫂子她們？」于掌櫃吃了一驚，又道：「這個溧陽郡主行事當真怪異，那你如今該怎麼辦？」

「她接走我家人，自然是想讓我主動去見她罷了。」蕭景田沈聲道。「事到如今，我只好走一趟，去把我家人給接回來。」

「若是她不肯放你走，或是為難你，你又該怎麼辦？」于掌櫃無奈道。「溧陽郡主既然找到這裡來，怕是輕易不肯善罷甘休的。」

「眼下我已然成親，想必她鬧一下、出出氣也就算了。」蕭景田淡淡道。「再說，我想她在這裡也待不了多久，待海路一寧，她也就該回銅州去了。」

「但願如此吧！」于掌櫃點頭道。

他跟于掌櫃交代完事情，便借了匹馬，馬蹄輕揚，不到兩個時辰，蕭景田便進了禹州城。

剛進城門，就有個布衣小廝遠遠地迎上來，畢恭畢敬地立在馬下，抱拳道：「壯士這邊請，我家主子邀您在醉仙樓一聚。」

蕭景田臉色一沈，調轉馬頭，七彎八拐了一番，在醉仙樓門前停下來。

醉仙樓是禹州城最大的酒樓，門前石獅盤踞，酒旗飄飄。

蕭景田翻身下馬，立刻有小夥計迎上前來接過韁繩，恭維地笑道：「壯士請，貴人在三樓雅間等候多時了。」

小二領著蕭景田上了三樓，進到走廊最盡頭的雅間。

一推開門，靠窗而立的女子騰地起身，繞過茶案，三步併作兩步迎上前來，一頭栽進他的懷裡，柔聲道：「二哥，你終於來了。」

「郡主請自重。」蕭景田不著痕跡地推開她，不冷不熱地問道：「妳什麼時候來的？」

秦溧陽見他神色冷淡，並不生氣，反而嬌嗔地看了一眼面前風塵僕僕的男人。她逕自走到茶案前，拿起茶壺，給他倒了一杯茶，笑盈盈地送到他手邊，開心道：「我前天剛到，你不會怪我不請自來吧？」

她日夜兼程地趕路，為的就是能早點見到這個人。想到他待她向來冷淡，她便略施小計，用了點迷香，悄然從廟會接走他的家人，要不然她不可能這麼快就見到他。

「我娘她們在哪裡？」蕭景田負手而立，並未接過她手裡的茶，冷冷地道：「妳知道的，我這個人最恨被人要脅。」

「二哥，你誤會我了。」秦溧陽的手僵在半空中，見他不接，只得轉身把茶杯放下，看著面前這個她朝思暮想的男人，彎唇笑道：「我只是想接伯母她們來享幾天福，並非藉此要脅你，都是我思慮不周，沒先跟你打聲招呼，是我不對。」

大半年沒見，這個男人身上少了昔日的騰騰殺氣，反而多了些儒雅淳樸的味道。

一切還是她喜歡的樣子。

只是見他身上穿的皆是粗布衣衫，她的心又開始難過起來。想不到昔日為大周立下汗馬功勞的大將軍退隱之後，竟然過得如此清苦，她為他感到憤憤不平。

「郡主的好意我心領了，只是咱們家裡還有許多事要忙，實在沒有時間在這裡耽擱下去。」蕭景田沒有留意她神情的變化，自顧自地道：「煩請郡主派人把她們接到這裡來，我要帶她們回家。」

她的心思，他最明白不過了。若是她不耍這點小手段，而是堂堂正正地與他見面，他對她還會以禮待之。可如今，他對她的所作所為，真的是異常反感！

「二哥，你我大半年沒見，難道你就不想問問我過得如何嗎？」秦溧陽見他只是一個勁兒地問他家人的下落，便不悅道：「你當初連一聲招呼也不打，走得倒是乾淨，連皇上都不告訴我你的去處。你知道這大半年來，我是怎麼過的嗎？」

她派人四處找他，幾乎把大周翻了個底朝天，正當她感到絕望的時候，一個偶然的機會，才從忠武侯府打聽出他的下落。她立即藉著清剿海蠻子的名義，率軍來到禹州城，不為別的，只為能見到他。

「我聽說秦小王爺已回到銅州掌管軍務，且目前邊境安穩，郡主必定是錦衣玉食，安然無憂。」蕭景田面無表情道。「這一次剿匪，郡主是真的不該來蹚渾水。」

雖然秦東陽早已襲爵，是名副其實的秦王爺，但在蕭景田心中，秦王爺是個很特別的稱謂，故此他才稱呼秦東陽為秦小王爺。

「我知道二哥雖然退隱，卻依然心繫朝廷，心繫黎民百姓，否則，你就不會給蘇侯爺寫信，讓他為綠林軍鳴冤。」秦溧陽望著手裡的一杯碧水，啞聲道：「如今我率兵前來剿匪，並非為我秦家軍造勢，而是想讓他們聽從二哥調遣，讓二哥再立軍功，能早日回歸朝廷，繼續為朝廷效力。」

她好想回到以前那些跟他一同叱吒沙場的日子，兩人朝夕相處，出入相隨。有他在，哪怕是在刀尖上舔血過日子，她也願意。

「夠了，妳不要再說了！」蕭景田黑著臉道：「我既然已經退隱，就不會再想著立什麼軍功，更不想回朝廷。還有，妳是怎麼知道我寫信給蘇侯爺一事？」

「這個你不必知道，我自有我的辦法。」秦溧陽見蕭景田一臉嚴肅，絲毫沒有久別重逢的喜悅，滿肚子的話也被他硬生生地打散。又見他口口聲聲無心於朝廷，她的心裡愈加來氣，怒道：「你別忘了，我好歹是堂堂郡主，我想知道的事情，就沒有打聽不到的。」

「妳到底想怎樣？」蕭景田劍眉微揚。

「我當然是想跟你永遠在一起。」秦溧陽冷不防地上前抱住蕭景田的腰，動情道：「二哥，你娶我吧！」

「溧陽，我說了咱們是不可能的。」蕭景田再次推開她，緩緩踱步到窗前，幽幽道：「眼下我已經有了妻室，此生只想好好地守著她過日子，別無他念。」

「你、你成親了？」秦溧陽愣住了。

怎麼她派出去的探子，沒有一個人向她提到他成親的事？還有今天她在廟會上接他一家子來禹州的時候，也沒聽說裡面有他的媳婦。他怎麼可以跟別的女人成親?!怎麼可以跟別的女人耳鬢廝磨地在一起……

「我就是成親了，何必跟妳撒謊？」蕭景田淡然道。「溧陽，若是妳心裡還念著咱們昔日的交情，就速速帶兵返回銅州，這裡的海蠻子我自有辦法鏟除。」

「蕭景田，我恨死你了。」秦溧陽惱羞成怒，拔出腰間的短劍，想也不想地刺了過去。

蕭景田側身閃過她的短劍，黑著臉道：「秦溧陽，妳一定要如此嗎？」

「你要拋下我，守著別的女人過日子……休想！」秦溧陽怒吼道。「我就是豁出這條命，也不會讓你好過！」

幾個回合的打鬥下來，蕭景田抬腳踢飛她的短劍，並伸手迅速地點了她的穴位，制住了她。

「秦溧陽，看在秦王爺的面子上，我不想為難妳，若是妳執迷不悟，一而再、再而三地惹是生非，休怪我翻臉無情。」蕭景田冷冷道。「若妳是個識大體的，想保住妳的秦家軍，就趕緊帶著妳的人馬回銅州。妳要記住，害人就是害己。」

說完，他一腳踢開門，大踏步地走出去。

「來人，給我攔住他，不要讓他跑了！」秦溧陽大聲喊道，立刻有十幾個護衛從樓下衝上來，團團圍住蕭景田。

蕭景田不願戀戰，一邊打著，一邊退到窗前，迅速打開窗子，從二樓縱身跳下去。他翻身上馬，揚長而去。

「你們這些廢物！」秦溧陽怒道。「這麼多人也圍不住他一個人，我養你們何用？」

第四十一章 義妹

蕭景田離開醉仙樓後，就騎馬來到總兵府門前，賞了門吏一兩銀子，說他是來拜見巡撫王大人的。

門吏原本就是個捧高踩低的，若是以往碰見像蕭景田這樣穿著普通的，早就以「巡撫大人不在府裡」為由給打發。可眼下見這人出手闊綽，言談舉止落落大方，像是個見過世面的，便喜孜孜地收了銀子，立即進去通報。

而此時總兵府的正廳中，王顯正與趙庸議事。

「將軍，眼下郡主人馬已經到齊，咱們是不是應該商量一下戰略？」王顯望著喝得醉醺醺的趙大將軍，嘆道：「郡主堅持以武力清剿海蠻子，咱們之前的那套辦法已行不通了。」

上次王顯去魚嘴村拜訪蕭景田的時候，蕭景田告訴他，要想徹底消滅齊州幫的那些海蠻子，非得動用當地官府不可，因為他們利益相連。

趙庸也是一百個贊同。他原本就不願出兵打仗，若是出點銀子，讓齊州官府去清剿齊州的海蠻子，他當然求之不得。哪知半路殺出個程咬金，來了個不知道天高地厚的溧陽郡主，竟然非要親自帶兵清剿海蠻子，完全不把齊州官府放在眼裡，讓他很鬱悶。

「我還是那句話，出銀子，我舉雙手贊同；要我出兵，門兒都沒有。」趙庸打著酒嗝，猛地一拍桌子，含糊不清道：「那個銅州來的什麼郡主，她若願意出戰，就讓她帶兵去好了，反正我的兵，都得給我老實待著。」

他的兵還要給他種地、耕田、收糧食，哪有時間操練，哪有時間出去打仗？

「將軍，在下覺得此事不妥，朝廷命咱倆合力清剿海蠻子，咱們總兵府才是主力軍，人家郡主只是援軍，沒道理主力軍不出戰，讓援軍自個兒上戰場的。」王顯哭笑不得道：「咱們得好好跟郡主商量、商量才是。」

話音未落，趙庸已趴在桌上打起了呼嚕。

王顯頓感無語，只得悻悻地退出來。

剛出了正廳，就見門吏匆匆從前院走過來稟報道：「大人，外面來了一位壯士，說他是魚嘴村的蕭景田，特來拜訪大人。」

「快把他請進書房。」王顯眼前一亮。

兩人談了好一會兒，直到暮色四合，蕭景田才從總兵府告辭。

他騎馬去了鳳陽客棧，熟門熟路地上了二樓，閃身進了其中一間廂房。

玄衣男子正靠在窗前書桌看書，見蕭景田進來，忙起身笑道：「景田，你再晚回來半個時辰，我都要親自出馬去總兵府要人了。誰知道溧陽郡主會不會殺到王大人那裡，把你給扣下不放。」

「元直，我娘她們找到了嗎？」蕭景田顧不得跟他扯這些有的沒的，忙問道：「她們現在在哪裡？」

「你放心，這世上還沒有錦麟衛找不到的人。」許元直放下書，彎唇笑道：「一切都按你的意思，把她們安頓在蘇記繡坊，待明天一大早，你們再動身回家就是。」

「多謝。」蕭景田鬆了口氣，抱拳道：「區區小事還來勞煩你們，真是過意不去。」

「少來這套，咱們跟子玄都是昔日從死人堆裡一起爬出來的戰友，就不要說這些見外的話了。」許元直笑著捶了蕭景田一拳，道：「今天子玄有事不在，我也不知道他什麼時候回來。走，咱們先去醉仙樓喝酒，一醉方休。」

「好，一醉方休！」蕭景田痛快道。

錦麟衛有錦麟衛的規矩，即便是像許元直和陳子玄這樣一起來禹州城辦差，彼此身上所帶的差事往往也不一樣。因此哪怕陳子玄現在已經悄無聲息地回了京城，他們也不會感到奇怪。

蘇記繡坊

蕭芸娘和沈氏、喬氏她們，正領著孩子熱熱鬧鬧地吃晚飯，唯獨孟氏憂心忡忡，她拽了拽外甥女的衣角，低聲道：「三兒，我總覺得此事有些不妥，妳說景田他那個義妹如此好心地把咱們接到禹州城，而咱們卻連招呼也不打就到妳這裡。人家知道後，會不會覺得咱們失禮？」

蘇三甩著帕子道：「姨媽，他那個什麼義妹把妳們接走的時候，景田根本不知道，他是好不容易才打聽到妳們的下落，又讓袁庭去把妳們接過來的。」

「可是景田怎麼還不過來呢？」孟氏皺皺眉，嘀咕道：「妳說咱們這一行人到底是怎麼回事，怎麼就糊裡糊塗地跟人上了馬車呢……」

「好了，姨媽，您別想了，景田說明早就過來接妳們回家。」蘇三難得好脾氣道。「您到了我這裡，就放寬心吧，反正我本來就打算去接妳們過來玩玩的。」

「哎呀，娘，您就不要想東想西了，咱們這不是都好好的嗎？」蕭芸娘大大咧咧地道。「等明天見了三哥，不就什麼都明白了嘛！」

沈氏和喬氏對視一眼，沒吱聲。

什麼義妹？八成就是老三以前在外面闖蕩時惹下的情債，如今人家可是找上門來了，看他怎麼辦！

哼，這下子有好戲看了。

第二天，蕭景田索性去車行買了一輛馬車，再去繡坊接孟氏她們回家。

「景田，昨天接咱們來的那位姑娘，真的是你義妹？」孟氏見了蕭景田，像見了救星般，扯著他的袖子低聲問道：「你跟娘實話實說。」

「不，只是以前認識。」蕭景田淡淡道。「她喜怒無常，舉止乖張，讓娘受驚了。」

「娘倒是沒什麼。」孟氏說著，壓低聲音道：「那姑娘的性子雖然潑辣了些，但待咱們卻是極好的，瞧著也不像小戶人家的閨女。咱們這次沒跟人家打聲招呼就走，也不大禮貌吧？」

蕭景田徹底無語。

這一刻，他真的懷疑自己到底是不是娘親生的。

得知這是蕭景田新買的馬車，喬氏滿臉喜愛，忍不住繞著馬車轉了好幾圈，有板有眼地跳上馬車，拉了拉轠繩，笑道：「景田果然是行家，這馬車和馬匹都挑得不錯。」

「二嫂，妳還懂這個啊？」蕭芸娘驚訝道。

「當然，我外祖父給人趕了三十多年馬車，是個趕車的老把式，他還教過我怎麼趕馬車呢。」喬氏得意道：「這馬車根本不用妳三哥出手，我就能趕回去！」

「嘖嘖，妳趕的馬車，咱們可不敢坐。」沈氏不相信喬氏會趕車，擺手道：「咱們女人力氣小，哪能抓得住轠繩。」

「這妳就外行了，誰說趕馬車就得用力拽轠繩了？」喬氏多年沒有趕車，一時手癢，索性跳上馬車，繞著繡坊轉了好幾圈。

街上的人沒見過女人趕馬車，都津津有味地圍上來看。

喬氏風光了一把，興奮得滿面紅光。

蕭景田見喬氏的確是個懂馬車的，便放心地把馬車交給她。他自己單獨騎了馬，不緊不慢地跟在馬車後面。

「老二媳婦，妳慢點趕，切不可驚了馬。」孟氏很不放心，不停囑咐道：「實在不行，就喊景田吧，讓他過來替妳。」

「娘，您放一百個心，我保證妳們不會少一根頭髮的。」喬氏胸有成竹道。

馬車緩緩地出了禹州城。

「娘，快看，是昨天騎馬的那個姑姑。」正趴在車窗上看風景的蕭菱兒，指著前面興奮道：「那個姑姑是不是來送咱們的？」

車廂裡的人忙探出頭往外看。

秦溧陽騎著棗紅色的高頭大馬，一動也不動地攔在路中間。

蕭景田騎著馬迎上前，面無表情地看著她。

「蕭景田，你以為這樣就能全身而退了嗎？」秦溧陽冷聲道。「我得不到的，別人也休想得到！」

「那妳想怎樣？」蕭景田冷冷地看著她，道：「若是我沒記錯，妳現在應該在渡口整頓兵馬，去齊州清剿海蠻子，而不是在這裡胡攪蠻纏。」

「那是我的事，不用你管！」秦溧陽揚了揚手裡的短劍，咬牙切齒道：「你想走，得先打贏我再說。」

「我母親她們跟妳無冤無仇，妳犯不著為難她們。」蕭景田不想當著家人的面跟她動手，平靜道：「讓她們先走，妳我之間的事，不要牽扯其他人。」

「好啊，反正我還要在禹州城待一些日子。」秦溧陽冷冷道：「若是我哪天高興了，便再把她們接到禹州城款待一番也行。」

「二嫂，妳先帶大家回去，我一會兒就回家。」蕭景田扭頭對喬氏道。

喬氏應了一聲，趕著馬車徐徐前行。

秋日裡，草木微微泛黃，些許樹葉落下枝頭，隨微風在地上打著旋，翻滾到了兩人腳下。

破竹。

「蕭景田，我跟你拚了！」秦溧陽從馬背上騰空躍起，恨恨地朝蕭景田揮劍刺去，勢如

蕭景田站在原地，不躲也不閃，任憑她鋒利的劍尖襲面而來。

秦溧陽見他沒有還手的意思，吃了一驚，急忙收回劍鋒，卻為時已晚，劍尖還是深深地刺入他的右肩頭，鮮血迅速地滲出來，瞬間染紅他的衣襟。

她慌得把手裡的劍扔在地上，質問道：「你、你為什麼不躲開？」

「從此妳我恩怨兩清，不必再見。」蕭景田冷冷看了她一眼，忍住肩頭的劇痛，翻身上馬，揚長而去。

「蕭景田，你好狠心！我恨死你了！」秦溧陽眼睜睜看著他越走越遠，氣得直跺腳，卻無可奈何。

「哎呀，總算到家了，還是家裡好啊！」一進門，蕭芸娘歡呼道：「我的床啊，想死我了。」

「小姑，早上的時候是誰說不想回來的？」喬氏一路趕馬車回來，心情大好，打趣道：「要不是娘攔著，妳都要在三表姊那邊住下了呢！依我看，住下也好，讓三表姊給妳在禹州城找個好婆家。」

「哎呀，二嫂，妳就知道打趣我。」蕭芸娘臉紅道。

沈氏扯了扯嘴角，沒吱聲。

「娘，大嫂、二嫂，妳們可回來了。」麥穗聽見說話聲，忙下炕穿鞋，從屋裡迎出來。見她們有說有笑的樣子，她疑惑問道：「妳們這是去三表姊那裡了嗎？」

姜孟氏也從屋裡走出來，笑道：「姑姑，妳們去禹州城也不說一聲，害得咱們在家裡替妳們擔心。」

「咱們不是被三兒接走的，接走咱們的是景田的義妹。」孟氏走到井邊，從水桶裡舀了瓢水倒進木盆裡，洗洗手，笑道：「那姑娘還不錯，對咱們挺好的。倒是景田，招呼也沒打一聲，就把咱們接到三兒的繡坊裡去了。對了，門口那輛馬車是景田新買的，咱們人多院子小，就先放在牛五那邊，讓牛五照看著吧。」

「嗯，我這就去跟牛五哥說，讓他替咱們照看一下馬車。」蕭芸娘說完，一溜煙地走出去。

「三嬸娘，那姑姑說，她跟三叔認識好多年了，還說她管三叔叫二哥來著。」蕭菱兒仰臉看著麥穗，稚聲稚氣道：「姑姑還說她跟三叔在銅州共事好多年。」

「菱兒，別瞎說，妳三叔怎麼可能跟一個姑娘家一起做事呢。」沈氏親暱地戳了蕭菱兒的頭一下，拽著她就往外走。「走了，回家去，省得妳在這裡胡言亂語，讓妳三嬸娘起了不好的心思。」

「對、對、對，沒有的事。」喬氏瞟了瞟麥穗，也牽起石頭的手，笑道：「三弟妹妳趕緊做飯吧，老三一會兒就回來了。」

麥穗笑了笑，沒吱聲。

夫妻之間就應該互相信任，不是嗎？義妹是個什麼鬼？

「著什麼急啊，老三也不是外人，飯等他回來再做就是了。」姜孟氏最見不得這妯娌倆冷嘲熱諷的嘴臉，索性抓著麥穗就往外走。「陪我看看妳家的馬車去，以後出遠門不用愁了，就過來借你們家的馬車，到時候妳可別不願意啊！」

「表姊說的是哪裡話，我怎會不願意？」麥穗聽說蕭景田買了新馬車，也很興奮，她挽著姜孟氏的手，興致勃勃地一起去了牛五家看馬車。

蕭宗海在村口張望半天，也不見蕭景田的影子，他沈著臉回到家，不悅道：「咱們先吃，等景田回來後，再給他另外做吧！」

麥穗便張羅著把飯菜端上炕。

自從她的腳扭傷後，就沒有單獨煮過飯，一直都是在正房這邊吃。

「他也該回來了啊……」孟氏見蕭宗海變了臉，低聲道：「算起來，他應該是跟咱們前後腳就到家才對哪！」

「就是啊，三哥不過是跟那位姑娘道個別，怎能耽誤這麼長時間呢？」蕭芸娘撇嘴道。

「該不會是又跟著那個義妹回禹州城了吧？三哥那個義妹對咱們都如此熱情，對三哥就更熱情了。」

麥穗臉一沈。

這個小姑子當著她的面說這些話，真的好嗎？

「妳胡說什麼？」孟氏見女兒說話口無遮攔，訓斥道：「妳三哥說不定是有別的事耽擱了。」

「夠了，妳們還有臉在這裡爭執？」蕭宗海剛拿起筷子要吃飯，聽見母女倆說這些，氣得「啪」地放下筷子，黑著臉道：「不過是趕個廟會，跑到禹州城去幹麼？不知道家裡正在蓋房子，離不了人嗎？小輩們不懂事也就罷了，連妳也越來越糊塗，人家讓妳上馬車，妳就上馬車嗎？是不是把妳們賣了，妳們還在那裡傻乎乎地幫人家數錢？」

「是我糊塗了。」孟氏自知理虧，訕訕道：「其實我心裡明白不應該去，可不知怎的，糊裡糊塗就上了馬車，都是我的錯。」

蕭芸娘見她爹發火，忙識相地閉嘴。

「好在大家都只當妳們是去了妳外甥女那裡，若傳出去，妳們是被不認識的人接走，那咱們蕭家的名聲算是完了。妳不但不反省，反而還一個勁兒地誇那個什麼義妹這好那好的，妳豈止是糊塗，簡直是蠢！」蕭宗海越說越生氣，怒吼道：「妳也不想想，若是正經人家的姑娘，哪有不跟景田說一聲，就把人接走的？妳一把年紀了，還如此不明是非，當年妳是活該受騙上當……」

「你、你不要再說了。」孟氏被蕭宗海數落得羞愧難當，眼淚也跟著掉下來。「都是我不好，是我的錯……」

「爹，娘肯定是以為三表姊讓人來接她，所以才上馬車的。」麥穗見公公一個勁兒地訓斥婆婆，忙開口打圓場。「好在大家都已經平安回來，您就別再埋怨娘了。」

蕭宗海見兒媳婦求情，也不好再說什麼，沒好氣地對孟氏和蕭芸娘道：「妳們給我記住，從今天開始，不准給我踏出魚嘴村半步，否則我饒不了妳們！」

說完，他騰地起身下炕，甩門而去。

半個時辰後，蕭景田才回到家。

他二話不說，倒頭就睡。

麥穗原本想問問他怎麼回來得這麼遲，見他像是很疲倦的樣子，便不忍打擾他。她替他往上拉了拉被子，手指無意間觸碰到他的臉，覺得他的臉有些燙，忙伸手探了探他的額頭，心下一緊——他竟然在發燒！

她輕輕地晃了晃他，低聲喊道：「景田，你快醒醒。」

蕭景田睡覺素來警覺性高，聽到麥穗喊他，勉強睜開眼睛道：「我沒事，這就起來了。」

「不行，你在發燒，趕緊躺好，我這就去給你熬藥。」麥穗輕聲道，然後急急忙忙地去了灶房。

她之前在後山腳下，發現了一些野生柴胡，便如獲珍寶地採回來，還把根切成片曬乾，用麻布包了，掛在放米麵的廂房牆上。

原本是想著日後若有個感冒發燒的，可以用來應急。她發現這裡的人如果有點頭痛腦熱的，都是硬扛著，壓根兒不會去看大夫。

因為著急，火摺子怎麼打都打不著，麥穗很沮喪，急出了一頭汗。

「這是怎麼了？」孟氏從灶房走出來問道，她的臉色有些憔悴，大概是還在生公公的氣。

「娘，景田有些發熱，我想給他熬點藥。」麥穗忙把火摺子遞給孟氏。

「發熱最好是蒙著頭出汗，用不著吃藥的。」孟氏嘀咕著，見媳婦已經把柴胡放進藥罐，還是蹲下身，替她點了火，又道：「那妳先熬著藥，我去看看景田。」

蕭景田躺在炕上，見孟氏進來，索性坐起來。「娘，我沒事，您別擔心。」

「景田，你怎麼回來得這麼晚？」孟氏看了看窗外，倚在炕邊，低聲問道：「娘當著你兩個嫂子和芸娘的面裝聾作啞，那是不願意跟她們瞎攪和，你實話告訴我，你跟那個姑娘到底是怎麼回事？」

若僅僅是義妹，斷不會尚未謀面，就熱情得把她們一家老小接到禹州城去好吃好喝地供著，誰都不是傻子。

「什麼怎麼回事？」蕭景田劍眉輕揚，不耐煩地道：「都說了只是以前認識而已，我跟她能有什麼？」

「景田，娘雖然沒什麼見地，但好歹也是過來人。」孟氏顯然不相信兒子的話，繼續道：「如今你已經成親，有了媳婦，本就不該再招惹別的女人。若是之前跟人家有過什麼瓜葛，就儘快跟人家說清楚，省得讓你媳婦誤會。」

「我跟她真的沒什麼。」蕭景田無奈道：「這件事就算過去了，以後誰也不要再提起。」

孟氏見問不出個所以然來，便知趣地不再問，想到兒子身子不適，便道：「那啥，你媳婦說你在發熱呢，你就好好地蒙頭睡一覺。待會兒讓你爹出去說一聲，就說你病了，往後拖個兩天再上梁吧，正好也讓大夥兒歇一歇。」

蕭景田點點頭，不再說話。

母子倆一時無話。

「我給你端飯去。」孟氏起身往外走。

「有什麼能吃？」蕭景田懨懨地開口問道。

若是包子，他就不吃了。

「娘剛剛蒸的包子，給你端幾個來。」孟氏殷切地答道。

「算了，我不餓。」蕭景田皺眉，嘆了口氣。

從他記事起，他娘最喜歡做的，就是蒸雜糧包子，上一頓吃包子，下一頓還是包子，餐餐都離不了包子。

幸好他出去了十年，要不然怕是連他也變成包子了。

「那待會兒等你想吃的時候，娘再給你端過來。」孟氏並不覺得包子有什麼不妥，她一直以為兒子最喜歡吃她做的包子。

麥穗熬好藥，端了進來，見蕭景田已經起身，便把藥端到他面前，淺笑道：「吃了藥再躺一躺，出出汗就好了。」

其實她也很想問問他的那個義妹，但見他神色疲倦不堪，就沒再多問。

他要是想說，就會主動告訴她的吧！

第四十二章　難過

一大早，蕭芸娘搬了板凳，坐在屋簷下穿針引線，開始繡花。

牛五從隔壁牆頭上探過頭來，笑道：「嘿，三哥新買的這輛馬車真不賴，我剛剛趕著在村裡轉了一圈，甭提多過癮了。」

「當然過癮，新馬車可舒服了！」蕭芸娘仰臉笑道：「牛五哥，你這個時候怎麼還在家裡，不用去海邊當差嗎？」

「妳還不知道啊？海上的事情解決了，龍叔高興，讓咱們在家裡歇息兩天。」牛五「噌」地從牆上跳下來，拍拍身上的塵土，也拽了一張板凳過來坐下，口沫橫飛道：「昨晚海上可熱鬧了，溧陽郡主帶人突襲，把那些海蠻子打得落花流水。那些海蠻子死的死、逃的逃，一夜之間都消失得無影無蹤，咱們呀，再也不用擔心海蠻子作怪了。」

「真的啊？」蕭芸娘驚訝道：「溧陽郡主居然只花一晚上的時間，就把海蠻子給收拾了？」

麥穗在一旁聽了，覺得疑惑。

之前蕭景田不是說，想要真正鎮壓住海蠻子，非得齊州那邊的官府出面不可，若是用武力強攻，只會適得其反嗎？怎麼這個溧陽郡主一來，兩、三下就把事情解決了呢？

她轉念一想，海上的事情向來沒有定數，不管怎樣，只要能解決海蠻子的問題就好。

「對啊，溧陽郡主可是女中豪傑呢！」牛五像是親眼見過一樣，激動地比劃道：「溧陽郡主腰佩短劍、手拿大刀，就算是四、五個壯漢也不能近她身，打得那些海蠻子是服服貼貼的。只要有郡主在，咱們這條海路就徹底安寧了。」

「太好了，咱們村人又能出海捕魚了。」蕭芸娘拍手笑道：「牛五哥，那你過幾天是不是又要跟著貨船去京城那邊送貨啊？」

「這些日子龍叔那裡攢了不少貨，下個月怕是得送好幾船。」牛五嘿嘿笑道：「再兩個多月就過年了，這天氣涼了，魚也好放，船上只要多放些冰，就能把鮮魚運到京城那邊去。京城有錢人多啊，往往是船一靠岸，魚就被人搶光了，多少也不夠賣，就算那些途中死了的魚，也不會剩下。」

「這麼說來，咱們也可以捕點魚往京城那邊送了？」麥穗聽到這裡，也來了興致。「聽說從暗礁島去京城，也就三、四天的路程，若是咱們村子的人在暗礁島附近捕魚，再送往京城，也是可以的吧？」

魚嘴村的漁民雖然整日在海上勞作，但日子過得不寬裕，鮮魚因為保存時間短，往往賣得很便宜，據說有時候兩個雞蛋就能換一條兩斤重的大魚。

如果京城能賣到好價錢，那村人為什麼不去京城那邊送魚?她很是不解。

「三嫂，妳有所不知，若沒有兩把刷子，咱們就算把鮮魚送到京城那邊，也掙不了多少銀子。」牛五見麥穗這麼問，嘆道：「京城大灣子碼頭那邊設了關卡，凡是靠岸的貨船都要交稅，若不是像龍叔這樣的大貨主，小船根本就不划算，再加上靠近大灣子碼頭的那片海域，是出了名的凶險，鄉親們誰也不願意去冒這個險。」
「原來如此。」麥穗恍然大悟。
蕭景田在屋裡聽見牛五的話，臉色沈了沈。
秦溧陽終歸是秦溧陽，歷來喜歡用武力解決問題，殊不知她越是如此，局面只會更僵。
他吃了藥，又吃了麵，精神好了許多，在炕上坐不住，本想出門，卻被麥穗硬是攔下，非要他出了汗不可。
男人最終還是沒有拗過女人，蕭景田只好躺進被窩裡，一開始還沒有睡意，後來竟然真的迷迷糊糊地睡著了。
麥穗這才起身，端起木盆，去井邊洗衣裳。蕭景田昨天穿的那件衣裳，肩頭處有道裂口，像是被什麼利器割破，裂口處還有些許斑斑點點的血跡。
難道他受傷了？想到他一早起來，就在外間待了那麼長的時間，麥穗愈加相信自己的猜測，他肯定有什麼事情瞞著她！
麥穗越想，心裡越難過。她都跟他有了夫妻之實，是他名副其實的妻，她不明白，他到底還有什麼事情是不能實言相告的？
還有昨天嫂子們有意無意在她面前提起的那個義妹，若說她不疑心，那是假的。只是她覺得他肯定會跟她說，他的那個義妹到底是怎麼回事，可是他並沒有。
他非但不提那個義妹，連受傷也瞞著她……在他心裡，她到底算什麼？

蕭景田連喝了兩天柴胡，很快地退了燒，人又變得生龍活虎起來。

新房上梁這天，家裡照常來了很多人幫忙。新房上梁跟奠基不一樣，席面是有講究的，六六三十六道菜，是自古以來的規矩。

好在麥穗和孟氏早有準備，兩天前就列好菜單。蕭宗海和牛五便拿著單子，提前一天去鎮上採買回來，再把豬下水之類的提前收拾好，全都放進鍋裡滷好。一家人忙了大半個晚上，才去睡覺。

麥穗面對黑壓壓的人群，心裡感嘆，蓋新房真是不容易。

蕭景田右肩有傷，做不了重活，只是來回走動著，用沒受傷的左手給眾人遞遞什物。

莊栓見他的臉色蒼白，只當他是受了風寒尚未痊癒，忙上前勸道：「景田啊，今天上梁，活兒不多，在場的都是自己人，出不了什麼差錯。你若是不舒服，就趕緊回去歇著。」

「無妨。」蕭景田勉強笑道：「大家這麼熱心來幫我，是我的榮幸，再說我前兩天只是受了點風寒，無礙的。」

「景田哪，你這房子蓋起來，可是咱們魚嘴村一等一的好房子。等搬進去以後，別忘了請大夥兒過來吃頓飯，順道看看房子。」姜木魚嘻嘻笑道：「你們看看這磚、這瓦，用的都是禹州城大磚窯的貨，你這小子到底是在外頭闖蕩過，眼界就是跟咱們不一樣。」

蕭景田笑了笑，沒有說話。

眾人一聽是禹州城的磚瓦，紛紛圍上前來細細地看質地、問價錢，交頭接耳地談論跟當地磚瓦的不同處。

突然，胡同口傳來一陣嘈雜的腳步聲。

王子揚領著人，氣勢洶洶地衝過來，指著堆在地上的青磚，大聲道：「就是這裡，快、快，把這些青磚給我搬、搬上馬車。」

「欸，你們這是幹麼？」狗子張開雙臂，攔住他，聲音大了起來。「你們憑什麼來咱們這裡搬磚？這是咱們買下的！」

「就是啊，憑什麼？」眾人認出這小子是王大善人的兒子，頓時氣不打一處來，紛紛上前質問道：「憑什麼到人家新房這邊來搬磚？」存心來砸場子的吧？

「這磚、磚是咱們家，定、定下的，不過、不過晚去了半天工夫，就被你們給、給、給拉來了，你、你們仗勢欺人！」王子揚跳腳道：「我、我爹說了，今天非要我、我把這磚拉回去，要不然、不然有你們好看！」

「誰仗勢欺人啊？分明是你們強詞奪理。」眾人見王大公子說話明明結結巴巴，卻一副義憤填膺的樣子，紛紛氣極反笑。

莊栓上前理論道：「這件事你們應該去磚窯那邊討公道，壓根兒就不該來找咱們。咱們是一手交錢、一手交貨，何錯之有？」

「就是、就是。」眾人紛紛附和道。

「哼，甭跟我說、說這些，老子不跟你們、你們廢話。」王子揚顯然說不過他們，惱羞成怒，索性一揮手，坐在馬背上口沫橫飛道：「兄弟們，給、給、給我動手搬，我看、我看誰敢攔咱們！」

「是。」王子揚身後的人齊聲應道，紛紛挽起袖子，上前搬磚。
眾人傻眼，一齊看向蕭景田。
「住手。」蕭景田這才不緊不慢地出聲，緩緩踱步到王子揚面前，沈聲道：「王公子不想講理，是吧？」
「講啥理，今天你、你、你就是說破天去，老子也得把磚、磚給搬走。」王子揚不耐煩地拽了拽韁繩，冷哼道：「這是我家定、定下的磚，我、我來搬我家的磚，天經地義！」
話音剛落，他胯下的白馬突然騰空嘶鳴一聲，調轉馬頭，迅速地朝前奔去。
王子揚沒有半點防備，兩、三下便被顛下馬背，摔了個四腳朝天。
眾人發出一陣哄笑，連同王家那些家丁，也悄悄地捣嘴偷笑。
幾個王家家丁趕緊忍著笑，把王子揚扶起來。
王子揚氣急敗壞地走到蕭景田面前，指著他的鼻子罵道：「你、你敢捉弄我，我……」正說著，頓覺身下一涼，他的褲子竟然冷不防地滑落到地上，露出大紅色的裡褲和兩條毛茸茸的腿。眾人都愣住了，再度發出一陣爆笑，有的人甚至笑得坐到地上。
天哪，真是從來沒見過汗毛如此濃密的大腿！
王子揚尷尬萬分地提起褲子，落荒而逃，家丁們也乘機四下逃散了。
「景田，真有你的。」莊栓意味深長地拍了拍蕭景田的肩頭。能在眾目睽睽之下，不著痕跡地捉弄王大公子而不被眾人察覺，這樣的本事，也只有蕭景田有了。
蕭景田笑而不語，其實他也不想出手的。

吃完晚飯後，蕭宗海端坐在炕上，讓蕭芸娘提水來泡茶，滿臉肅容地看著蕭景田，問道：「景田，你說王家趁咱家上梁來鬧事，是不是因為那十畝荒地？」

自從那十畝麥田豐收以後，王家討要八成租子不成，肯定憋著一口氣。如今又上門討要磚瓦，分明是故意為難他們家。

「我想應該是咱們的確買了他們家定下的青磚。」蕭景田劍眉輕揚，沈聲道：「之前青磚一直缺貨，沒有送來，我就託人去催了催。可能我所託之人用了點非常手段，他們才把原先要給王家的青磚，給咱們拉過來。」

若非如此，王家是不會找上門來的。而這樣的事情，那兩個錦麟衛完全做得出來。

「原來真的是這樣啊！」蕭宗海有些不安道：「多一事不如少一事，實在不行，你把磚給人家送過去得了，省得他們再來鬧騰。」他不想蕭景田因為此事再得罪人。

孟氏坐在後炕頭做針線，不聲不響地聽著父子倆說話，卻不敢插話。因為上次去禹州城的事情，蕭宗海惱了她許久，一直到現在還對她愛理不理的。

「爹，這件事原本就怨不得咱們。」蕭景田修長的手指捏起茶碗，輕抿一口，不以為然道：「他們要找，也該是找磚窯理論。」

蕭宗海只是嘆氣。他覺得此事兒子有些不講理，明明搶了人家的貨，怎麼還一副沒事人似的，難不成他這個兒子，真的在外面做過土匪？

在心裡兜兜轉轉了一番，他索性直言問道：「景田，爹之前問過你，這些年你在外面到底幹了啥，你一直說跟著別人在海上做事。那爹問你，你的東家姓甚名誰，現在在哪裡？」

孟氏見蕭宗海這麼問，悄然抬頭看了他一眼，正好迎上他的目光，忙又低頭做針線。

「爹，您想知道什麼就直接問，幹麼要這樣拐彎抹角的？」蕭景田會意，失笑道：「您放一百個心，我在外面絕對沒有做過對不起您的事。」

「可是景田，你要知道過剛易折的道理，再這樣下去，你會把自己的路給堵死的。」蕭宗海勸道：「聽爹的話，該低頭的時候一定要低頭，切不可把人都得罪了。」

「爹，這事又不怪我。」蕭景田有些不耐煩道：「這些您甭管了，我自己會處理的。」

「景田，好好跟你爹說話。」孟氏小聲提醒。

話不投機半句多，父子倆不約而同地沈默了。

蕭景田出了正房，便去井邊提水，照例在樹下洗漱一番。他一回屋，見麥穗坐在燈下看書，跳躍的燭光下，女人的側顏被蒙上一層朦朧的光暈，寧靜而又溫馨。

「這本書好看嗎？」蕭景田站在炕前擦著臉，溫言道：「妳看到哪裡了？」

除了他以外，家裡其他人幾乎都不識字，更不用說看書了。沒想到，這個女人卻是個識字的，這讓他很驚喜。

「好看，我看到〈楚地見聞〉了。」麥穗淡淡答道，合上書本，上前挑了挑燭光，屋裡騰地亮起來。

「說說看，〈楚地見聞〉裡說了些什麼？」蕭景田蹬掉鞋子上炕，眉眼含笑地看著她，適才被親爹教訓的不快也隨之煙消雲散。

眼前的男子長眉星目，薄唇微翹，看上去很愉悅。只是他的臉色比起以往有些蒼白，怕是因為他肩頭上有傷的緣故吧？

見蕭景田正眼睛不眨地看著她，在等著她回答，她便從容答道：「書上說，北楚地廣人稠，北楚人憨厚老實，喜歡守著家園在家耕種，不喜外出；而南楚地廣人稀，南楚人卻圓滑狡詐，工於心計，大都四處遊走，做著生意。咱們大周這邊來的那些能說會道的楚國商人，實際上是指南楚人，而南楚人雖然只占楚國人口的三成，卻因為長年在外行走，讓世人誤以為楚人皆是能言善辯之輩，殊不知，大部分楚國人卻都是本分的。」

「的確如此。」蕭景田點點頭，表示贊同，又道：「妳知道嗎？北楚人給世人的印象雖然憨厚老實，但楚國歷代帝王名將，幾乎都是北楚人，而南楚人往往擔當的最大官職便是軍師。可見為人還是憨厚些的好，依我看，南楚人就是愛耍些小聰明而已。」

「你跟南楚人打過交道嗎？」麥穗問道。

「前幾年我曾經去過南楚那邊，那邊的人開口閉口都在談生意、論價錢。」蕭景田把身子往被褥那邊靠了靠，找了個舒服的姿勢半躺下來，對麥穗道：「剛到楚地那會兒，好多人水土不服，上吐下瀉得很嚴重，其中跟我挺要好的兩個同伴病得最厲害。我便找了個南楚人，領著我去請當地有名的大夫，好到咱們商隊裡看看病。可是那南楚人卻故意領我在城裡繞來繞去，就是不肯帶我去藥鋪，待到僻靜處，他才從懷裡掏出幾把木梳子來，說我若是買他幾把梳子，他就帶我去找大夫。我生平最恨如此陰險狡詐之人，索性一不做、二不休地堵了他嘴，再捆了他，把他吊在半空中，然後自己去找大夫。」

「後來呢？那大夫把他們的病都醫好了嗎？」麥穗來了興趣，問道：「那大夫該不會也讓你買東西了吧？」

「那大夫更可恨，見我是異鄉人，便獅子大開口，說每人得要一兩銀子的診金。」蕭景田說著，伸手把麥穗攬進懷裡，抬手撫摸她的長髮，接著道：「我豈能任他擺布，當下抓了他回營地，拿劍逼著他給兄弟們診病。待兄弟們病好以後，我才放他回去。」

「那你給他診金了嗎？」麥穗冷不防被他抱在胸前，感受著他熟悉又清新的氣息，臉色微紅，問道：「你拿劍逼人家診病，就不怕人家動什麼歪心思來報復你們？」

蕭大叔果然霸氣。她喜歡，哈哈！

「診金自然給了，不過肯定不會給他那麼多，我就是按當地行情給的。」蕭景田低頭望著她清亮烏黑的眸子，繼續道：「那大夫本來就是欺軟怕硬的人，哪敢動什麼歪心思？他熬的藥，我都會讓他親自試藥，他要是敢不專心看病，雖然我對醫理不甚精通，但也略知一二，就他那點醫術，也糊弄不了我。我若是有那些藥材，也不願意跟他們南楚人打交道。」

「你怎麼什麼都懂？」麥穗淺笑道：「想來那兩個南楚人日後再見到異鄉人，肯定不敢再如此無禮了。」

「我也不是什麼都懂。」蕭景田目光深邃，盯著她看了一會兒，俯首在她耳邊低語道：「比如妳的心。」

第四十三章　其實你不懂我的心

他的鼻息拂在她臉上，痲痲癢癢的，麥穗再一次紅臉，聲如蚊蚋道：「哪裡不懂了？」

蕭景田伸手放在她柔軟的胸口上，悄然道：「這裡有我嗎？」

「我心裡自然是有你的。」麥穗嬌羞地看了他一眼，觸到他含笑的眸子，忙順手推開他放在她胸前的大手。「景田，我有件事想要問你。」

蕭景田笑著握住她嬌若無骨的小手，眸光陡然深沈道：「妳問。」

「你肩上的傷，是怎麼回事？」麥穗抬手輕輕撫摸他的右肩，直言問道：「我給你洗衣裳的時候，見衣裳的肩頭處有血跡，便猜測你受了傷。你之所以發熱，我覺得肯定也是因為這個傷口的緣故，可你卻瞞著我獨自上藥……我覺得你心裡根本沒有我，若是相濡以沫的夫妻，你肯定會第一時間告訴我的。」

「妳誤會我了，我並非有意瞞著妳，而是我向來皮糙肉厚，覺得這不過是一點小傷而已。」蕭景田唇角微牽，溫聲淺笑道：「再說這傷只是我不小心碰了一下，我是真沒在意，至於我自己上藥，那是我見妳睡了，不想吵醒妳，後來傷口也沒再覺得痛，就忘了這件事了。」

「以後就算是小傷，也得讓我知道。」麥穗望著他含笑的眸子，垂眸道：「夫妻之間原本就應該坦誠相待、互相照顧的，你有事瞞著我，我心裡很難過，總覺得你不信任我。」

「哪有不信任妳，妳想多了。」蕭景田看著她，拍拍她的手背，信誓旦旦道：「以後我保證什麼話都對妳說，行了吧？」

「這還差不多。」麥穗笑開來，又道：「還有上次，接娘和嫂嫂她們去禹州城的那個……跟你有著相同牛頭飾物的姑娘，真是你義妹？」

「不是。」蕭景田坦然道：「她是我一個故人的女兒，我跟她只能算是舊相識。」

「那她怎麼說是你的義妹？」麥穗沈默片刻，乾脆挑明道：「還有她那麼熱情地對待咱們家裡的人，我猜她跟你定是熟識的，你們以前是不是好過？」

沈氏和喬氏從禹州城回來那天，分明在拐彎抹角地說那姑娘跟蕭景田關係不一般，她自然想知道他和那個姑娘到底是怎麼回事。一想到那個腰佩短劍的姑娘，麥穗心裡便酸酸的，憑直覺，她知道這姑娘跟蘇三表姊完全不是同一個層次的。

「沒有，我從未喜歡過她。」蕭景田不假思索道。「以前是，現在也是，以後更是如此。」說著，他又意味深長地看著她。「娘子，還有什麼要問的嗎？」

「你剛才說她是故人的女兒，是不是就是教你看天象的那個故人？」麥穗仰臉問道：「那女子英姿颯爽，看來不是尋常人家的女兒，肯定大有來頭。你告訴我，她到底是什麼身分？」

「沒錯，她正是秦王爺的女兒，先帝爺親封的溧陽郡主。」蕭景田雲淡風輕道：「秦王爺去世後，她曾獨領邊境守軍。當年楚國入侵時，咱們都曾加入抗楚的軍隊，所以彼此熟悉了些。如今她來禹州城，是奉命前來剿匪的。」

「什麼？她就是溧陽郡主？」麥穗吃了一驚，沈默片刻，緩緩側身伏在他的膝上，問道：「景田，你實話告訴我，你前些年在外面到底都做了些什麼？別說你是做生意之類的話來搪塞我，你若信我，就跟我說實話。」

牛五口中那個率軍圍剿海蠻子的巾幗英雄，竟然自稱是他的義妹……那溧陽郡主跟他的關係，當真是非比尋常了。

「我在抗楚的軍隊裡擔任過統領，也曾被封過將軍的頭銜。」蕭景田緩緩撫摸她的秀髮，淡然道：「並非我不想告訴妳和爹娘他們實話，而是我已退隱，如今只是一個日出而作、日落而息的漁夫，再也不是什麼將軍。所以過去的事情，還是不提的好。」

「我就知道你並非平庸之輩。」麥穗見他真的對她和盤托出，愉悅道：「既然你不想讓別人知道，那你放心，我定會為你保守這個秘密的。」

「我信妳。」蕭景田唇邊勾起一絲笑意，柔聲道：「日後妳若是在別處聽到我跟溧陽郡主的閒言碎語，切不可當真，我並非四處留情之人，此生有妳一個就夠了。」

「那溧陽郡主對你……」麥穗還沒說完，男人的唇便落在她的額頭上。

這個女人越來越較真了。別的女人對他的心思是怎樣的，他該怎麼回答？難道他都說了他心裡只有她，還不夠嗎？

帶著薄繭的大手一路下滑，三兩下就扯開她的腰帶，接著便翻身壓在她身上，一陣火熱摩擦後，他在她耳邊喘息道：「咱們要個孩子好不好？」

她羞怯地望著他，輕輕「嗯」了一聲。

許是剛才兩人交換了心思，他又言明並不喜歡那個義妹，她心裡不知不覺踏實了許多，這次歡愛，竟然不覺得疼了。原本堅硬的土炕似乎也變成柔軟的湖面，一波波的漣漪席捲她全身的每個角落。

他見她的身子不再緊繃，反而變得格外柔順，知道她已經完全適應他的進攻，便肆無忌憚地賣力起來。

麥穗緊緊地閉著眼睛，用力抓緊床單，承受著他一下比一下猛烈的撞擊，緊緊咬住嘴唇不讓自己發出那羞人的呻吟聲。

炕上一片旖旎，連窗外的月娘都不好意思地躲進雲層後，唯恐驚擾了這一對纏綿繾綣的鴛鴦。

激情過後，兩人才懶懶地起身洗漱一番，相擁而臥。

過沒幾天，新房便完工了。

按鄉俗，主人家得招待工匠們吃一頓完工宴。完工宴主要是吃麵，不用像上梁宴那般豐盛。

沈氏和喬氏沒來，說是病了。

她們的確是病了，氣病的，婆婆成天哭窮說家裡沒錢，老三卻轉眼蓋起了全村最氣派的房子，真是太不公平了！

孟氏心裡雖然不高興，卻也不敢說什麼。

麥穗則覺得無所謂，不來就不來唄！自己過自己的日子，管這麼多幹麼？吳氏作為娘家人，也興沖沖地趕來添彩頭，送了三尺紅布和麵板。

麥穗很高興，拉著吳氏進屋說話。

「娘，如今我這裡蓋了大房子，您就搬過來跟我一起住吧。」麥穗依偎在吳氏身邊，撒嬌道：「景田也是這個意思呢。」

「我在山梁村住慣了，再說又不是七老八十，哪有這麼早就跟女兒、女婿一起住的？」吳氏環視著氣派的新房，心裡樂開了花，笑道：「再說了，要是我來了，我家裡那兩個叔父跟家裡的地該怎麼辦？他們離不開我的。」

「娘，我知道您這些年受了不少苦，遭了不少罪，眼下我有了自己的家，您應該過來和我一起住的，相互之間也有個照應。至於兩個爺爺，他們沒了您，餓不死的。」麥穗熱切道：「以後咱們母女再也不分開，我和景田會好好孝敬您的。」

「你們有這份心，我就很高興了。」吳氏擺手道：「替我謝謝姑爺的美意，你們好好過日子就成。」

「娘，您放心，咱們一定會好好過日子。」麥穗埋首在吳氏膝上，只覺得心裡暖暖的。如今她有夫君的寵愛，還有親娘的關心，但願日子就這麼一直過下去。

「對了，三郎高中了，妳知道嗎？」吳氏拍著女兒的手，壓低聲音道：「聽說他去齊州當了知府，如今可風光了。幸好那時候妳跟他沒走成，要不然你們兩個現在還不知道是何等境地呢！」

「娘，以前的事您就別再提了。」麥穗嗔怪道：「他當不當官，跟我有什麼關係啊？」她又不喜歡吳三郎。

「好了，娘以後不說他了。今天妳家裡忙，咱們娘兒倆坐著說話也不合適。」吳氏忙穿鞋下炕。「我過去幫妳婆婆擀麵。」

孟氏見親家母進來灶房，推辭了一番，見吳氏執意要幫著幹活，便熱情地拿了張板凳讓她坐下，兩人有說有笑地擀著麵。

麥穗則把房簷下的臘肉解下來，洗淨後再切成丁，準備做臘肉湯。這道湯是昨晚蕭景田教她做的，說是配上手擀麵特別好吃。

不一會兒，就見李氏和麥花挽著手，笑吟吟地進了院子。

「妳們怎麼來了？」麥穗很意外。她跟麥家的人，已經沒聯繫了吧！

「咱們是來給妳新房添彩頭的。」李氏揚了揚手裡的紅布和麵板，笑道：「聽說今天新房完工，咱們娘家人哪能不來？」

「幾日不見，妹妹越發好看了。娘，您說是也不是？」麥花捏著帕子道，她身穿青衫碧裙，顯得清新可人，看上去一點也不像莊稼人家的女兒。

「對、對、對，咱們穗兒是越來越好看了。」李氏笑顏如花道。

「哎呀，是她大伯母來了，快請進。」孟氏忙從灶房裡迎出來，接了紅布和麵板，笑著把母女倆迎進正房，連聲招呼麥穗泡茶。

麥穗皺眉，提了水壺進屋給兩人倒茶。

「今天是你們大喜的日子，我怎能不來？」李氏拍著大腿，眉開眼笑道：「這蓋新房最講究的是娘家人要來添彩頭，日子才能越過越紅火。」

「謝謝大伯娘，我娘已經來了。」麥穗面無表情道。

「這麼多人給妳添彩頭，妳的日子肯定會越來越好。」李氏聽說吳氏也來了，心裡恨得牙癢癢。

怎麼如今見女兒長大，出息了，她就想來巴結了？

哼，別忘了是誰把她女兒辛辛苦苦養大的。想跟她爭功勞，門兒都沒有！

孟氏多少知道一些這對妯娌之間的恩恩怨怨，悄然對吳氏道：「親家母，妳們妯娌難得相見，妳還是過去坐坐吧！既然碰上了，總得打個招呼才是。」

「那我過去坐坐。」吳氏點點頭，這麼多年了，她對麥三全和李氏已經恨不起來了。

李氏見吳氏滿臉憔悴、肌膚粗糙，一看就是長年在田裡勞作所致。她心裡雖然鄙夷，卻滿臉笑容道：「弟妹，好久不見，妳過得還好吧？」

「好。」吳氏倚著炕邊坐下，不冷不熱地道：「讓大嫂牽掛了。」

「嬸娘。」麥花上前甜甜地喊了一聲，嬌聲道：「嬸娘是越來越年輕了，想必林家叔父待嬸娘是極好的。」

「花兒，嬸娘是一個人過。」吳氏淡然道。「哪裡有什麼林家叔父。」

麥花有些尷尬。

剛才只是信口那麼一說，她其實對這個嬸娘的事情完全不清楚。

「花兒還小，她不知道的。」李氏笑著替女兒打圓場。「她呀，總是說嬸娘以前待她怎麼怎麼好呢！」

吳氏嘴角扯了扯，沒再吱聲。

麥花比麥穗還大上一歲吧，還小……

「如今穗兒蓋了大房子，日子過得這麼好，我這心裡呀，就像喝了蜜一樣甜呢！」李氏望著新房裡大而精美的紅木窗子，心裡泛酸道：「等花兒出嫁後，我就兩頭住，來穗兒家住幾天，再去花兒家住幾天，想想就覺得開心。」

早知道蕭景田是個如此能幹的，她就把女兒麥花嫁過來了，這麼大的房子，誰看了不眼紅啊？偏偏讓這個黃毛丫頭占了便宜，失算啊失算！

「娘，青山早就說了，等過幾年他榜上有名，當了官，就把您和爹接到城裡去住。」麥花嬌笑道：「您就等著跟咱們享福吧。」

她雖然也喜歡住大房子，卻不羨慕麥穗。蕭景田再怎麼有本事，也只是個土匪，哪裡有她未來夫婿莊青山這般滿腹經綸、出口成章？等他高中後，她就成了真正的官夫人，到時候他們就可以花前月下、卿卿我我，那才是她真正嚮往的日子。

蕭景田跟麥穗算什麼？不過是一袋白麵的交易而已！

「哈哈哈，那敢情好。」李氏得意地瞥了吳氏一眼，笑道：「弟妹，說起來，咱們還真有緣，又能經常見面了呢。」

麥花嫁給吳氏大姑的兒子莊青山，而且兩家離得也不是很遠，可不是得經常見面了。

「是，咱們的確有緣。」吳氏笑了笑，起身道：「大嫂，妳先坐著，我先幫親家做飯去了。」

「穗兒，妳也快去忙吧，咱們自己招呼自己就行。」李氏絲毫沒拿自己當外人，她下了炕，來來回回地在東、西廂房裡走動，這兒瞅瞅，那兒瞅瞅，滿眼羨慕。

嘖嘖，這麼多房間哪！

「哎呀，妹妹，妳都住大房子了，怎麼還在曬這些小魚呢？」麥花跟在李氏身後，進了東廂房，見牆角堆著好多曬乾的小魚和小蝦，忙掩住鼻子，跑了出來，嫌棄道：「這麼多小魚，妳能吃得了嗎？我呀，一聞到這個味道，就受不了。」

「這些自然是要拿到集市上去賣的。」麥穗面無表情道。「難不成姊姊不知道靠山吃山、靠海吃海的說法？」

「這些小魚能賣幾個錢？」李氏搖搖頭，故意嘆道：「等妳青山姊夫高中，就讓他給妳家景田找點營生做做，妳以後就不用這麼辛苦地曬小魚乾了。」

麥穗頓感無語。

且不說莊青山能不能高中，就算讓他考上，也比不上蕭大叔好嗎？蕭大叔可是大將軍呢！

送走客人們之後，蕭景田去鎮上買了些桐油，打算把新房的門都好好地刷一遍。想到媳婦在家裡等著他，心裡一陣暖意，邁開長腿就大踏步地朝家裡走去。

「蕭將軍！」一個眉清目秀的年輕人站在路邊樹蔭下，看見蕭景田，神色一凜，忙上前抱拳道：「您還記得屬下嗎？」

當年蕭景田為了避諱蕭氏皇族的蕭姓，才對其部下隱了姓氏，以名示人。但秦十三是溧陽的親衛，他自然知道蕭景田的真實姓氏，如今蕭景田已解甲歸田，又身在山野坡地，自然沒什麼好避諱的了。

「秦十三？」蕭景田見了他，頗感意外。大半年不見，他驚覺秦十三的個頭又高了不少，差不多快跟他一般高了。

「郡主此次前來禹州，並非是為了清剿海蠻子，而是為將軍而來。」秦十三悄然環顧左右，上前低聲道：「聽說皇上有意納郡主為妃，可郡主心裡只有將軍，並不想入宮。」

蕭景田沒吱聲，只是靜靜地看著他。

昔日將軍的目光依然犀利，秦十三被看得臉色有些發熱，硬著頭皮繼續道：「屬下、屬下知道將軍無心於郡主，不敢奢求將軍成全，只求將軍能幫郡主想個萬全之策，不要讓郡主入宮為妃。」

「我倒覺得入宮並無什麼不妥之處。」蕭景田平靜道。「若是郡主入了宮，或許可保秦小王爺一世安寧。」

秦東陽是個什麼樣的人，秦十三比誰都清楚。

不務正業、遊手好閒也就罷了，還偏偏喜好男風，秦王爺一世英名，算是毀在那個不肖子孫身上了。

「秦小王爺行事作風令人難以苟同，怕是誰也無法保他周全。」秦十三小心翼翼地看著蕭景田，皺眉道：「蕭將軍，有件事情，郡主一直沒有告訴過您。其實當年秦王爺戰死沙場，那枝致命的箭，並非是敵軍那邊射過來的，而是、而是從秦王爺不遠處射過去的。」

「你的意思是……秦王爺是被自己人害死的？」蕭景田猛然抬頭問道。「你們是怎麼知道的？」

當年他跟秦王爺兵分兩路狙擊楚軍，他帶人圍截楚軍的糧隊，途中卻接到秦王爺的死訊，他強忍心中悲痛，帶領部下繼續出擊。待回到軍營後，已經是第二天早上，他看到的只有秦王爺早已冰涼的屍身。那時，他只知道秦王爺戰死沙場，卻不知道秦王爺的死原來是另有隱情。

「是十一告訴我的，他說他當時看到秦王爺身上中的箭，心中很納悶，明明是自家的箭，怎麼會射中王爺？但當時他也沒有多想，心想或許是敵軍繳獲了我方的箭也說不定。沒想到半年前，他遇到在銅州經商的同鄉，那個同鄉說當時他人正好在不遠處的山坡上，親眼看到有個身穿金色盔甲的大將軍，是被自家陣營射出來的箭給射中的。」秦十三嘆道：「他那同鄉並不知道被射中的是秦王爺，只說那場戰役有一個大將軍被誤射了。別人不知道，可是咱們卻知道秦王爺一直以來穿的都是金色盔甲，若說是誤射，那簡直不可能。」

「你為什麼要告訴我這些？」蕭景田試探地問道。

「昔日秦王爺待將軍不薄，如今郡主身負血海深仇，屬下懇求將軍助郡主一臂之力。」秦十三突然俯身行禮道：「其實此次郡主並非有意為難將軍，郡主只是在跟將軍賭氣而已。

因為來之前，郡主並不知道將軍已經成親……」

「我如今已解甲歸田，這些事情我是有心無力，管不了，也不想管了。」蕭景田淡淡地看了秦十三一眼，轉身就走。

「蕭將軍，屬下知道您有辦法的。」秦十三快追幾步，懇求道：「鐵血盟宗主謝嚴對您向來是言聽計從，您只要出面讓謝嚴徹查此事，就一定能查到幕後主使。」

蕭景田像是沒聽見一樣，揚長而去。

秦十三顯然並不瞭解鐵血盟。

鐵血盟雖然表面上看來是個江湖組織，實際上卻是當今天子的耳目，他怎麼可能動用鐵血盟來調查秦王爺遇害的真相……

第四十四章 一起去千崖島

回到家，蕭景田看著新宅裡擺放得整整齊齊的乾海貨，唇角揚起一絲笑意。新房的裝潢和家具都還沒弄好，因此暫時只用來存放麥穗曬好的一些乾海貨。

看來，他這個小娘子是真的想要做乾貨生意。

他饒有興趣地端詳一番她精心設計的、用乾草織成的鏤空網兜，揚眉問道：「這樣包裝好了倒是方便，只是妳這些小魚乾價格怎麼定？」

前些年他一直都在銅州那邊率軍征戰，每天除了研究戰術，就是勘察戰場，對做生意什麼的，自然也沒什麼經驗可談。

他從銅州回來後，本來就打算以出海捕魚、下地種田等勞作來養活自己，從來也沒想過有一天自己會成為一個買賣貨物的商人。

「一斤魚乾和乾蝦成本算下來是九文錢，你覺得咱們定價多少好？十五文可以嗎？」麥穗心裡沒底，要少了不甘心，多了又擔心賣不動。

「我雖然沒做過生意，但聽說像這樣的乾海貨利潤都是翻倍的。」蕭景田上前一步，拉過麥穗的手一起坐下來，淺笑道：「不然這樣，咱們取個整數，就定價二十文吧！」

「會不會有些多了？」麥穗覺得十五文能賣出去就算不錯了。

「妳這麼辛苦地把魚去頭去尾，還要曬乾，又織了網兜裝起來，賣二十文也不算貴吧？

別忘了，功夫錢也是錢哪！」蕭景田笑道：「妳放心，等咱們到了千崖島，看看情況再說，說不定二十文還少了呢。」

「若是真的能賣二十文，那咱們這次就算大功告成了。」如果可以全賣光，那她就發財了，能賺六兩銀子呢！

「放心，肯定能賣到這個價錢。」蕭景田溫言道。

千崖島大集那天，小倆口早早地起來，用架子車把裝好的貨物運到船上，然後帶上小六子，信心滿滿地去了千崖島趕集。

海上碧波微漾，薄霧濛濛，蕭景田和小六子輪流划船，很快便到了千崖島。

碼頭上早已停靠不少大大小小的貨船，岸邊也是人聲鼎沸，操著各地口音的說話聲嗡嗡地交織在一起，很是熱鬧。

蕭景田特意選了個十字路口，把貨物從架子車上搬下來一字擺開，很快便吸引趕集的人們紛紛上前問詢價錢。

按照在家裡商量好的，麥穗客客氣氣地要價二十文。可出人意料的是，許多人問過價錢後，便都走了。

半個時辰之後，他們才賣出兩份，這讓麥穗很不解。

難道是定價太貴了嗎？

「別著急，我先四處轉一轉，摸摸行情再說。」蕭景田倒是異常淡定。

麥穗忍不住問一個老大爺，見他看了看貨，剛要轉身走，忙問道：「大叔，您是覺得貴了嗎？您看，我這海貨挑的都是頂好的，並不比別人攤位上的差。」

「妳這貨，好是好，就是我老了，牙口不好。」那老漢解釋道。「妳這些魚乾和乾蝦就算煮熟了，我也咬不動。」

「老大爺，您咬不動，可是您家人總有能咬動的吧？」小六子笑道：「再說，從市集上買回去的東西，也不是您一個人吃，不是嗎？」

「可我家裡就我一個人，你說我不自己吃，給誰吃呢？」老大爺反問道。

小六子頓時語塞。

不遠處，人群裡傳來一陣騷動。

幾個手握大刀的大漢大搖大擺地走過來，說是過來跟賣貨的攤主收保護費。

有的攤主嫌太貴不肯交，那些人二話不說，抬腳就把攤位上的東西踢翻，還揮刀威脅攤主，說他們若想活命，就趕緊交錢，那氣勢甚是囂張。

靠近麥穗的幾個攤子，有的趕緊收拾走人，有的則垂頭喪氣地掏出錢袋，等著交保護費。

小六子有些緊張，低聲道：「三嫂，咱們怎麼辦？」

「先看看他們收多少再說。」麥穗囑咐道：「若只是幾文錢，給他們就是。」做生意講究和氣生財，只要他們要的錢不是太多，她還能接受。

小六子眨眨眼，一溜煙地跑了，他得趕緊去找三哥回來教訓他們。

片刻，那幾個大漢就氣勢洶洶地到了麥穗跟前，為首那大漢揮舞著手裡的大刀，上下打量麥穗一眼，猥瑣笑道：「小娘子，哥哥見妳長得好看，只要妳親哥哥一下，那哥哥就免了妳的保護費，妳說好不好？」

其他大漢在一旁哈哈大笑起來。

麥穗氣得紅了臉，若只是交點錢她也認了，可這些人居然出言不遜，不是明擺著欺負人嘛？她抓起架子車上的木棍，握在手裡，若是他們敢亂來，她就跟他們拚了！

「哎呀，小娘子生氣了啊？」為首那漢子肆無忌憚地伸出手來，要摸麥穗的臉。這人滿臉橫肉，眼角還有顆黑痣，他露出黃牙，一臉欠揍地笑著。「不要這樣嘛，哥哥喜歡妳。」

麥穗想也不想就揮舞手裡的棍子，打了過去。

哪知手裡的棍子還沒打到那漢子，就見那漢子瞬間倒在地上，摔了個四腳朝天。

四下裡頓時一陣哄笑。

麥穗打了一個空，吃了一驚。這男人也太不經打了吧？她都還沒動手呢！

「光天化日之下，還敢這般撒野，活得不耐煩了嗎？」蕭景田的聲音從身後冷冷地響起，他順勢把麥穗攬在懷裡，柔聲問道：「沒事吧？」

「我沒事。」麥穗搖搖頭，緊緊攥著他的衣角，低聲道：「你不要太衝動，稍微教訓一下他們就好了。」

這些人固然可恨，可他們畢竟是來做生意的，不是來打架的。

「妳放心，我自有分寸。」蕭景田不動聲色道。

「敢欺負我三嫂，你們找死啊！」因為有蕭景田在，小六子異常勇猛，衝上前去踢了躺在地上的男人一腳，又迅速躲到蕭景田身後，大聲道：「來呀，來打我呀！」

「你個兔崽子，你以為老子是吃素的嗎？」那大漢剛剛摔了一跤，又被一個乳臭未乾的毛頭小子當眾踢一腳，他異常羞憤，氣急敗壞地吼道：「你們都是死人嗎？快把他們全都給我拿下！」

話音剛落，蕭景田已經到了那大漢面前，一把揪住他的衣領，二話不說，抬手就扔出去數丈遠。那大漢「啪」的一聲掉在地上，胳膊應聲而斷，頓時如殺豬般地哀號起來。

他娘的，今天出門忘了看黃曆，竟然碰上這麼個凶神惡煞。早就聽說最近海蠻子橫行，這男人肯定是海蠻子無疑！

剩下的五個大漢見他們老大被欺負得好慘，紛紛挽起袖子衝上來。

三、五個回合過後，幾個大漢也被打倒在地上。他們瞧見蕭景田那冷冰冰的殺人眼神，大氣也不敢出一聲，馬上爬起來，架起為首的大漢一起逃了。

蕭景田望著那些人的背影，冷冷地道：「若是再敢來搗亂，我定不輕饒。」

就憑這點三腳貓功夫，也敢出來混？真是一幫蠢貨！

為首那大漢聽蕭景田這樣說，更覺窩囊，他忍著痛，咬牙道：「走，咱們去找我舅舅，讓他替我報仇雪恨，我就不信他能厲害過我舅舅。」說完，便領著手下，灰頭土臉地跑了。

眾人齊聲叫好，紛紛拍手稱快。

尤其是那些還沒有交保護費的攤主們，紛紛過去圍住蕭景田，七嘴八舌地訴說這些惡霸的罪行，有的甚至還替蕭景田捏了一把冷汗。他們說這些人之所以敢在市集上肆意收錢，肯定是有靠山的，讓蕭景田小心為上。

蕭景田面對眾人的熱情，只是淡淡一笑，不再吱聲。

眾人見英雄神色冷淡，自覺討了個沒趣，也就都散了開去。

集市上又恢復原先的喧鬧，說笑聲和吆喝聲此起彼伏，像是剛剛沒發生任何事一樣。

圍觀的老百姓看完熱鬧，見英雄也是個賣貨的，便紛紛上前詢問價格。

「五十文。」蕭景田平靜道。

麥穗大驚，她瞪大眼睛，一瞬也不瞬地看向他。

英雄，不帶這樣亂漲價的啊！

見麥穗吃驚，蕭景田側頭低聲道：「市場價就是這樣的。」

不知道是真的看見貨好，還是因為剛才蕭景田替他們出了那口惡氣，除了少許嫌貴沒買的以外，大多數人都掏錢買了一份，三人因此忙了一陣子。

半個時辰後，滿滿一架子車的乾海貨竟然賣出一半多，麥穗摸著沈甸甸的錢袋，心裡樂開了花。這是她這幾個月以來，最開心的一天，銀子果然是好東西啊。

待空閒的時候，麥穗悄然問道：「這裡的乾海貨真的都是這個價格嗎？」

「剛才我到處看過了，這集市上賣的小魚乾和小乾蝦，有去頭去尾的，只有咱們。」蕭景田一本正經道：「既然只有咱們這樣做，自然得好好定一定價錢。」

「看不出來，你倒是個會做生意的。」麥穗噗哧一笑，望著他年輕俊朗的臉，心裡頓覺甜蜜。

她從小就是個沒有安全感的人，可如今跟蕭景田在一起後，卻覺得異常踏實。

「等散了集，我帶你們去吃飯。」蕭景田掏出手帕擦擦汗，淺笑道：「千崖島有家飯館的菜特別好吃，包准你們喜歡。」

「三哥要請咱們吃飯啊？真是太好了！」小六子歡呼道，接著數了數剩下的貨，興奮道：「三嫂、三嫂，現在還剩下五十包，估計最多一個時辰就賣完了。」

「好，等賣完貨，咱們就請小六子吃飯，獎賞你一隻燒雞，好不好？」麥穗把鼓鼓的錢袋細心地放進包袱裡，牢牢地繫在蕭景田胸前。

出門在外，錢財方面還是謹慎一些好。不過，有蕭大叔在，她還是很放心的。

「吃燒雞了、吃燒雞了！」小六子興奮得又蹦又跳。跟著三哥、三嫂有肉吃！

蕭景田見他這個小娘子如此謹慎，有些哭笑不得，只得老老實實地站在原地，任她把包袱綁在他身上。他打趣道：「妳放心，我在、銀子在，保證能給妳帶回家去。」

「我相信你。」麥穗一本正經道。

「有什麼獎賞嗎？」他盯著她露出來半截白皙如玉的脖頸，喉嚨動了動，悄聲問道：「沒有獎賞，我可不幹。」

「討厭。」麥穗會意，騰地紅了臉，可小六子在旁邊看著他們，她也不好意思說什麼，嬌嗔道：「獎賞你一個大隻的烤雞，行了吧？」

「就這些？」蕭景田意味深長地問道。

「不跟你說了。」麥穗臉紅紅地推了他一把，轉身坐到架子車上，望著集市上熙熙攘攘的人群，心情很愉悅。

小六子咧著嘴，在一旁搗嘴偷笑。

而大集路邊的茶館二樓，一個身形修長的身影，正負手而立地站在窗前，望著集市上的那個她，很是傷神。

沒想到他昔日青梅竹馬的玩伴，那個他喜歡的女子，如今竟然在集市上拋頭露面、風吹日曬地賣魚乾為生，她的日子竟然過得如此艱難。

她身邊男人看上去也是粗人一個，雖然沒看清他的面容，但憑直覺，這個人肯定不是什麼良善之輩，要不然，怎會跟一幫小混混打架鬥毆？

要不是看在她的面子上，他派人先攔住官兵，現在她身邊那個男人連同那些小混混，怕是已經被帶到衙門裡去了。

小廝匆匆地從門外走進來，畢恭畢敬地上前稟報道：「大人，成宗主派人送來帖子，說是邀您在明月居用午膳。」

「知道了。」吳三郎接過帖子，望了望窗外，又嘆了一口氣。他喚來那小廝，指著那個淺藍色的身影，吩咐道：「喬生，你去把那個姑娘剩下的海貨全都買過來，我有急用。」

「大人，您一會兒不是要去明月居吃飯嗎？」喬生不解。銀子不是問題，但是隨身帶著那些雜七雜八的貨物，不大方便哪！

「讓你去你就去，怎麼這麼囉嗦？」吳三郎黑著臉走出去。

「是。」喬生趕緊跑出去，買下麥穗剩下的全部海貨。

麥穗和小六子頓時雀躍起來。太驚喜了有沒有？竟然全都賣光了。

蕭景田笑了笑，望著喬生遠去的背影，沈默不語。他總覺得會如此大手筆地買下這些海貨的，肯定是熟人無疑，但到底是誰，他暫時還猜不到。

明月居是千崖島剛開張不久的酒樓，離碼頭不遠，以口味獨特、菜品豐盛迅速揚名在這一帶的海路。南來北往的商家百姓，幾乎都能在明月居找到適合自己的口味，據說明月居的廚師祖上曾經做過御廚，只要肯出銀子，連宮廷菜也是可以在這裡嚐到的。

跟其他酒樓一樣，明月居的一樓招待散客，二樓有不少雅間，三樓則是茶室。

蕭景田不喜歡太熱鬧，便說要上二樓雅間。

小夥計愁眉苦臉道：「客官，今兒個逢大集，人特別多，除了一樓這兩張空桌，二樓都客滿了，您還是湊合、湊合吧。」

「景田，咱們只是吃個便飯，就在一樓吃吧。」麥穗小聲勸道。

「二樓客滿了，不是還有三樓嗎？」蕭景田望著一樓黑壓壓的人群，賞了小夥計兩個銅板，淡然道：「咱們去三樓。」

「得，客官，樓上請。」小夥計得了銅板，馬上痛快地把三人請上三樓。

三樓靜悄悄的，包廂裡的客人大都是來談事情的，說話都極力壓低聲音。

小夥計拿了菜單，畢恭畢敬地等著他們點菜。

「想吃什麼自己點，今天妳可是大功臣。」蕭景田把菜單遞給麥穗，淺笑道：「咱們都是跟著妳沾光。」

「就是啊，三嫂，要不是妳勞心勞力地弄了這麼多海貨出來，咱們哪能到這麼好的酒樓來吃飯。」小六子很興奮，東瞧瞧、西看看，稀奇道：「我還是頭一次來酒樓吃飯呢！」

「那我就不客氣了。」麥穗接過菜單，翻了翻，見上面的菜名都是些奇奇怪怪的，什麼地龍在天、火焰豹頭、八仙過海、飛鴿傳書，好像沒一樣是能吃的，心裡頓覺好笑，便指著上面一道「碧海青天」，問道：「這碧海青天是什麼菜？」

「回客官，這是韭菜炒魚肝。」小夥計答道。

「那就這個吧！」麥穗哭笑不得，還真是「碧海青天夜夜心」。

「客官，這個八仙過海是小店的招牌菜，您要不要嚐嚐？」小夥計驚訝這個小娘子竟然是識字的。

「八仙過海是什麼？」麥穗實在不能理解，菜單做成這樣，還讓不讓人好好吃飯了？

「就是涼拌八帶。」小夥計笑著解釋道：「客官不要介意，因為上三樓來的客人大都是來吟詩作對，或者喝茶聊天的，偶爾才會點幾個菜品嚐，故而這菜單也做得文雅了些。」

「原來如此。」蕭景田聞言失笑道：「既然這樣，就不看菜單點菜了，除了這兩道菜以外，再來隻燒雞，然後來個雜鍋魚、紅燒肘子、水果羹湯，再來三碗油潑扯麵就行。」

「好，客官稍等。」小夥計手腳麻利地泡了茶，拿了菜單，匆匆地跑下樓。

第四十五章　明月居

菜很快上齊了。

麥穗把燒雞推到小六子面前，笑道：「這是你的了。」

小六子早就餓了，也不推辭，大快朵頤地吃起來。

蕭景田笑了笑，把韭菜炒魚肝推到麥穗面前，問道：「妳怎麼不問問這個時節哪裡來的韭菜？」

「對耶，這個時節哪裡來的韭菜？」麥穗後知後覺地驚訝道。

「明月居後山上有處溫泉，酒樓老闆在那裡建了一個菜園子，四季常青。」蕭景田笑著解釋道：「所以無論什麼時候來，總會有不是當季的新鮮蔬菜上桌。」

「這酒樓老闆還真聰慧。」麥穗由衷讚道，暗暗稱奇這四面環海的島上竟然還有溫泉，真是大千世界，無奇不有。

潤滑的魚肝配上碧綠鮮嫩的韭菜，既有魚的濃香，也有韭菜的清甜，入口異常軟綿美味。雜鍋魚則由各種不同的鮮魚裹著雞蛋、麵粉油煎而成，金黃酥脆，色香味俱全。

最絕的是那道水果羹湯，裡面竟然還有草莓！

鮮紅的草莓點綴在黃澄澄的果乾之間，在濃郁爽口的果湯裡起起伏伏，如此美好的一個畫面，讓人不忍動筷。

蕭大叔在點菜方面，堪稱「老司機」。

一碗鮮果羹，被推到麥穗面前。

「景田，你以前來過這裡嗎？」麥穗接過鮮果羹問道。

「來過，我跟于掌櫃在二樓吃過飯。」蕭景田笑道：「也是誤打誤撞，吃了一次後發現很合胃口，所以便帶你們來嚐嚐。」

一眨眼的工夫，小六子便把燒雞解決掉了，他摸著圓滾滾的肚子，意猶未盡道：「燒雞真好吃。」

門外，突然傳來一陣腳步聲。

「吳大人，這邊請。」

「成宗主請。」

接著，隔壁廂房的門響了一下，隨後便有椅子被輕輕拉開的聲音。

「最近海路不寧啊！大人新官上任，這三把火可要好好地燒一把了。」蕭雲成的聲音雖然有些低沈，聽起來有些老氣，但實際上人卻很年輕，看上去也就二十出頭的樣子。他玉樹臨風，白袍翩翩，端的是一個英俊瀟灑，只是他眉宇間帶著一股凌厲的殺氣，讓人有些望而生畏。

「下官不才，還望宗主多多指教。」吳三郎溫聲道：「宗主對下官有救命之恩，下官永世不敢忘。不知道宗主把下官請到這裡來，所為何事？」

兩個月前，吳三郎路遇強盜搶劫，是成宗主救了他。

「指教不敢當，是成某從楚國那邊運了一些茶葉過來，原本想走水路的，可如今海上不寧，只得改走旱路，途經齊州府，還望大人多多照拂。」蕭雲成微微一笑，朝屬下遞了個眼色，屬下會意，立刻把事先準備好的兩個大紙包呈上前來。

「小小心意，還望大人笑納。」蕭雲成意味深長地把紙包推到吳三郎面前。

吳三郎見恩人行事如此小心，還給自己送了茶葉，笑了笑。「齊州府並非禁地，不知宗主為何如此謹慎？」

楚國以茶葉聞名於世，這個他是知道的。若成宗主只打算運一些茶葉過來，實在不需要他來特別關照。

「實不相瞞，因為生意場上的一些瑣事，成某得罪了同道中人，擔心他們乘機報復，從中作亂。」蕭雲成抱拳道：「成某只求貨物進入齊州府境內的時候，大人可以照拂一二就行了。」

「宗主放心，下官定會盡綿薄之力。」吳三郎欣然應道。

酒樓門口，不時有馬車進進出出。

「這家酒樓生意還真好。」小六子拍著肚子，戀戀不捨地回頭看著明月居，道：「三嫂，下次我幫妳曬小魚乾吧，等賣了錢，咱們還來這裡吃。」

「你這小子就知道吃。」蕭景田當頭給了他一個爆栗，把身上沈甸甸的包袱解下來，套到他頭上，打趣道：「吃了那麼大一隻燒雞，你該消消食了，替我揹一會兒。」

小六子吐吐舌頭，乖乖地把包袱揹在身上。

兩個年輕男子一邊說話，一邊出了酒樓門口，朝不遠處的馬車走去。

其中一個正是吳三郎。

麥穗認出吳三郎身後跟著的那個小廝，正是剛剛買走她剩下那些海貨的那個年輕人，不用猜，肯定是吳三郎讓他去買的。

想到這裡，麥穗真不知該說什麼了，這個吳三郎也太多管閒事了吧！

蕭景田自看到那兩個男子出來後，就目不轉睛地盯著他們看。他見一人上了馬車，另一人則翻身上馬離去，便對麥穗道：「你們先去船上，我隨後就到。」

麥穗心裡一沈。

難道景田也認出那個買乾貨的小廝，所以要去找吳三郎問個清楚嗎？

「三嫂，咱們還是快去船上吧。」小六子揹著沈甸甸的包袱，有些吃不消。

「好，咱們走吧。」麥穗心不在焉地應道。

景田該不會真的去找吳三郎了？

想想她又覺得不會，他才沒那麼無聊呢！

而另一頭空曠無人的小路上，蕭景田快步追上騎馬的白衣男子，擋在他面前，面無表情地看著他，問道：「殿下，別來無恙。」

「二哥，你如今可真是無官一身輕。」蕭雲成勒住韁繩，心情鬱鬱地看著面前如清風明月般的男人，揶揄道：「大周少了個將軍，多了個漁民，還真是滑稽。」

「殿下，不要以為把事情做得滴水不漏，就沒有人會懷疑到你頭上。」蕭景田不動聲色地道：「你到底想怎樣？」

「我想怎樣？」蕭雲成呵呵乾笑幾聲。「二哥，銅州將士屍骨未寒，他就忙著對活著的人下手，你能忍，我不能忍。水能載舟，亦能覆舟，你說對吧，二哥！」

「殿下，如今天下太平，四海安康，你何必要無事生非？」蕭景田望著這個昔日共患難、同生死的兄弟，淡淡道：「念在你我昔日的情分上，勸殿下一句，收手吧。找個僻靜的地方，娶妻生子，安然一生，才是殿下應該做的事。」

「二哥，我跟你不一樣，我做不到。」蕭雲成劍眉輕揚，殺氣騰騰道：「想當初，咱們經歷九死一生，擊退楚軍，才換來他的四海昇平。可他轉過頭來，卻把原本殺敵的刀劍舉到咱們頭頂上，如此不仁不義之人，憑什麼要我臣服於他？」

「可你我現在不是活得好好的嗎？」蕭景田負手而立，沈聲道：「況且是我自己執意要解甲歸田的，怨不得他。至於你，實在不該不顧及君臣之禮，處處頂撞他，這才讓他惱羞成怒，把你關進宗人府思過的，他並沒有要殺你的念頭。」

「他要是沒殺我的念頭，那二哥你為什麼臨走還要放一把火救我出來？」蕭雲成冷笑道：「其實你心裡知道，他遲早會殺了我，所以才用下下策救我，是不是？」

「你錯了，我不是擔心他會殺你，而是擔心其他人會殺了你。」蕭景田凝重道。「你雖然言語輕狂了些，但罪不至死，我不想眼睜睜看著你枉死在宗人府。」

「二哥的救命之恩，我記著了，大恩不言謝，日後我定會好好報答二哥的。」蕭雲成抱拳道：「二哥，後會有期，保重！」說完，他揚鞭疾馳而去。

待蕭景田回到船上，麥穗見他臉上並無異樣，知道是自己多慮了，便隨意問道：「你剛才去哪裡了？怎麼走得那麼急？」

「沒什麼，我認錯人了。」蕭景田若無其事道：「我瞧著剛才從明月居出來的人，像是一個故人，追上去後才發現是我看錯了。」

「原來是這樣。」麥穗這才放心，她看了看腳下沈甸甸的包袱，想了想，又道：「有件事我覺得得告訴你，就是快散集的時候，不是有個人一下子買了咱們五十斤魚乾嗎？我剛剛才知道，那個人是吳三郎的手下。我也不知道此事吳三郎是有意還是無心，但我還是覺得得跟你說一聲。」

「若真是那小子特意讓人來買的，那咱們就應該要價一百兩銀子！」蕭景田望著她清澈如水的眸子，不以為意道：「妳說是不是？」

「為什麼？」麥穗不解。

他這樣說，是不是表示他不在乎吳三郎到底是有意還是無心？

「自己想。」蕭景田笑著刮了一下她的鼻子，便去接替小六子搖櫓。

午後的海風習習，涼意襲人。

麥穗裹著被子坐在船艙裡，望著波光粼粼的海面，想了半天也不知道蕭景田讓她想什麼，但蕭景田對此事不在意倒是真的，他是相信她的。

想到這裡，麥穗心裡一陣輕鬆。

算了，不想了。還是想想這門生意以後該怎麼做吧！

吳三郎回家後，越想越覺事情有些不對勁，他心存疑慮地打開茶葉包，當下吃了一驚。茶葉包裡除了茶葉，還有一個包裹，裡面裝的全是銀票，細數下來，居然有整整一萬兩銀票。

他雖然自小衣食無憂，可到底是農家子弟，壓根兒就沒見過這麼多銀子，他的額頭上頓時出了一層密密麻麻的汗。

一匹快騎急急地停在他家門口。

「大人、大人，大事不好了！」來人匆匆地進屋稟報道：「暗礁島那邊突然出現了十幾艘海蠻子的船，在海上肆意攔劫漁船，有的海蠻子還乘機上岸搶劫，請大人速速回府商量應對之策。」

吳三郎大吃一驚。

這些人怎麼如此猖狂？難道他們不知道溧陽郡主還在總兵府嗎？

「快，你速去總兵府請求支援，我馬上回齊州府去。」吳三郎顧不得那些銀票，他匆忙地跳上馬車，揚長而去。

家裡所有存貨都賣光了，這讓麥穗樂得一整天也沒合上嘴。

無論在哪個時空，銀子果然是好東西。

下次，她一定要多備一些貨去千崖島賣，等手頭上的銀子多了，她就開一間鋪子，專門做乾海貨生意。到時候白花花的銀子源源不斷地賺起來，日子甭提有多美好了。

「怎麼，才三十兩銀子就高興成這樣了？」蕭景田見他的小娘子自從回家，臉上的笑意就沒停過，打趣道：「若是日後再賺個十萬八千兩的，妳豈不是要高興得睡不著覺？說說看，賺了錢，想幹什麼？」

「我要開個鋪子，自己當老闆，然後把鋪子開到京城去，讓咱們這裡的乾海貨走出禹州，讓京城的人也知道咱們這裡海貨的名氣。」麥穗認真地道：「我說的是真的，昨天在市集上，我比較了一下其他攤位上的小魚乾，發現咱們這裡的小魚乾比起其他地方，味道還要鮮美得多，而且沒有那麼濃的魚腥味。可見咱們這裡的小魚，是最適合用來曬成小魚乾的了。」

以前她還送了那麼多收拾得乾乾淨淨的小魚乾給牧場，真是暴殄天物。

蕭景田哈哈大笑。

看不出這個小女人的心還真大，居然還想去京城開鋪子，哈哈！

「怎麼？你不相信我啊？」麥穗見蕭景田笑得歡快，嬌嗔地捶打著他。「明明是你問我的，我如實說了，你卻還取笑我，不跟你說了。」

「我哪裡是取笑妳，只是妳要開鋪子，得先替我辦件大事才行。」蕭景田抓住她的手，順勢把她推倒在炕上，目光炯炯地看著她，耳語道：「妳得先給我生個孩子。」

「孩子自然是要生的。」麥穗見他這樣說，騰地紅了臉，不好意思道：「只是這件事得順其自然，強求不得，生孩子可不是我說了算的。」

「妳的意思是說，此事是我說了算，是吧？」蕭景田低頭吻了吻她，伸手去解她的衣衫，呼吸漸重。「多做幾次，自然就有了。」

天還沒有黑，孟氏和蕭芸娘的說話聲，依稀從院子裡傳來。若是她們闖進來，或是被人聽見，那該多難為情。

「現在不要。」麥穗耳紅面赤地推著他，嬌羞道：「一會兒娘該過來喊咱們吃飯了，等晚上……」

她不好意思再說下去了。

畢竟在一個院子裡住著，若是被家人知道他們在白天恩愛，那她還要不要見人了？

「不用理她們，就說咱們睡下了。」蕭景田迫不及待地探進她的衣襟裡，撫摸著她光潔如玉的肌膚，呼吸沈重道：「別怕，咱們是夫妻，沒人會管咱們的。」

屋裡的光線昏暗朦朧，懷裡的女人嬌軟無力、柔情似水，他實在是等不到晚上了，恨不得把這個小女人生吞活剝才過癮。

她被他嵌在身下，動彈不得，只得柔順地閉上眼睛，羞澀地迎合著他狂風暴雨般的撞擊，任由他在她身上緊鑼密鼓地攻城掠地，為所欲為……

天色漸漸地暗下來。

待他結束後，麥穗像散了骨架般，動也不想動。

奇怪，她明明是被動接受者，卻比努力耕耘的人還累……她望著黑黝黝的屋頂，心裡嘆道，原來這也是個體力活哪！

蕭景田見她疲憊不堪的樣子，失笑道：「要不下次咱倆換換，妳在上面？」

「無恥！」麥穗情不自禁地腦補一下他說的畫面，瞬間紅了臉，羞愧難當地扯過被子蒙住頭。

蕭大叔好污啊！

「要不要我再無恥一次？」蕭景田一把扯開被子，又把她結結實實地壓在身下，眸光愈加深邃，啞聲道：「我又想要妳了，怎麼辦？」

「少來！」麥穗抗拒道。

「三哥、三嫂，吃飯了。」蕭芸娘在門外敲著門，大聲喚道。

「快起來！」麥穗慌忙從他身下掙脫出來，迅速地起身穿衣。

天哪，若是小姑子闖進來，那她真的是沒臉見人了。

蕭景田見她手忙腳亂的樣子，只是笑，他倒是不急，慢騰騰地穿好衣裳，還出門打了水。

兩人稍稍梳洗一下，才去正房吃飯。

沒想到沈氏和喬氏也在。

她們來的時候，見南房房門緊閉，又沒有點燈，只當是兩人趕集累了，也沒在意。如今見老三媳婦嬌軟無力的樣子，心裡便猜到了幾分，目光在她平坦的腹部上落了落，想說什麼，卻礙於蕭景田在，硬是嚥下已經到了嘴邊的話。

待蕭景田吃完飯，便放下筷子跟蕭宗海出門。

妯娌倆這才交換一下眼色。

喬氏清清嗓子開口道：「三弟妹，聽說妳在千崖島集上賣海貨賣得不錯，咱們就是來問問，妳下次還去不去？咱們也打算曬一些去賣。」

「千崖島大集是每個月底二十八，下個月正好趕上年底，是去不成了。」麥穗如實道。「要去，就等過了年再去。」

「有這麼好的差事，也不知道事先跟咱們打聲招呼。」喬氏撇嘴道。「若是咱們三家一起曬魚，咱們也能賺點錢。」

「就是啊，三弟妹，咱們雖然分家，卻終究還是一家人啊。」沈氏也不悅道：「聽說妳只問過表姊要不要一起去。難道在妳心目中，表姊比咱們還要親嗎？」

「大嫂、二嫂，不是這樣的。」麥穗見她們話中帶刺，也懶得跟她們計較，如實道：「當時我也不知道能賣多少錢，也不知道能不能賣得出去，實在不敢大肆張揚地讓妳們也跟著一起去。眼下是賺錢了，可若是賠了，豈不是我的罪過？」

「不過是賺多賺少的事情，哪能賠了？」喬氏撇嘴道。「如今我跟大嫂也打算賣這些乾海貨來貼補家用，為了省錢，妳二哥都把鎮上的房子退了呢！」

「住得好好的，怎麼把房子退了呢？」沈氏驚訝道：「房租用不了幾個錢吧？」

「原本我也是這麼說的，可是石頭他爹硬是說在外面開銷大，不如住在村裡省錢。」喬氏嘆道：「這不，就急吼吼地搬回來了，他還說讓我在村裡曬魚乾掙錢呢。」

「大嫂、二嫂若是有意一起做這門生意，那就儘管做好了。」麥穗無所謂道。

孟氏在一旁聽著，沒吱聲，只是訕訕地笑。

夜裡，街上突然鑼鼓聲四起，還夾雜著紛沓而來的腳步聲和吶喊聲，像是出了什麼大事。

第四十六章　捲土重來

正房迅速地點上燈。

蕭宗海披衣走出來，打著哈欠嘀咕道：「出什麼事了？」

「我出去看看。」蕭景田大踏步地走出去，剛出門，就見莊栓老漢顫顫巍巍地跑過來，臉色蒼白道：「景田，衙門裡來人說，那些海蠻子比以前更加猖狂了，這次不光是海上的漁船遭殃，連海邊的村子也不放過，讓咱們速速撤到鎮上去，你看現在該如何是好？」

「事不宜遲，那就趕緊回家收拾、收拾，都撤了吧！」蕭景田邊說邊往回走。

「真的撤啊？」莊栓原本覺得此事是衙門小題大做，如今見蕭景田毫不猶豫的樣子，心裡又是一緊，忙上前問道：「景田，你是不是聽說了什麼？難道事情真有這麼嚴重嗎？」

以前海蠻子不過是在海上搶劫，再怎麼鬧騰也沒鬧到岸邊來，如今情況居然越發嚴重……

「先不說這個，趕緊撤吧！」蕭景田沈思片刻道：「告訴家人，不要慌，咱們很快就能回來的。」

「景田、景田，咱們真的要撤到鎮上去嗎？」蕭福田和蕭貴田兩兄弟，連同姜木魚，三人上氣不接下氣地跑過來問。

「衙門既然說要撤，那咱們撤就是了。」蕭景田淡然道：「也不是什麼大不了的事，衙門之所以這麼做，也是顧及大家的安危罷了。」

「可是咱們這樣不戰而逃，萬一他們上岸後，燒了咱們的房子怎麼辦？」姜木魚沮喪道，他家還要辦喜事、娶媳婦呢！

「他們若是要燒房子，你就是在也擋不住，不是嗎？」蕭景田反問道。

「理是這麼個理，可我就是不甘心啊！」姜木魚撓撓頭，嘆道：「景田，如果咱們就這麼撤了，村子和房子都被他們燒了，你甘心嗎？」

「反正我不甘心，再說了，總兵府那麼多船，難道都是吃素的嗎？真不行的話，咱們魚嘴村的男人們一起上就是了。」蕭貴田這個時候倒有幾分傲骨，咬牙切齒道：「大不了，咱們跟那些海蠻子拚了，看看到底是他們骨頭硬，還是咱們魚嘴村的男人骨頭硬。」

蕭福田也點頭道「是」。

要是房子被燒了，那他們要住哪裡？

「想擊敗海蠻子，靠的不是蠻力。」蕭景田不容置疑道。「你們先不要慌，聽我說，咱們一定要聽衙門的安排，有親戚的投靠親戚，沒親戚就等著官府安置。跟房子相比，還是性命最重要，大家不要猶豫了，事情遠遠沒有你們想像的那麼糟。」

幾人見蕭景田這麼說，也顧不上多說些什麼，都急急忙忙地回家收拾行李。

「娘，海蠻子真的會上岸嗎？」蕭芸娘心有餘悸地問道。

「誰知道呢……不說了，趕緊收拾一下，咱們該走了。」孟氏心裡也很慌亂，忍不住掉淚，她從來沒有經歷過這樣的事。

這日子過著、過著，怎麼就成這樣了呢……

「妳看看妳，才多大點兒事就哭哭啼啼的。」蕭宗海見孟氏掉淚，不悅道：「沿海的村子都得往鎮上撤，又不是只有妳一個人撤，妳這是哭給誰看呢。」

孟氏擦擦淚，不敢再出聲。

「帶上幾件換洗的衣裳，然後銀子不要帶太多，找個安全的地方放好就行。」蕭景田見麥穗來來回回地收拾行李，笑著安慰道：「不要弄得跟逃亡似的，咱們很快就會回來了。」

「景田，這次海蠻子作亂，是不是上次溧陽郡主下手太狠的緣故？」麥穗擔憂道：「否則那些海蠻子怎會如此凶殘，連老百姓也不放過？」

「這事我也不好說，也許是吧！」蕭景田伸手攬過她，低聲道：「我知道妳希望我陪在妳身邊，一起度過這段日子，可是穗兒，這件事我不能冷眼旁觀，我得跟總兵府的將士們一起平息這場禍亂，妳得支持我。」

「我不支持你。」麥穗仰臉看著他，眼裡突然有了淚。「世上哪有妻子會支持丈夫出去冒險的？再說，你也不是朝廷的人，俗話說，不在其位、不謀其政。景田你不要去，我放心不下。」

若蕭景田是朝廷的人，出了這樣的事，她自然不能攔著他。可如今他只是一介漁民，原本就不該擔當如此重責大任。

「穗兒，我知道妳向來是通情達理的。」蕭景田認真道：「事到如今，我也不想瞞妳，秦王爺對我有救命之恩，我不能眼睜睜看著溧陽郡主涉險而不顧。」

「原來你是為了她……」麥穗心裡一沈，沈思片刻，扶額嘆道：「反正我也攔不住你，隨你去吧！」

「我是為了秦王爺，僅此而已。」蕭景田解釋道。「再說這片海路我熟悉，我若去幫忙，大家也能早點回家。」

「隨你了，你想怎麼做就怎麼做！」麥穗賭氣地背過身去。

蕭景田不說話，只是笑。他知道他的小娘子，最終還是會理解他的。

街上又傳來陣陣鑼鼓聲，還有不時響起的腳步聲，以及孩子的哭鬧聲和大人的說話聲。整個魚嘴村全然是一派雞飛狗跳。

「宗海叔，你們家收拾好了沒有？我送你們到鎮上去。」牛五急匆匆走進來，大呼小叫道：「里長說了，衙門總共來了五輛馬車，讓老人和孩子先走，其他人自己想辦法往鎮上撤。剛好龍叔的馬車在我這裡，咱們一起走。」

「快去吧！」蕭景田把包袱遞給麥穗，揉了揉她的頭髮，溫聲道：「家裡的馬我還要用一下，就沒辦法用新馬車送你們了。」

「景田，你怎麼不上來？」孟氏從馬車上探出頭，催促道：「你趕緊上來吧，就等你了。」

「你們先走，我去海邊看看船，隨後再去找你們。」蕭景田看著麥穗說道。

「那你快去快回，一家人不要走散了。」孟氏叮囑道。「咱們去接你大哥、二哥他們，在村口等你。」

「不用了，你們走你們的，不用擔心我。」蕭景田說話的同時，眼睛一眨也不眨地盯著麥穗看。

麥穗心裡很不好受，直到馬車緩緩向前行，她從車上探出頭來，紅著眼睛道：「你要保重自己，記得去鎮上看咱們。」

她知道蕭景田有意瞞著家人，自然也不便說破此事。

「我會的。」蕭景田笑著揮揮手。

黃有財站在村口，面帶愁容地看著黑壓壓的人群，不時催促道：「大家快些走，衙門已經在鎮上準備好些個帳篷，大家先暫時去避避風頭，最多三、五天，咱們就能回來了。」

大家的心情都很沈重，不時回頭看看身後的村莊，傷感萬分。

有的人甚至還沒弄明白到底出了什麼事，便睡眼矇矓地跟在人群裡走，不時問身邊的人為什麼要撤到鎮上去？得知真相後，眾人都恨海蠻子恨得牙癢癢的，巴不得親自上陣把他們打個稀巴爛。

還有哭鬧著不肯走的老人家，說死也要死在家裡，最後是被晚輩們強行扶上馬車，大有生離死別之意。

麥穗靜靜地坐在馬車上，想著此事的前因後果。若不是溧陽郡主不聽蕭景田的勸阻，事情也不會鬧到如此地步，齊州那邊的海蠻子多年來與府衙共存，利益相關，豈是被武力鎮壓一番就能銷聲匿跡的？

這下可好，事情鬧得更大了。

黃大柱揹著包袱，大踏步走在馬車後面，不時朝麥穗嘿嘿笑著。蕭芸娘以為是在看她，羞得抬不起頭來，喬氏也以為黃大柱在看自家小姑子，便打趣道：「我說大柱，咱們家這馬車上是有仙女還是寶貝？你一個勁兒地盯著看什麼看啊！」

「嘿嘿，哪有、哪有。」黃大柱撓撓頭，騰地紅了臉。

牛五聽見後，臉色一沉，揚起鞭子在半空中響了一記。

馬受了驚，猛然向前疾馳而去，馬車上的人沒有準備，全摔得歪七扭八的。

喬氏更是整個人撞在對面大伯的懷裡，鼻對鼻、口對口，兩人不禁都紅了臉，氣得沈氏用力掐了自己那個占了弟媳便宜的相公。

蕭福田不敢呼痛，只是低頭不語。

蕭貴田雖然尷尬，卻也低頭不語，裝沒看見。

麥穗和蕭芸娘不約而同把頭扭到一邊，看著窗外。

窗外北風蕭蕭，人聲鼎沸。

「牛五，你慢一點，趕這麼快幹麼？」蕭宗海一頭撞在車壁上，半晌才回過神來，他用力拍著車廂板子埋怨道：「你是要摔死我這把老骨頭嗎？」

牛五自知失態，趕緊勒住韁繩，馬車才平穩下來。

來到鎮上之後，也是一片雜亂。

好多人為了爭奪帳篷打起來，吵吵鬧鬧的，讓人心煩。

雖然不時有衙役來回穿梭著維持秩序，場面還是異常混亂。

蕭家一家人下了馬車，頓覺毫無立足之處。

「二姑姑，你們怎麼才來啊？快到這裡來，咱們擠擠！」姜孟氏站在帳篷前朝他們招手，他們一家子來得早了些，便獨自占了一頂帳篷。

狗子長年在外做泥瓦匠，人緣很不錯，因此很快有熟人尋過來，把他們一家人都接過去，而姜孟氏原本占下的帳篷，就留給蕭宗海一家。

蕭家這一大家子，才算有了落腳之處。

麥穗原本想出去尋一尋她娘吳氏，一打聽才知道山梁村的人並沒有過來，她心裡一陣釋然。

而沈氏和喬氏的娘家人倒也撤到了鎮上，只是跟魚嘴村的人不在一處，據說是被安頓在縣衙後面的大橋上。此刻外面黑漆漆的，兩人也就沒有出去找尋娘家人。

蕭菱兒和蕭石頭到底是孩子，雖然知道發生不好的事，但爹娘都在身邊，心裡也不是那麼害怕，不一會兒便沈沈睡去。

「這天氣也真是怪了，好端端的怎麼還起風了。」蕭貴田縮著脖子道：「早知道這麼冷，就多帶條棉被過來了。」

「要不是你嫌房租貴，非得退了那房子，咱們現在也不用住在帳篷裡了。」喬氏冷笑。「我真不明白，你一個大男人成天嫌這貴、嫌那貴的，虧你還叫貴田。」

蕭貴田撓撓頭，沒吱聲。

「退了就退了，回村子住也是一樣的。」蕭宗海瞪了兩口子一眼。「沒道理自己的房子不住，非得花錢住別人家的，日子總得精打細算地過。」

喬氏見公公也這樣說，才知趣地閉嘴。

「也不知道景田什麼時候才能過來。」孟氏嘟囔道：「他去看船，如今也該過來了，這孩子是幹麼去了？」

眾人這才發現帳篷裡獨獨少了蕭景田，但想到蕭景田也算是個能人，實在用不著他們操心。

下半夜的時候，帳篷外不時響起雜亂的腳步聲，依稀聽見有人喊道：「打起來了、打起來了，那些海蠻子竟然上岸了。」

麥穗在帳篷裡，聽得心驚肉跳。

還真的打起來了啊！

好不容易捱到天亮，衙門在空地上支了幾口大鍋，熬粥給眾人喝。

粥太稀，根本就吃不飽。

鎮上的店鋪也都沒開門，說是擔心撤過來的百姓們哄搶糧食，因此紛紛下了木板，關門了事。

麥穗捏了捏袖子裡的銀子，早知道就不帶銀子出門了，現在還真是有錢也無處花。

從沿海撤過來十幾個村莊的人，已經全都被安頓在鎮上，消息也隨之被封鎖。

整整半天，再也沒有聽聞海上的半點消息，眾人除了嘆氣就是嘆氣，除了一些心比較寬的人，則是聚在一起下棋。

晌午的時候，一輛馬車急急地停在蕭家的帳篷前。

「姨丈、姨媽，你們是寧願在這裡住帳篷，也不願意去我那裡嗎？」蘇三從馬車上跳下來，看著眾人，埋怨道：「我娘連夜去了禹州城找我，我才知道咱們這附近村子的人都撤到鎮上。你們都去我那裡住幾天吧，先避避風頭再說。」

「說不定很快就能回家，咱們就不過去麻煩妳了。」蕭宗海沈聲道。「再說大家都在這裡等消息，橫豎就咱們怕死嗎？咱們不去。」

蕭宗海這樣說，其他人也不好說什麼，只是你看我、我看你地站在原地不動。

其實，去禹州城住幾天也是不錯的，真不知道公公是怎麼想的。

沈氏和喬氏不約而同地想著。

麥穗抱膝坐在帳篷裡，一動也沒動，反正她是不會去的。

「這跟怕不怕死沒關係。這裡人這麼多，又得住在帳篷裡，兩個孩子還小，在這裡也吃不好、睡不好的，哪有去我那裡舒坦。」蘇三看了一眼黑漆漆的帳篷，嫌棄道：「還是去我那裡住吧，避過這陣子再回來就是。」

「爺爺，咱們去禹州城住幾天吧……」蕭石頭怯生生地拽著蕭宗海的衣角道：「石頭好冷啊！」

蕭宗海見小孫子想去，心一下子軟下來，立刻改變主意，大手一揮。「那就走吧，大家都上車。」

「爹，我就不去了。」麥穗起身道。「我去我娘那裡住幾天就好。」

蘇三撇撇嘴，沒吱聲。如此正好，反正她本來也沒打算讓這個麥穗去呢！

「也好。」蕭宗海點點頭，沈思片刻，對孟氏道：「妳帶著他們去妳外甥女那裡住幾天，我就不去了，我在這裡等景田的消息。」

「這怎麼行啊？要走一起走。」孟氏不肯，一家人分了好幾處，哪能不讓人擔心。

「讓妳去妳就去，怎麼如此囉嗦！」蕭宗海臉一沈，不悅道：「妳這個人就是這樣，凡事婆婆媽媽、拖泥帶水的，真是受夠妳了。」

孟氏被唸了一頓，瞬間紅了眼圈，不再說什麼，不聲不響地收拾起包袱。

眾人也不敢再說什麼，都紛紛收拾好細軟，上了馬車。

「媳婦，妳要是見到景田，務必留住他，別再讓他亂跑了。」臨走，孟氏掀開車簾叮囑道：「若是這裡不能待了，就去禹州城找咱們。」

「娘，您放心，我會的。」麥穗應道。

海面上，船隻雲集，不時有刀劍碰撞的聲音傳來。

溧陽郡主率領船隊，把來勢洶洶的海蠻子堵在千崖島附近，雙方很快地交上了手。

「二哥，謝謝你來幫我。」秦溧陽心花怒放地看著站在身邊的蕭景田，頓覺時光一下子回到十年前，他原本就該是站在她身邊的男人。

「我這次來，不是為了妳，而是為了我自己。」蕭景田淡淡道。「若是海路不寧，做漁民的就不能出海捕魚，事關溫飽大事，我自然不能袖手旁觀。」

海風急急掠過，颳得兩人衣角翻飛，寒意襲人。

「不管是為了誰，此番能再跟二哥並肩作戰，小妹深感榮幸。」秦溧陽笑了笑，取出一件斗篷，很隨意地披在蕭景田身上，又指著激戰中的將士們，柔聲道：「將士們並不習慣海上作戰，最好的辦法便是把海蠻子誘到岸邊，逐一殲滅，二哥覺得如何？」

「不可，若是把他們誘上岸，豈不是放虎歸山？」蕭景田目不轉睛地盯著激戰中的戰船，沈聲道：「妳別忘了，這些海蠻子當中有好多土生土長的當地人，如果上岸，妳未必能打贏他們。」

「那怎麼辦？」秦溧陽疑惑道：「上次小妹就是用這個計謀打敗他們的啊！」

這時，雨點般的亂箭鋪天蓋地朝他們這邊嗖嗖飛過，慌得站在船頭的侍衛拚命揮舞手裡的劍，護住溧陽郡主所在的戰船，可還是有好幾枝箭射在兩人腳下的甲板上。

「可是最終他們還是捲土重來了，不是嗎？」蕭景田面不改色地彎腰，撿起腳下的羽箭，放在手裡仔細端詳一番，緩緩道：「我早就跟妳說過，這裡的海蠻子跟銅州那邊的楚軍是不一樣的。」

「那二哥說咱們該怎麼辦？」秦溧陽揮劍替蕭景田擋住一枝飛來的冷箭，問道：「只防而不攻，吃虧的可是咱們。」

「妳先派五百精兵撤到魚嘴村的淺灣處埋伏起來，然後再把他們引到千崖島碼頭處，擊鼓攻之，他們定會逃往魚嘴村方向，到時候咱們前後夾擊，把他們困在淺灣處即可。」蕭景田神色淡然道：「只要他們上不了岸，遲早會妥協的。」

「這些刁民三番兩次騷擾海路，弄得人心惶惶，就應該把他們全都殲滅掉，以洩我心頭之恨。」秦溧陽咬牙切齒道。「二哥圍捕他們，是想給他們一條生路吧？」

「這些人說到底只是當地吃不飽飯的老百姓，妳何苦要置他們於死地！」蕭景田坦然道：「我說過了，這些海蠻子跟當年的楚軍不一樣。」

「好，那我就看在二哥的面子上，再給他們一次機會。」秦溧陽用力把手裡的長劍擲到地上，喚來侍衛，照蕭景田的意思吩咐下去，又衝著他莞爾道：「走，咱們去船艙坐一坐，我請二哥喝茶。」

見蕭景田站著不動，秦溧陽跺了跺腳，撒嬌道：「二哥既然是來幫我打仗的，幹麼弄得這麼生分？我又不能吃了你。以前你是這樣，現在也是這樣，我就那麼令你討厭嗎？」

「自然不是。」蕭景田勉強一笑，彎腰進了船艙。

秦溧陽笑了笑，亦步亦趨地跟上去。

第四十七章　運籌帷幄

孟氏他們走後不久，麥穗還沒來得及動身，吳氏便風塵僕僕地尋到帳篷前。見到麥穗，吳氏淚眼汪汪地道：「妳這孩子，怎麼寧願住帳篷也不肯去娘那裡？妳是拿娘當外人嗎？」

要不是麥花一家連夜去了莊青山家避難，她都不知道沿海一帶出了這樣的禍事。想到她的女兒在這裡忍飢挨餓，她的心都要碎了。

「娘，您說的是哪裡話，我怎會拿您當外人？是當時事出突然，全村人都撤到這裡來，我只好先跟著過來。這不，我剛想收拾、收拾，過去找您呢。」麥穗指著收拾好的包袱道：「這次我可要好好去您那裡住幾天，您趕都趕不走的。」

「娘怎麼會趕妳？娘高興著呢！」女兒的一番話，說得當娘的很受用，吳氏擦擦眼淚，這才注意到帳篷裡只有麥穗一個人，忙問道：「妳公公、婆婆呢，怎麼就妳一個人在這裡？姑爺去哪裡了？」

「我婆婆他們去了禹州城，我公公去跟村人聊天了。」麥穗笑著答道。「景田說要去幫總兵府對付那些海蠻子，我也不知道他現在人在何處。」

「啊，姑爺跟著總兵府去海上了？」吳氏大驚，責備道：「妳怎麼不攔著他呢，打仗多危險，還是跟海蠻子打……妳呀、妳呀，萬一姑爺有個三長兩短，該如何是好？」

怎麼打仗這樣的事，還能找上自家姑爺呢？

「娘，我怎麼攔得住他啊……」麥穗垂眸道。「既然攔不住，就不攔了！」

吳氏只是嘆氣。

麥穗出了帳篷，去人群裡找到蕭宗海，跟他道別後，便隨著吳氏去了山梁村。

山梁村雖然沒被波及，卻也如臨大敵，比平日裡警惕許多，還在村口安排村民輪流把風，甚至連各個路口也有人盯哨，以防萬一。

村人已完全失去幹活的心思，反而三三兩兩地站在村頭討論這場海戰，比過年還要熱鬧。

「哎呀，你們不知道，這次領兵的可是位女將軍。聽說這個女將軍，來頭可不小，是王爺的女兒。」

「嘖嘖，王爺的女兒，那不就是郡主嗎？郡主不都是嬌滴滴地養在閨房裡，等著出嫁嘛，怎麼會到咱們這裡來打仗呢？」

「誰說不是呢！」

「嘿，你們都不知道，聽說這郡主來咱們禹州城，是找心上人來了。」

「哇，真的假的？那郡主的心上人是誰？」

村人最喜歡聊這種桃色八卦，紛紛湊上前問道：「快說，她那心上人是誰？」

「不知道。」爆料的人雙手一攤，聳聳肩道：「人家郡主的私事，豈能讓咱們知道？」

眾人翻了翻白眼，如鳥獸散。

麥穗聽著這些八卦，心裡很不爽。

這些日子，蕭景田肯定是跟那個溧陽郡主在一起了。他們以前在銅州相處過，算是故交，又有秦王爺那一層關係在，想必這次聯手，一定會很有默契吧……

街上的人見吳氏領著一個俏生生的小娘子回來，紛紛湧上前問這閨女是誰，怎麼長得這麼好看，有婆家了沒有？

麥穗雖然不怕生人，但也架不住這麼多人對著她指指點點，問這、問那的，索性低頭不語，把所有問題都交給她娘來回答。

吳氏滿面春風地向眾人解釋說這是她的女兒，婆家是魚嘴村的，正好碰到這場禍事，便撤到鎮上去云云。

「魚嘴村的啊，是不是那些海蠻子已經把你們村給占了？」

「燒你們房了沒？」

「那些海蠻子跟咱們長得一樣嗎？聽說他們的眼睛都是綠的！」

「你們說，要是海蠻子跑到咱們村這邊，那咱們豈不是也不能出門了？」

「你這人真是鹹吃蘿蔔淡操心，管那麼多幹麼，反正咱們村有駐軍，你怕什麼？巡撫大人下令沿海封鎖四十里，並不是說四十里以外的村莊就不管，而是為了防止海蠻子衝上岸來，會禍害老百姓，所以才留出四十里的緩衝地帶而已。像咱們這種在緩衝地帶邊緣的村莊，自然得有駐軍把守了。」

「駐軍？啥是駐軍？」

「這種事三言兩語也說不清楚，到時候你們就知道了，我只聽說是從齊州那邊調過來的兵馬。反正你們該幹活的幹活，該睡覺的睡覺，這次戰亂是不會牽扯到咱們村的。」

麥穗聽見村民們閒聊的話語，才明白衙門為何要他們都撤到鎮上。

看來溧陽郡主行事還是很穩妥的。只是不知道蕭景田跟她朝夕相處這幾天，會發生什麼事……郡主畢竟是郡主，又是才貌雙全，萬一蕭景田對她舊情復燃怎麼辦？

算了，不想了。是妳的就是妳的，不是妳的，強求也求不來。

回到家，吳氏替麥穗收拾好房間，便要她好好睡一覺，自己則一頭栽進灶房，給女兒做飯去了。

麥穗躺在溫暖的被窩裡，聞著灶房傳來的香味，心裡一陣溫暖。

還是有娘好啊……

在這個異世，幸好她還有個親娘，掏心掏肺地對她好。有娘足矣！

院子裡，傳來一陣腳步聲。

突然有女子的聲音尖銳地傳來。「我說弟妹，我來找妳好幾趟，妳都不在家，妳這是去哪裡了啊？」

「大姑，我剛剛去鎮上接了我閨女過來。」吳氏從灶房迎出來，兩手在圍裙上擦了擦，笑道：「大姑是有什麼事嗎？」

來人正是她的大姑子林氏。

林氏人長得小巧，嗓門卻很尖銳，說起話來，不知道的還以為她在跟誰吵架呢。

「村裡不是來了駐軍嗎？里長說了，讓我找幾個女人去給駐軍做飯，我呀，第一個就想到妳了。」林氏口沫橫飛道：「本來我也應該去的，可我家裡不是來客人了嘛？妳也知道我親家來了，我得在家陪著他們一家三口不是？」

因莊青山開了私學，如今她在村裡也算是有頭有臉的女人，連駐軍這樣的大事，里長也得找她幫忙，讓她覺得很風光。

「大姑，可是我閨女也來了，要去做飯的話，我得晚點去。」吳氏見大姑子這樣說，到底不好拒絕，笑問道：「是一天三頓飯都要去做嗎？」

「早上不用，他們自己做，就是中午和晚上兩頓。」林氏甩著帕子道：「妳放心，人家不是白白用讓妳去做飯，還管飯的。我這也是為了妳好，其他人想去，我還不讓去呢！」

「行，我去就是了，那我啥時候去？」吳氏忙問道。

「晌午我找了二毛媳婦和四醜婆媳三個，妳就晚上去吧。申時便去里長家，讓他帶妳去就行。」林氏掐著腰，在收拾得乾乾淨淨的院子裡走了一圈，又彎腰拿起晾曬在牆根的磨刀石，說道：「我家的刀不利了，正好拿回去磨磨刀，回頭還妳。」

「大姑拿去用就是了。」吳氏皺眉道：「我不急著用。」

林氏過來拿東西，向來是有借無還的。說到底，她心裡還是忌憚自己不是林家人吧？

「妳拿什麼拿，妳自己家裡沒有嗎？」林二寶一步躥進來，把林氏手裡的磨刀石奪下來，氣急敗壞道：「妳一個嫁出去的閨女就是潑出去的水，整天沒羞沒臊地回娘家拿東西，也不嫌丟人？滾，妳給我滾，不要再來了！」

「這是我家的東西，關你什麼事？」林氏氣得差點跳起來，硬是從林二寶手裡奪過磨刀石，指著他的鼻子罵道：「你個為老不尊的，你以為你是誰啊？有你在，我家裡的東西都讓你敗光了，你怎麼不去死？」

「好啊，妳敢咒妳二叔死，妳個不肖子孫！」林二寶隨手抄起一根棍子，劈頭蓋臉地朝林氏打去，罵道：「妳給我滾！咱們林家沒有妳這樣的閨女，妳去死吧！」

「二叔，不要打了。」吳氏忙上前攔住林二寶，勸道：「大姑她只是拿去用一用而已，您何必發這麼大的火？就算是鄰居之間，也常常借來借去的，更何況咱們還是一家人。」

「哼，妳別攔我，誰不知道這閨女早就黑了心肝啦。上次她從妳這裡搬走的大瓦缸，還了沒？早就讓她拿去裝糧食了，妳這個媳婦就是太軟弱。」林二寶恨鐵不成鋼地道：「再這樣下去，妳這家裡啥都沒有了，等大有回來，是要喝西北風嗎？」

見兩人說著話，林氏乘機拿著磨刀石跑了。她娘家的這兩個叔叔都是瘋子，她可不敢招惹。

「二叔，這麼多年了，你以為他還會回來嗎？」吳氏不以為然地笑笑，轉身進了屋。對她而言，那個林大有只是個名字罷了。

「他肯定會回來的，他得回來給我養老送終。」林二寶憤憤地說著，扔下棍子，氣呼呼地走出去。

麥穗在炕上聽了，越發覺得她娘親的日子，真是過得不容易。

以後她一定要好好賺錢，早點讓她娘親過上好日子。

只是現在時逢戰亂，連海都出不了，千崖島也去不了，就是她有心再去曬乾魚、乾蝦什麼的，也只能囤貨，無法去千崖島換現錢。她得想個長遠的法子才行。

吳氏家裡的日子比不得蕭家。因為閨女來了，吳氏拿出家裡最好的吃食，高粱麵條、青菜湯，還有兩個熟雞蛋。

吃飯的時候，她一個勁兒地把麵條往麥穗碗裡挾，自己只是舀了一些湯湯水水在碗裡吃著。

「娘，您這樣子，我能吃得下去嗎？」麥穗把碗裡的麵條倒進吳氏碗裡，心酸道：「要是您不吃，我也不吃了，我連住都不住了。」

「好、好、好，娘吃還不行嘛！」吳氏見麥穗滿臉不高興，忙解釋道：「不是娘小氣，而是娘覺得一會兒要去給駐軍做飯，娘在那裡多吃一點就是了。」

「中午是中午的，晚上是晚上的，您也太會算計了。」麥穗無奈地笑了笑，又道：「一會兒我跟您一起去，順便出去打聽一下海上如何了。」

「也好。」吳氏翻箱倒櫃地從箱底找出一塊布頭遞給麥穗。「山上風大，妳把這個圍上，否則要是吹壞身子，那就不好了。」

山粱村的駐軍，在村子的後山上。那裡視野寬闊，居高臨下，位置絕佳。

山路崎嶇，里長兩口子領著吳氏母女走在彎彎曲曲的山路上。

里長夫人很健談，一路上拉著吳氏聊天，說駐軍的廚子是她遠房表哥，夜裡得了風寒，怕傳染給將士們，所以才打算找村裡的女人過來幫著做兩天飯。
麥穗怎麼聽都覺得事情有些不對勁，就算廚子得了風寒，那其他人就不會做飯了嗎？營地上沒有想像中的如臨大敵，只有幾十個衙役手裡拿著長矛，如木頭樁子般分散在山坡上。三、五頂帳篷和兩口大鐵鍋蕭條地立在夜風裡，風一吹，帳篷和鍋都有些搖搖欲墜的感覺。
晚飯很簡單，只熬了兩鍋白米粥，還有衙役去谷底採了些野菜，說是馬齒莧，焯水後，撒了鹽配著飯吃。
麥穗一直以為營地的伙食要好一些，現在看來，未必如此，他們其實挺不容易的。
吳氏正燒著火，麥穗則坐在一邊的樹樁上給她遞柴火。
日頭還沒有完全落下，餘暉把天邊的雲彩染得很絢爛，像一片燃燒的火海。
山間縈繞著淡淡的霧，遠處的山巒在視野裡漸漸地模糊起來，偶爾有幾隻低飛的鳥從身邊掠過。
「嬸娘、穗兒，妳們來了。」身後，突然有個聲音輕輕地喚道。
「三郎！」吳氏見到來人，很是驚喜，猛然想起他此時已當了大官，忙起身改口道：「大人。」
「嬸娘無須多禮。」吳三郎忙攙住她。「這裡不是衙門，嬸娘喊我三郎就行。」
「穗兒，還不趕緊見過大人。」吳氏見麥穗置若罔聞的樣子，忙拽了她一把。
麥穗只得上前屈膝行禮，從善如流地喊道：「大人。」

「穗兒，好久不見。」吳三郎上上下下打量她一番，柔聲問道：「妳還好嗎？」

「好。」麥穗淡淡地道。

坦白說，她不想跟他有什麼交集。既然嫁了人，前男友什麼的，還是敬而遠之的好。

「穗兒，咱們借一步說話。」吳三郎見她神色淡淡，他展顏笑了笑，指著遠處的小山坡，道：「我去那裡等妳。」

「有什麼話，就在這裡說吧。」麥穗不冷不熱地道。

吳三郎看了她一眼，自顧自朝小山坡走去。

「去吧。」吳氏點點頭。

雖然閨女已經成親，孤男寡女在一起不好，但兩人畢竟是兒時玩伴，青梅竹馬一起長大，又是在營地，單獨說幾句話應該不打緊。

麥穗只得提著裙襬，跟了上去。

山風蕭瑟，麥穗覺得有些冷，拉了拉頭巾，問道：「大人有什麼事要吩咐？」

「穗兒，我在京城見到林伯父了。」吳三郎見麥穗對他冷冷淡淡的樣子，並不在意，索性開門見山道：「就是山梁村的林大有，我見到他了。」

「什麼？你見到林大有了？」麥穗頗感驚訝，忙問道：「他現在怎麼樣了？」

「他在京城開了一家雜貨鋪，也已經娶妻生子。」吳三郎很滿意麥穗的態度，繼續道：「八年前他赴京趕考，並沒有考中，而是暈倒在錢員外家門口，被錢員外救起後，就招他為上門女婿。後來老員外去世，他就繼承老員外的鋪子，他膝下還有一個兒子，已經七歲了。」

「原來是這樣。」麥穗嘆了一聲，道：「謝謝大人如實相告，等我回去告訴我娘一聲，我娘也不至於繼續苦等下去。」

「這些年林大有的生意做得很不錯，在京城也頗有些名氣，如今他叫做錢孝忠，世間再無林大有這個人了。」吳三郎看了看麥穗，感嘆道：「這些年真是苦了嬸娘，也苦了妳。」

「大人哪裡的話，我娘過得苦是真的，而我的日子實在是談不上苦。」麥穗勉強一笑。

「有勞大人掛心。」

「穗兒，妳我之間就別再隱瞞什麼了，我知道妳過得不好。」吳三郎走到麥穗身前，眼睛一眨也不眨地看著她，柔聲問道：「當初是我對不起妳，害妳嫁了那個土匪，如今妳可願意聽我再安排？」

「你想怎麼樣？」麥穗不動聲色地問道。

第四十八章　就想跟他在一起

「跟蕭景田和離，重新回到我身邊，可以嗎？」吳三郎信誓旦旦道：「妳放心，如今我娘再也管不了咱們的事了，我會照顧妳一輩子的。」

「難道大人不嫌棄我嫁過人？」麥穗哭笑不得。「大人待我一片真心，我很感動，只是如今大人身居高位，今非昔比，娶個再婚女子，不怕被人笑話嗎？我何德何能，能讓大人如此費心。」

雖然不可能跟他在一起，但聽他如今這麼說，麥穗突然覺得這個「媽寶男」當初也許真的是被他娘給攔住，才無法赴約。他對原主，也許是真心的？

可惜，她不是原主，對他也沒什麼感覺。

她怎麼看，都覺得蕭大叔比他強百倍千倍。這個人也就是學歷高一點罷了，其他的，哪裡能跟蕭大叔相提並論？

當然，就算他處處比蕭大叔好，她也不會和離再嫁的。

「穗兒，妳放心，我不會在乎這些的。」吳三郎認真道：「妳我從小一起長大，難道妳還不瞭解我嗎？」

「謝謝吳大人的好意，可咱們終究是有緣無分，從此以後，你走你的陽關道，我過我的獨木橋，不要再彼此糾纏了，這樣對你、對我都不好。」麥穗無意跟他囉嗦下去，莞爾道：

「我現在是蕭景田的妻子，咱們心心相印，一定會白頭到老，我是不可能和離的。」

「穗兒，我知道妳是在安慰我。」吳三郎忙道：「如今我是齊州知府，想娶誰就娶誰，可妳一定要信我，我會對妳好的。」

真是服了！這個人是讀書讀傻了嗎？

他從哪裡看出她過得不好？又哪裡來的自信要照顧她？

麥穗忍住心裡的不悅，和顏悅色道：「大人，我最後說一次，我喜歡蕭景田，蕭景田也喜歡我，咱們是要長長久久在一起過日子的，還請大人不要打擾我的生活。日後等你遇到真心喜歡的女子，你就會瞭解我現在的想法。」

「穗兒，妳……」吳三郎欲言又止，很受傷地搖搖頭，他抬頭看看天色，見金烏搖搖欲墜，沈默了片刻，又道：「算了，不說這些了，妳先在這裡好生待著，哪裡都別去。」

「對了，海上那邊怎麼樣了？」麥穗本就是來打聽此事的，哪知先是被林大有的消息驚了一下，接著又被吳三郎的計劃給嚇了一跳，竟到現在才想起要問海戰的事情。

「妳放心，有郡主在，那些海蠻子很快就會被制伏了。」吳三郎並不知道蕭景田也在海上，只當麥穗關心什麼時候能結束戰亂，隨口答道：「這次海亂，是齊州幫勾結一些外地的海蠻子起來鬧事，他們根本不是總兵府對手，只要給他們一點顏色看看，他們也就老實了。雖然我是齊州知府，但因為剛剛到任，許多政務不熟悉，巡撫大人便讓我帶兵到這一帶來守著，負責總兵府的糧草，待海戰結束後，我也就回齊州了。」

「如此一來，我就放心了，告辭。」麥穗朝他微微屈膝行禮，便提著裙襬，頭也不回地下了山坡。

吳三郎站在原地，一直目送她進了營地，才緩緩朝自己的帳篷走去。

她口口聲聲說喜歡蕭景田，還說蕭景田也喜歡她，這究竟是在安慰他，還是在跟他賭氣呢？

剛走沒幾步，一匹快騎旋風般地來到他身邊停下來，馬上的人俯身抱拳道：「大人，巡撫大人請您速速去衙門議事。」

吳三郎忙接過轡繩，翻身上馬，揚長而去。

待母女倆回了家，天已經黑了。

「吳大人跟妳說了什麼，怎麼說了那麼久？」吳氏探究地看著女兒。

麥穗便把林大有的事情原原本本地告訴吳氏。「娘，此事是真是假，還有待商榷，畢竟吳三郎並不認識林大有，萬一認錯，那就尷尬了。」

「三郎向來是個謹慎的孩子，如今又當了官，怕是不會弄錯的。」吳氏聽了此事，似乎不覺得有多麼驚訝，神色淡然道：「他不回來就不回來吧，如此也好，這樣的日子，娘都習慣了。」

麥穗長長地嘆了口氣。

等這次海戰結束，她得跟蕭景田商量，看怎麼去京城確認一下此事。不管怎麼說，她娘還年輕，實在沒必要耗在這裡虛度光陰。

她正想著，突然聽到街上傳來一陣緊急的鑼鼓聲。「鄉親們，趕緊出來集合，出大事了、出大事了！」

母女倆忙跑出去看。

街上很快聚集許多村民，大家都一頭霧水。

這麼晚了，還集合大家做什麼？里長腦袋進水了嗎？

「大家給我聽好了，今晚郡主跟那些海蠻子會在魚嘴村決一死戰，山頭上的駐軍大部分都已經趕往魚嘴村支援，咱們也不要鬆懈。」里長使勁地敲了一下鑼鼓，滿臉嚴肅道：「從現在開始，男人們輪流值夜，在村口放哨，萬一有漏網的海蠻子逃過來，務必要把他就地格殺。大家聽清楚了嗎？」

眾人聽了，頓時議論紛紛。

「不是說不會到咱們村子裡來嗎？」

「就是，明明有駐軍，還讓咱們男人去守著路口，萬一真的碰到海蠻子，那該怎麼辦才好？」

「那還不如撤到鎮上去安全。」

「如果連郡主都攔不住海蠻子，咱們哪裡會是海蠻子的對手呢？這不明擺著去送死嗎？」

有的人已經嚇得哭出聲。

「夠了，你們都給我住嘴！」里長又用力敲了一聲鑼鼓，扯著嗓子罵道：「你們個個都是七尺男兒，平日裡打架鬥毆比誰都狠，如今碰上這麼點事，就嚇得尿褲子了？廢物！都說了是以防萬一才這樣安排，這是咱們自己的村子，難道你們全都要躲在家裡不出來，交給別人去守嗎？到時候，要是老婆、孩子讓人家搶走了，你們哭都沒地方哭去！」

眾人沈默了。

「咱們這是居安思危，知道嗎？」里長把手裡的鑼鼓扔到一邊，扠腰道：「你們想想，若是海蠻子突破重圍跑到咱們這裡來，郡主能不知道嗎？如果你們在這場海亂中立功，郡主說不定會獎賞你們，升官加爵也是有的。說，你們想不想立功？」

「想！」男人們熱血沸騰地應道。

不用里長吩咐，他們立刻自覺地排好隊，點了點人數，分上半夜和下半夜，輪流值夜。

麥三全雖然不是山梁村的人，但碰到這樣的事，在親家面前又不好當縮頭烏龜，只得硬著頭皮跟未來女婿莊青山站在一起。

他心裡暗暗懊惱不該跟著出來看這個熱鬧，他才不信會有什麼升官加爵呢，還是保命要緊。只是該怎麼離開山梁村呢？

林二寶和林三寶卻異常興奮，他們站在隊伍裡，自告奮勇地想第一批去路口值夜。許是里長平日裡知道他們的為人，怕他們鬧騰，因此想也不想地就答應了。

兄弟倆高高興興地跟著隊伍走了。

剩下的人則繼續站在街頭竊竊私語，討論著輪流值夜的事。

「妹妹也來了。」麥花穿過人群，精神煥發地走到麥穗面前，笑問道：「怎麼妹夫沒有陪妳一起來？」

莊青山正站在人群裡，探頭探腦地朝這邊看。

「他在鎮上。」麥穗面無表情地道。

「想不到三郎竟然高中了，當初若是他家裡同意你們的事情就好了。」麥花輕輕嘆道：「如今，吳三郎可風光了呢！」

「姊姊錯了，我若是跟了他，他哪裡有今天。」麥穗冷冷地看她一眼，扭頭就走。

什麼玩意兒，這個麥花是故意來找碴的吧！

麥花得意地笑了笑，一扭頭，見莊青山就在不遠處看著自己，忙提著裙襬盈盈地迎上去，嬌滴滴地喊道：「青山哥，你怎麼還不回家休息，一會兒還得起來值夜呢！」

「就回了。」莊青山撓撓頭笑道。

「麥花，回家了。」李氏上前挽住麥花的胳膊，低聲道：「妳是莊家未過門的媳婦，就這樣出來拋頭露面的不好，咱們回去吧。」

「好。」麥花順從地點頭應道。

走到僻靜處，李氏悄然對麥花道：「閨女，若不是有莊家這層關係在，咱們現在應該安安全全地待在鎮上，妳爹怎麼會想到這裡來冒險？咱們得趕緊想辦法離開才是。」

「娘，剛才里長不是說，為了以防萬一才這麼做的嗎？」麥花不以為然道：「再說了，全村的男人都去值夜，怎麼我爹不能去呢？」

「妳個傻丫頭，別的男人去值夜，那是因為他們是這個村子的人，不得不去，咱們憑什麼啊！」李氏低聲道：「剛才妳爹說了，他不好推辭，讓咱們想個辦法一起脫身。」
「什麼辦法？」麥花一頭霧水。
「我跟妳爹說好了。」李氏貼在麥花耳邊，一陣嘀咕。
「行，那就這樣。」麥花很痛快地應道。
剛走到門口，李氏暗暗掐了自己一把，然後「啪」的一聲趴在地上，慌得麥花大聲哭喊道：「爹、爹，您快來看看娘是怎麼了啊？」
早有準備的麥三全迅速跑出來，抱起李氏哭喊道：「花兒她娘，妳怎麼了？妳可千萬不要出事啊！」
林氏和莊青山也馬上跑過來。
莊青山見未來丈母娘昏倒，忙道：「別慌、別慌，我這就去請大夫。」
「不用了，她這是老毛病了，得去鎮上看病才行。」麥三全說著，一把抱起李氏，一陣風似地躥了出去。
「爹，我也去。」麥花也忙提著裙襬跟上去。
「等等我，我陪你們一起去。」莊青山見未來岳母出事，也抬腿跟上去。
林氏一把拉住他，沒好氣地道：「青山，你以為你丈母娘是真的暈倒了嗎？」
「那他們這是？」莊青山不解地問道。
「說你傻，你還真是傻。」林氏望著那一家三口的背影，冷笑道：「他們肯定是聽說海蠻子說不定會躥到這裡來，嚇跑的。你若是去了，他們豈不是作不成戲了嘛！」

走就走唄！反正那一家子住在這裡，還得吃他們家的糧食。

這兩天她也看出來了，這個麥花壓根兒就不是個能操持家務的，嬌滴滴地跟個千金大小姐似的，這日後要是過門，能伺候好她兒子嗎？

哼，要不是麥家只有麥花一個閨女，日後家裡的財產都是麥花的，她才不讓兒子娶這個懶貨呢！

而麥家一家三口，就這樣一路狂奔到鎮上。

他們還沒來得及站穩腳後跟，便聽見鑼鼓聲「咚、咚」地響起來。

「集合了、集合了，許大人有令，所有男人都到廟口集合，前往魚嘴村待命。今晚一戰，勢必要把海蠻子全部殲滅，還大家海路安寧。」

麥三全聞言一下子坐在地上。

可惡，還不如待在山梁村呢！

月白風清。

海面上戰船濟濟，波光粼粼，不時有鑼鼓聲傳來，響徹雲霄。

「二哥，果然不出你所料，他們的船都陸續進到咱們的包圍圈了。」秦溧陽站在船頭，得意道：「若半個時辰後，咱們一舉攻之，定能把他們全部殲滅的，到時候，海路就可以徹底安寧了。」

見蕭景田不語，秦溧陽莞爾道：「我知道二哥不忍心對他們痛下殺手，那接下來咱們該怎麼做？難道只是圍著他們嗎？」

「不錯，圍著他們。」蕭景田淡淡道：「他們船上的糧草有限，總有一天會彈盡糧絕，到時候，他們肯定會找咱們求和的。」

「好，我聽二哥的。」秦溧陽望著眼前這張年輕俊朗的臉，心裡漾起一陣甜蜜。

她有些希望這場戰亂永遠都不要結束，這樣，他就能長長久久地陪在她身邊，就像過去一樣。

她的心思兜兜轉轉了一番，才上前拽住他的衣角，嬌嗔道：「二哥，我剛來的時候那樣對你，還用劍刺傷你，你會不會記恨我？」

「記恨倒不至於。」蕭景田劍眉輕揚，淡然道：「只要妳日後不再做如此荒唐之事，我依然是妳的二哥，妳好自為之。」

他知道對方船上的糧草，最多能撐三、五日。到時候只要招安了這批海蠻子，朝廷就會立刻召秦溧陽回銅州。

這樣，他就可以繼續做他的漁民，或者跟他的小娘子一起做生意，幫她開間鋪子。

當然，他是不會讓她把鋪子做到京城去的，因為他這輩子再也不想跟京城這個地方有任何牽扯。

「可是我這輩子只想跟二哥在一起，別無所求。」秦溧陽仰起臉，含情脈脈地看著他道：「我知道二哥已經成親，不能娶我，我不要名分，哪怕讓我住在你的隔壁，做個鄰居，我也就心滿意足了。二哥，難道我這點小小的要求，你都不能答應嗎？」

蕭景田緩緩轉身，冷聲道：「我早就說過，咱們之間永遠都不可能的，我勸妳就此死心，否則，只是徒增煩惱罷了。」

「好了，二哥，我跟你開玩笑的，你又何必當真。」秦溧陽勉強笑笑，靠在他身邊的欄杆上，靜靜地望著深不可測的海面，不再吱聲。

時逢戰亂，她實在不該跟他說這些兒女情長，她也不想再跟他翻臉。

氣氛很是尷尬。

蕭景田皺皺眉，縱身跳到相鄰的戰船上，彎腰進了船艙。

趙庸正倚在船艙裡喝酒，見蕭景田進來，便拿起酒壺給他倒滿一杯酒，笑道：「來，喝一杯。」

蕭景田坐下來，面無表情地端起酒杯，一飲而盡。

「好，痛快，我就喜歡跟你這樣的人打交道。」趙庸又重新給兩人倒滿酒，醉醺醺地道：「兄臺的胸襟氣度，趙某佩服。趙某想不到，世上竟然還有不喜權貴、甘願替他人作嫁衣之人。來，趙某敬你一杯。」

「將軍喝多了。」蕭景田淡淡地道：「蕭某也從沒見過像將軍這樣灑脫的人，在這樣的境地，竟然還能把自己灌醉。」

「那是因為你沒有在我的位置上待過。」趙庸不以為然地搖搖頭，笑道：「我敢保證，今日一戰，能保我五年太平，而這一切，都多虧兄臺相助，趙某不勝感激。」

「何以見得？」蕭景田拿起酒壺，又給兩人斟滿。

酒是京城上好的春風醉，價格不菲，並不容易買到。

看來，趙庸是個對自己很好的人。

「兄臺心知肚明，只是裝糊塗罷了。」趙庸換了個姿勢，倚在船壁上，拿著酒杯，打著酒嗝道：「此戰若是我任主帥，輸了倒也罷了，若是贏了，豈不是又有人要睡不著覺，接下來肯定會找藉口整治敲打我一番。可是溧陽郡主當主帥，那就不一樣了，即便是贏了，也不足為懼。我知道郡主是個果敢的性子，就算贏了，也會血染這片海路，可兄臺不一樣，兄臺不僅足智多謀，而且還心繫百姓，甘願屈尊在溧陽郡主手下出謀劃策卻不為人所知，可謂一舉三得，趙某的確是欽佩得很。」

「既然將軍看得通透，那在下就打開天窗說亮話。」蕭景田端起酒杯，轉而慢慢地品嚐這遠近聞名的春風醉，道：「我觀察過了，被咱們圍住的那些海蠻子的糧草，最多能撐上五日，所以五日內，他們要麼背水一戰，要麼主動談和。」

「背水一戰不可能，談和倒是有幾分可能。」趙庸把玩著手裡的酒杯，瞇眼道：「因為他們並非是行伍出身，說穿了，只是些日子過不下去的老百姓。活著，可以說是他們最強烈的念頭。」

「不錯。」蕭景田點點頭，把手裡的酒杯放下，掏出手帕，擦擦嘴角，又道：「不知道將軍打算如何招安這些海蠻子，以永絕後患。」

「他們要的無非是有口飯吃罷了，對吧？」趙庸眼神探究地看著蕭景田，見他舉手投足並非一般農家子弟，心裡暗暗稱奇，但又不好直截了當地問人家，只得佯作不察，道：「給他們足夠多的銀子，讓他們回家各自謀生，如何？」

「將軍果然是豪爽之人，但此法只能解一時之憂。」蕭景田笑了笑。

趙庸問道：「那兄臺的意思是？」

第四十九章　授人以魚，不如授人以漁

「在下覺得授人以魚，不如授人以漁來得徹底。」蕭景田也不兜圈子，索性直言道：「將軍覺得在沿海設置幾處衛所，讓他們負責這一帶的海路安寧，如何？」

「兄臺的意思是，把這些海蠻子都收歸到衛所裡，由總兵府統一管轄？」趙庸聞言，心裡拍案叫絕，酒也跟著醒了大半，猛然坐直身子，喜形於色道：「如此一來，才算是永絕後患，海路安寧。」

「正是。」蕭景田微微頷首道。

「那兄臺可願做這說客，前去說服那些海蠻子歸順朝廷？」趙庸猛地抓起蕭景田的手問道。

「自然願意。」蕭景田被他冷不防地抓了手，身上頓時起了一身雞皮疙瘩，他不動聲色地抽回手。「只是我一個人去不行，此事還需要各地的知縣、知府共同協助才行。」

趙庸自知失態，頓覺尷尬，撓撓頭道：「兄臺放心，趙某只是讓兄臺做個見證，自然不會讓兄臺隻身犯險。」

「在下並不是擔心自身安危，而是在下僅一介平民，招安這麼大的事，必須要官府配合才行。」蕭景田認真道：「至少得讓他們看到朝廷的誠意。」

「兄臺所言極是。」趙庸忙起身抱拳作揖。「那一切就有勞兄臺了。」

秦溧陽靜靜地站在船艙外，聽著兩人談話，心裡不禁感慨萬千。

原來他心裡裝的仍然是黎民百姓的安危，以前是，現在也是，唯獨沒有她。

他並不是為了她來的，而是為了那些海蠻子的身家性命來的，抑或者，幫她只是為了報答她爹當年對他的救命之恩罷了。

是夜，淺灣裡那些被圍困好幾天的海蠻子怨聲四起。

有的人建議一鼓作氣衝出去，這樣被人甕中捉鱉的感覺真是太窩囊了；也有人看出官府並不想置他們於死地，若是官府想要剿滅他們，早就動手了，不會這樣圍而不攻，因此建議大家一起棄船，逃到岸上去。

「杜老大，您快拿主意吧，要不然咱們可就真完蛋了。」

「就是啊，老大，快拿主意吧，是死是活，咱們都誓死跟隨老大。」

「杜老大，咱們自從幹了這行，腦袋早就掛在褲腰上了，死都不怕，還怕什麼？」

「兄弟們，我知道你們都不怕死，個個是條漢子，可是我杜老大也不能讓你們白白去送死。」杜老大環視著圍住他的兄弟們，面色凝重道：「你們說的這些，我早就想到，也分析過咱們能夠逃生的路線。可是兄弟們，咱們這次是真的中埋伏了，而且設埋伏的人，是個絕頂高手，只要咱們能想到的，他早就都想到，而咱們想不到的，他也想到了。眼下，咱們唯一的機會便是投降。」

「杜老大，咱們不降，寧死不降啊！老大。」

「沒錯，就算死，咱們也要死在這片海上。」

「你們都給我住嘴！堂堂七尺男兒，成天死啊死的，成何體統？這世上最簡單的就是死，最難的就是活著，你們這幫慫包，以為敢死就是英雄了嗎？我呸！」杜老大厲聲道。「你們也不想想，你們都是有爹娘妻兒的人，你們死了，那他們怎麼辦？」

海蠻子們都沈默了。

是啊！他們提著腦袋幹了這營生，不就是為了讓他們的爹娘妻兒有口飯吃，過上好日子嗎？

若是因此連他們自己的命都沒了，解脫的是他們，可苦的卻是他們的爹娘妻兒，將永遠背著他們所留下來的黑鍋過日子，一輩子也抬不起頭來。

見眾人不語，杜老大的語氣也緩和了些，他背著手，來來回回在船上走了幾圈道：「如今也不是一點辦法都沒有，咱們先詐降，兩軍交戰，不斬來使，咱們這些粗莽之人也懂得這個道理，官府一定也會遵循。」說著，他看了一眼身邊的漢子，低聲喚道：「謝三、王五聽令。」

「老大。」謝三和王五忙彎身抱拳。

「你們去做送降書的信使，到了岸上後，想辦法脫身去禹州城，找成宗主幫個忙。」杜老大望著漆黑的夜空，咬牙道：「讓他幫咱們把岸邊埋伏的人給引開，只要咱們上岸，就等於是脫險了。」

「是。」兩人齊聲應道，放下小船，緩緩地消失在夜色中。

而這一頭趙庸得知海蠻子要歸降的消息，大大地鬆了口氣，立刻上岸跟眾人商量招安海蠻子的具體事宜。

眾人一致同意在沿海設置衛所，並且把這些海蠻子收編成衛所的人，讓他們來管理這片海域，是再好不過了。反正他們本身就是海蠻子，若是海上再來了新的海蠻子，也可以讓他們來個黑吃黑，官府也樂得自在清靜。

橫豎不過是花些錢養著這些人罷了。再說了，衛所招募新兵本來就得花錢，花在誰身上都一樣。

許知縣自告奮勇地想去跟海蠻子談條件，若是這件事辦成，朝廷肯定會對他另眼相看，說不定還會名垂青史。

他覺得這是上天賜給他的大好機會，他得牢牢抓緊才行。

「不著急，再拖兩天。」蕭景田淡淡道：「得在他們感到徹底絕望的時候，才能給他們希望，否則，他們不會珍惜這次機會。」

趙庸拍了拍蕭景田的肩頭，表示贊同，不過心裡有句話他沒好意思說……

兄弟，你這麼狠，你媳婦知道嗎？

「將軍，俗話說機不可失，失不再來，咱們大可趁著他們求降心切，一舉拿下他們就是。」許知縣急於立功，不同意蕭景田的主意，忙道：「若是再拖下去，怕是會夜長夢多哪！」

他就不明白了，趙庸堂堂一個大將軍，還是皇親國戚，怎麼會聽蕭景田的話呢？難不成他這個知縣大老爺還比不上一個土匪小混混？

在座的知縣和知府們竊竊私語起來，紛紛點頭稱是。

他們一開始覺得蕭景田說得很有道理，可現在聽了許知縣的分析，突然又覺得許知縣說得也很有道理。總而言之，他們覺得怎麼做都好，只要不打仗就行。

「既然兄臺說了再等兩天，那就再等兩天好了。」趙庸拿著酒葫蘆，慢騰騰地喝了一口，不屑地掃視一眼在座的各位大人，甩甩袖子便走出去。

許知縣一臉尷尬。

眾人得到命令後，紛紛散去，卻不禁都在心裡想著，原來趙將軍並不看重許大人……

唯有蕭景田繼續坐在原處喝茶，這上好的西湖龍井，不喝完，可惜了。

趙庸走了幾步，剛要進船艙，一扭頭見秦溧陽盈盈而立在船頭，盯著海面出神，便笑著走過去，倚在欄杆上，瞇眼道：「海亂即將平息，怎麼郡主還是愁眉苦臉的，有心事？」

「誰都有心事，難道將軍沒有嗎？」秦溧陽反問道。

一股濃郁的酒氣襲來，她嫌棄地扭過頭。

此人若不是皇上的大舅子，她早就一腳把他踢海裡餵魚去了。

成天喝、喝、喝，也不怕喝死！

秦溧陽一反常態地換了件桃色的斗篷，整個人看上去嫵媚許多，在原本殺氣騰騰的戰船上，突然俏立著這麼一位粉嫩嫩的佳人，讓趙庸很不習慣。

是他酒喝多，產生幻覺了嗎？原本天不怕、地不怕，風風火火的溧陽郡主，如今怎麼也有了小女兒的姿態。

「我自然沒有心事，我的心事都在酒裡了。」趙庸朝她晃了晃酒葫蘆，哈哈大笑幾聲，搖搖晃晃地進了船艙。

「無趣。」秦溧陽嘀咕道。

果然，世上再也沒有比蕭景田更好的男人了……

禹州城

蕭雲成接到杜老大的求救信，頓時沈默了。

他的天下盟雖然跟杜老大有過一些生意上的往來，但他並不想跟杜老大這種人混在一起，其實他打心眼裡是瞧不起這些海蠻子的。

可若是能乘機將這些海蠻子收歸到他的天下盟來，倒也是美事一樁。

「宗主，您看此事該怎麼辦？」小五子上前問道。

「小五子，你知道咱們此時不宜跟官府大動干戈的。」蕭雲成把信紙放在燭火上點燃，看著那封信跳動著藍色火焰後，迅速地化為灰燼，他緩緩道：「如今時機尚未成熟，若是過早引起官府注意，對咱們是百害而無一利。」

「那不必理會杜老大他們就是。」小五子語氣輕鬆道。

「可若是不救，如果杜老大他們此次能脫身，那咱們跟他們的交情也就走到盡頭了。」蕭雲成沈思片刻，心情複雜道：「咱們終有一日是要起兵的，樹敵太多也不好。」

「那……咱們該怎麼辦？」小五子一頭霧水。

「罷了，敵人的敵人才是咱們要拉攏的目標，這個忙，咱們意思、意思幫一下就行。」蕭雲成在心中權衡一番，打開羊皮地圖，修長有力的手指指著地圖上的一處，肅容道：「這一帶的山脈是僑門所謂四十里緩衝帶的邊緣，由新任齊州知府吳三郎駐守。吳三郎是個秀才出身，此次領軍參戰也是趕鴨子上架罷了，據我所知，他們這裡駐軍不多。你帶三百人從這裡突襲過去，把聲勢造得大一些，就說是七、八百人已經到了山梁村，讓他們把消息傳到鎮上去。如此一來，鎮上的守軍肯定會前去救援，一旦那邊的守軍撤了，杜老大他們就有突圍的希望。至於能不能成功，得看他們自己的造化了。」

「宗主英明。」小五子神色一凜。

山梁村的男人們日夜輪流當值，很是盡責，只是這五天以來，淺灣那邊一直沒什麼動靜，也沒見有什麼海蠻子逃脫過來，因此懸著的心也就漸漸鬆懈下來。

特別是得知海蠻子已經向僑門遞了降書，他們值夜的時候也不再像以前那麼警惕，有偷懶不去的，也有值夜睡覺的。

里長雖然不知道僑門為何遲遲不接降書，卻知道僑門已是勝券在握，故而對村人的鬆懈也就睜一隻眼、閉一隻眼。

畢竟大家都不是行伍出身，又不是什麼危機時刻，也沒必要管得太嚴。

因此在小五子帶著三百精兵趕到山梁村後山的山腳下時，竟無一人察覺。今晚守後山路口的原本是莊青山父子，可是這對父子偷懶，早已跑回家睡覺去了。

小五子很鬱悶。

這沒人發現可不行，要不然該怎麼讓他們去鎮上搬救兵過來？沒辦法，他只得先讓手下原地待命，再派哨兵進村查看。

哨兵探頭探腦地進村一看，頓時愣住了。

街上空蕩蕩的，一個人影也沒有，到底是哪條路上有駐軍看守啊？他得告訴駐軍，村子裡有了危險，好讓他們趕緊出去找救兵呢！

那哨兵摸黑進了村，轉了一圈才發現只有村子後頭的地方，有兩個老漢抱著棍子站在寒風裡，一動也不動地守在路口。

「什麼人？」林二寶和林三寶發現這個鬼鬼祟祟的身影，威風凜凜地揚起手裡的棍子，大聲喝道：「站住，不許動。」

哨兵心裡一喜，總算碰到個會喘氣的了，忙上前道：「兩位老哥，我是來給你們里長報信的，你們村子裡出大事了。」

「快說，出什麼事了？」林二寶舉著棍子抵在那哨兵胸前，厲聲問道：「說了，就饒你小子不死！」

「快說！」林三寶也把棍子重重往地上一頓，鏗鏘有力道：「說了，爺爺也饒你小子不死。」

哨兵險些吐血。

他要不是來傳遞消息的，早就把這兩個老漢摞倒在地了，憑他們手裡那兩根燒火棍，就想嚇住他？

「我、我是從鎮上過來的，路過你們村子後方，無意中發現你們村子的後山埋伏了許多海蠻子，嚇得我沒敢吱聲，只好從小路繞過來告訴你們。你們趕緊出去搬救兵去吧，晚了就怕來不及了。」那哨兵想起宗主說聲勢造得越大越好，便裝作很惶恐地指著後山道：「他們來了三、四千人……啊，不，是四、五千人，已經把你們村子給包圍了。不信你們去看看，他們、他們就在山腳下，約莫不到一盞茶的工夫就會翻過山來了。」

林二寶和林三寶聞言，臉色一變，撒腿就跑。

那哨兵也乘機溜走了。

不一會兒，街上又是鑼聲四起。

村民們很惱火。

成天狼來了、狼來了，狼也沒有來，這一天到晚的嚇唬誰啊？

麥穗被吵得睡不著，便也跟著吳氏來到大街上集合。

好多人雖然也來了，但大家都懶懶散散的，壓根兒不害怕。

不是說海蠻子都已經遞降書了嗎？還能有什麼事……里長這一天到晚的，就知道大驚小怪。

「你們給我聽好，這次海蠻子真的來了！」里長壓低聲音，忐忑不安地指著後山道：「我剛才親自去後山看過，他們就埋伏在後山的山腳下，約莫有四、五千人。如今大人不在村裡，咱們只能靠自己了。」

麥穗頓感奇怪。

四、五千人？不可能啊……哪來那麼多人？

她聽蕭景田說過，這一帶海路上的海蠻子，頂多也就兩、三百人，號稱四、五百，因為他們平日裡不是一起出動，故而每次也就那麼幾十個人在鬧騰。如今那些海蠻子都被困在海上，就算不是全部的海蠻子都被困住，也有九成，那這後山哪裡來的四、五千人？

「里長，你說咱們該怎麼辦啊?!」莊青山臉色蒼白地問。

今晚原本是他們父子倆當值，但因為這些日子以來一直沒有動靜，他們便溜回家睡覺去了，想不到真的來了海蠻子……天呀，早知道這樣，打死他們也不敢回家睡覺。

莊青山他爹則撓撓頭，嚇得大氣也不敢出一聲。

「對呀，咱們該怎麼辦？」眾人紛紛問道。

有婦人和孩子嚇得哭起來，也有的村民跑回家去喊那些還在睡覺的人。

雞叫聲、狗叫聲，此起彼伏，街上頓時亂成一團。

「你們不要慌，聽我說。」好在里長還算鎮定，也沒有計較莊青山父子倆回家睡覺，只是吩咐道：「你們父子倆先趕往鎮上，把消息報告給衙門知道，剩下的人也趕緊往鎮上撤，這樣咱們或許還有一線生機。」

「里長，咱們不用往鎮上撤。」麥穗忍不住站出來阻止道：「我覺得後山的海蠻子沒那麼多，或者他們根本就不是什麼海蠻子。」

「妳不過是一介婦人，懂什麼？」里長不屑道。「事關生死，由不得妳猜來猜去。若不是海蠻子，妳說那些是些什麼人？」

「穗兒，不要多嘴。」吳氏拉了她一把，這種事女人怎能作得了主？

「里長，我雖然不知道後山那些是什麼人，但我敢肯定他們絕對沒有四、五千人，而且他們的目標也不是山梁村，更不是山梁村的百姓。你想，若是他們想要屠村，那適才後山沒人看守，他們豈不是早已神不知、鬼不覺地摸上來了？哪能容得下咱們在這裡商量對策。」麥穗不顧吳氏阻攔，向前走了幾步，繼續道：「我倒覺得他們是故意要讓咱們去衙門搬救兵的，而衙門若是聽說這邊來了四、五千個海蠻子，必定會撤出大部分兵力來支援咱們，如此一來，獲益的是誰？自然是那些被困的海蠻子。那些海蠻子一旦突圍，遭殃的，就不僅僅是山梁村了。」

說完，她又扭頭問里長。「里長，你不覺得這正是典型的『圍魏救趙』之計嗎？」

莊青山心裡一動，滿眼敬佩地看著麥穗。

這女子果然不一般。

都是麥家女子，也都是知書達禮，可一想到他那個聞風而逃的未婚妻，他的心不禁黯淡下來。他以為她們是姊妹，品行不會差很多，怎知，卻是如此不同。

「妳說得也有些道理。」里長不是個糊塗的，聽她這樣說，頓時也覺得此事頗為蹊蹺，便問道：「那依妳之見，咱們該怎麼辦？」

「首先速速派人去鎮上，把消息報告給衙門，但不要說他們來了四、五千人，而是要說來了百餘人左右。」麥穗覺得自己從來沒有像此時這麼冷靜沈著過，她望了望月光下灰濛濛的後山，沈思片刻，又道：「然後每家每戶把自家的鍋子都搬到營地上去，我想他們肯定會派人去營地數鍋灶，以判斷這邊駐軍的人數。自古兵不厭詐，我相信營地上的鍋灶越多，他們就越不敢動手。然後剩下的人，只要能爬上山的，就都去亂石崗那邊待命，若是發現他們想翻山過來，就用石頭砸他們。」

里長想起亂石崗的地勢，眼前一亮，毫不猶豫地吩咐道：「青山，你速速去鎮上，就按她說的做。記住要說來了一百多人，切不可說多了。」

「好，我這就去。」莊青山應了一聲，急急忙忙地出了村子，直奔鎮上。

「里長，那咱們怎麼辦？」有人小聲問道。「現在就去亂石崗嗎？」

「女人們趕緊回去把家裡的鍋搬到營地上去，男人們跟著我到亂石崗那邊守著，咱們這山別的沒有，石頭有得是。」里長邊走邊吩咐道。「記住搬鍋的時候，要從那些高大的草堆裡悄悄地走過去，要不然被後山那些人發現，咱們就白忙活了。」

眾人應了一聲，紛紛回去搬鍋。

麥穗跟山梁村的男人們一起爬上後山，悄悄地在亂石崗那邊埋伏下來。

第五十章　就是讓妳心疼我

是夜，亂石崗上的石頭似乎被蒙上一層淺淺的光暈，邊邊角角都能看得異常清晰。

埋伏在後山的人一動也不動地趴在那裡。從山梁村到鎮上來回大概七、八十里路，約莫再一個多時辰，鎮上的援軍也就到了。

只要援軍一到，他們再跟援軍糾纏一番，儘量多拖住對方一些時辰，為杜老大爭取突圍的時機，他們就算大功告成了。

「老大，他們已經派人搬救兵去了。」哨兵輕手輕腳地走到小五子面前，壓低聲音道：「只是這村裡的人太安靜，好像不怎麼害怕咱們似的。」

「你去看看，這裡的駐軍到底有多少？」小五子吩咐道。

「這、這怎麼調查？」哨兵為難道。「我剛才遠遠望見他們的帳篷不多，應該沒多少人吧。」

「廢物！」小五子罵道：「看帳篷能看出什麼？去數數鍋灶不就知道了？」

「是、是、是，小人這就去。」哨兵恍然大悟。

過了一會兒，哨兵又顛顛地回來稟報道：「營地上的鍋灶有一百多個，其他地方還發現好幾個沒有安好的鍋灶。」

「一百多個鍋灶？」小五子大吃一驚。「難不成這裡的駐軍竟然有一千多人？」

不是說駐軍不多嗎？

「小人就是看到營地上有一百多個鍋灶。」哨兵撓頭道：「只是帳篷不多，站崗的哨兵也不多，反正挺奇怪的。」

「不對啊，要是他們有一千多人，早就主動出擊了，還去鎮上搬什麼救兵啊！」小五子越想越奇怪。「難不成是有人用鍋灶嚇唬咱們？」

「可是咱們號稱四、五千人，想必他們覺得頂不住，所以才去衙門搬救兵的吧？」哨兵說著、說著，猛然變了臉色道：「要是他們真的用鍋灶嚇唬咱們，讓咱們不敢主動進攻，萬一到時候鎮上來的援軍又從咱們後面包抄過來，那可怎麼辦？咱們豈不是中了他們的埋伏。」

他們又不是傻子，憑什麼犧牲自己人來幫那群海蠻子？

「你說得對，咱們不能光想著要把鎮上的駐軍引到這裡來，首先得保證自己的安危才行，我不相信他們這裡有一千多人的駐軍。」小五子回頭望一望自身所處的位置，四面環山，他們則在谷底，若是被包圍，他們就真的死定了。

想了想，他從懷裡掏出羊皮地圖，細細地研究一番。

最後，他指著地圖上山梁村村後的那條路，道：「咱們先翻過山頭，到時候若是援軍來了，咱們就從村裡抓幾個老百姓，然後從這條路撤走。這條路後面是官道，他們圍不住咱們。」

說著，他悄然朝身後一揮手，領著隊伍悄無聲息地往上爬。

爬著爬著，突然聽到頭頂上方一陣骨碌、骨碌的聲音，眾人紛紛抬頭看，還沒反應過來，便被突如其來大大小小的石頭砸得東倒西歪。

他們都是精挑細選出來的精兵，如今空有一身武藝卻無法施展，有的竟然還被砸暈，更多的人則是抱頭鼠竄。

小五子身上也被砸了好幾處，連聲下令停止前進，急匆匆帶著手下狼狽地撤回禹州城。

待援軍趕來後，麥穗才跟著村人下山。

蕭景田正站在路口來來回回地走著，月色下，他的影子顯得格外挺拔修長。

麥穗心裡一喜，忙迎上前去問道：「景田，你怎麼來了？」

「我是跟著鎮上的援軍一起來的。」蕭景田伸手攬過她，溫聲道：「我過來看看我的女英雄，是怎麼智退敵兵的。」

他聽說有海蠻子突襲山梁村，想著她在，便放心不下，所以跟著來了。

原本，他想明天再來看她的。

眾人見狀，忙識趣地散開來，回各自的家去了。

「什麼女英雄，你又在取笑我。」麥穗嬌嗔地看著他，莞爾道：「我不過是之前聽你說過那些海蠻子也就才兩、三百人，而他們如今又被官府圍在海上，若是真有漏網之魚，最多也就是幾十人而已，壓根兒不可能有四、五千人。」

說著，見他眉目間滿是疲憊之色，眼底布滿血絲，嗔怪道：「你是不是這些日子都沒睡好？明明是官府的事，你卻把自己累成這樣，你知不知道我有多擔心你？那些海蠻子可都是一些亡命之徒。」

「怎麼，心疼了？」蕭景田捉住她的手，意味深長道：「我就是過來讓妳心疼我的。」

麥穗無語。想到他這些日子是跟那個溧陽郡主在一起，她心裡就彆扭得很。

「好了，我這不是回來了嘛。」蕭景田淺笑道：「妳先在這裡住兩天，等家裡安全了，我再來接妳回家。」

兩人邊說邊牽手回了家。

吳氏見姑爺突然來了，還親自去山上接閨女，很是興奮。她手忙腳亂地幫兩人打水洗漱，還抱了柴，準備去灶房做飯。

蕭景田忙攔住她。「岳母，您不用忙了，我早就吃過飯了。」

「那就早點休息吧！」吳氏又翻箱倒櫃地找出一床被褥放在炕上。

姑爺是頭一次在自家留宿，可不能怠慢了。

月光悄無聲息地透過窗櫺灑進來，照得炕上一片淺淺的白。

「景田，我明天就要跟你一起回去。」麥穗埋首在他懷裡，喃喃道：「反正那些海蠻子已經同意招安，村子裡也不會再有什麼危險。再說招安海蠻子是衙門的事，有那麼多知縣和知府在，肯定不會出什麼大問題的。」

「不到最後一刻，誰也不敢說會發生什麼事。」蕭景田伸手把玩她一縷頭髮，沈聲道：「我只擔心溧陽郡主會把事情搞砸，她其實並不想收編這些海蠻子。」

麥穗見蕭景田提到溧陽郡主，忍不住幽幽問道：「若是你在，她便會聽你的嗎？」

「我想她會的。」蕭景田似乎沒有察覺麥穗的心思，繼續道：「等海路安穩了，她便會回京城去，這也算是我最後能為她做的事了吧！」

麥穗見他這樣說，心裡才稍微舒服一些，便換了個話題。

她把林大有的事情原原本本地告訴蕭景田，道：「其實我娘跟林大有之間並沒有什麼感情，得知此事後，她並不難過。但我總覺得我娘還年輕，總這麼耗著，也不是辦法，所以想要親自去京城確認一下林大有的事，也好早點為我娘打算。」

「此事我會放在心上，回頭我就託人打聽，等有了結果再告訴妳。」感受著她身上的體香，蕭景田心裡頓時澎湃起來，忍不住翻身把人壓在身下，啞聲道：「妳不必親自去京城，我自會打聽到妳想知道的真相。」

「也好。」麥穗伸手緊緊地抱住他強健的腰身，生怕她一鬆手，他就會離她而去。

夜風蕭蕭，屋裡卻是一片旖旎，春色滿室。

許是小別勝新婚，剛剛偃旗息鼓的他很快又勇猛起來，再次吻住身下的女人。

他恨不得把她揉進他的身子裡……

秦溧陽許久不見蕭景田回船上，忍不住派人去岸上打聽。

「回稟郡主，蕭將軍跟著援軍去了山梁村，聽他身邊的侍衛說，蕭將軍今晚不回來，在他岳母家住下了。」侍衛如實稟報道。

「知道了，下去吧！」秦溧陽苦笑著搖搖頭，伸手抓起酒壺，給自己斟滿，仰頭一飲而盡。

明明知道他已經成親，也明明知道他這樣做並沒有錯，可她心裡就是不痛快。

她甚至傻傻地問過很多人，男人最喜歡什麼樣的女人？他們幾乎都說男人喜歡溫柔的女人，喜歡通情達理的女人。

她這才意識到，蕭景田不喜歡她，多半是因為她不夠溫柔，而且還有些任性。

於是，她努力地改變自己，她想一點一點贏得他的好感。可是在這朝夕相處的五天裡，他還是不肯正眼看自己。

如今，他居然還利用這難得的空閒，跑了幾十里山路，去找他那個鄉下媳婦恩恩愛愛地過夜……

她不敢奢求他馬上喜歡上她，她只不過是希望他能多待在她身邊一些時候，陪她說說話，難道這也有錯？

酒壺很快見了底。

「連你也跟我作對。」秦溧陽煩躁地把酒壺扔出去，酒壺在半空劃了一道弧線，穩穩地落在旁邊的船上，「啪」的一聲，把正在船艙裡喝酒的趙庸嚇了一跳。

「回將軍，是、是郡主扔的酒壺。」侍衛小心翼翼地答道。

「原來郡主也在喝酒。」趙庸笑了笑，順手提起一個酒罈便出了船艙，縱身跳到秦溧陽的船上。

他彎腰進了船艙，把酒罈子往她身邊一放，一本正經道：「一個人喝多沒趣，來，我陪妳，一醉方休。」

秦湥陽也不拒絕，抓起酒罈就往碗裡倒，端起碗就喝。

「好，痛快。」趙庸也倒了滿滿一碗，一飲而盡。

「二哥，你不能不要我。」秦湥陽望著面前的男人，雙眸迷離道：「我千里迢迢來找你，就是想跟你在一起，難道你要眼睜睜地看著我入宮當妃子嗎？」

「入宮為妃？」趙庸噴著酒氣道：「我告訴妳，切不可入宮，宮裡可不是妳能待的地方，裡面規矩忒多不說，而且還勾心鬥角，不可、不可、不可！」

「可是你不要我，你為什麼不要我啊！」秦湥陽順勢伏在他腿上，嚶嚶地哭起來。「咱們認識這麼多年，你怎麼就不喜歡我呢？」

「喜歡！誰說不喜歡？我是喜歡妳的啊！」趙庸一把抱住她，醉醺醺地在她耳邊低語道：「我告訴妳，妳是真不能入宮的，那個人不地道，他連親兄弟都容不下，妳說他還能容下誰？」

海風徐徐地吹進來，吹得船艙上的篷布嘩啦啦地響。

「二哥，這麼多年來，我終於等到你的這句話了。」秦湥陽喜極而泣，順勢倒在男人的懷裡。

男人沒有推開她，反而低頭吻住她，那種異樣酥麻的情愫和著烈酒苦辣的氣息，瞬間席捲她全身。

意亂情迷中，她感覺到身上嗖嗖的涼意，接著身下傳來一種莫名的痛楚，隨後便什麼也不知道了……

半夜，秦溧陽悠悠地醒來，見自己和趙庸衣衫不整的樣子，頓時意識到兩人發生了什麼。

她只覺腦袋「嗡」的一聲響，等回過神來，便匆匆地穿好衣裳，落荒而逃，連夜回了禹州城。

見郡主風塵僕僕地回來，碧桃忙打水給她洗漱。

「郡主，您、您這是？」碧桃看著秦溧陽身上殷紅的痕跡，嚇了一大跳。她雖然尚未成親，但對男女之間的情事也是知道一些的，如今郡主身上的吻痕，這分明是跟男人……

「我跟二哥一時情動，有什麼好大驚小怪的？」秦溧陽失魂落魄地道：「碧桃，妳應該恭喜我，不是嗎？」

想不到她最珍貴的處子之身，竟然這樣草率地給了她討厭的男人。

不，那男人是蕭景田……

跟她春風一度的男人，必須是蕭景田！

「可是蕭景田已經有了妻室啊！」碧桃驚悚道：「難道郡主要跟別的女人……共侍一夫？」

「只要他心裡有我，我還在乎名分嗎？」秦溧陽勉強一笑。「他本就是那麼漠然的性子，我也不指望他對我有多熱情，只要能夠陪在他身邊，我什麼都不計較。」

「郡主對將軍真是情深似海。」碧桃感嘆道。

「記住，我跟蕭景田的事，不准讓任何人知道。」秦溧陽閉上眼睛，靠在浴桶裡道。

「不管怎麼說，他如今都是有家室的，若是傳揚出去了可不好。」

「奴婢遵命。」碧桃忙應道。

「你們這幫廢物！也不動腦子好好想想，砸你們的肯定是村裡的村民，不是守軍。我都調查過了，山梁村的守軍連一百人都沒有，就把你們嚇成這樣。」蕭雲成氣得大罵。「你們這般懦弱，日後我哪有信心起兵？」

「宗主息怒。」小五子摸了摸頭上的紗布，苦著臉道：「屬下見營地上的鍋灶甚多，以為他們人數遽增，不敢強攻，又擔心被援軍從身後包抄，兄弟們會吃虧，所以就趕緊撤了。不過咱們撤退的時候，前來增援的守軍應該都已經在路上了，就是不知道杜老大能不能找到機會突圍。」

「突什麼圍？」蕭雲成冷著臉道：「你知道鎮上只派多少人去增援嗎？只派了一百人！不過少了區區一百人，他們能突圍嗎？」

「啊，一百人？」小五子大驚。「屬下、屬下明明號稱有四、五千人，怎麼、怎麼他們才來一百人？」

這分明是瞧不起他們嘛，至少也得來個兩、三千的人啊。

「那是因為你笨，你怎麼不說自己有四、五萬人？」蕭雲成恨鐵不成鋼道：「你以為衙門那些人傻啊？你說多少人家都信？」

小五子知趣地閉了嘴，不敢再吱聲。

兩日後，餓得有氣無力的杜老大，再次下了降書，信誓旦旦地表示想要歸順朝廷。趙庸才理直氣壯地接了降書，並把這場海亂的經過，原原本本地上奏給朝廷。應蕭景田的要求，奏摺裡並沒有提到蕭景田的隻字片語，而是把功勞全都給了秦溧陽。

皇上龍心大悅，賞賜了不少珠寶，命人送到總兵府。

「我還以為皇上會直接下旨，納溧陽郡主為妃呢！」趙庸摸著下巴道。

「據說，是曹太后不喜溧陽郡主的性子。」王顯皺眉道：「聽說皇上提了一次，說想讓溧陽郡主入宮為妃，卻被曹太后訓斥了幾句，此事就不了了之了。」

「原來如此。」趙庸心裡暗喜。

他覺得溧陽郡主堪稱巾幗英雄，與一般女子不同，別有一番風情。要是她真的入宮去了，那也怪可惜的。

而秦溧陽自從那夜在船上與他一同喝酒後，便得了風寒，身子不適，提前回了禹州城。只是她沒有去總兵府，而是住進鳳陽客棧。

趙庸回到禹州城後，前去探望好幾次，卻都吃了閉門羹。

他一時丈二金剛摸不著頭腦，他到底是哪裡得罪她了？

自那晚兩人一夜暢飲後，她天還沒亮就回了禹州城，他便再也沒有見過她。若真是得了風寒，那也不至於不見任何人吧？

架不住趙庸的軟磨硬泡，碧桃只得抹著眼淚說：「郡主自從海上回來後，心情就很不好，也不讓大夫看，也不肯吃藥，只是躺在床上掉淚，飯也吃得少。郡主向來是風風火火的性子，從來沒有像這樣傷心失落過，只是心心念念地說想見一見蕭將軍。」

「蕭將軍？」趙庸暗暗吃驚，忙問道：「哪個蕭將軍？」

「回稟將軍，蕭景田就是當年在銅州跟郡主一起抗楚的景大將軍。」碧桃猶豫片刻，如實道：「只因當今天子也姓蕭，蕭將軍便對外隱了姓氏，以名示人。但跟他熟悉的人都知道他姓蕭，私下裡也喚他蕭將軍的。」

「什麼？他就是令楚軍聞風喪膽的景大將軍？」趙庸大驚，這些年他雖然整天酗酒，忙著斂財，素來不理政事，也不關心邊境的戰事，但景大將軍的威名他還是略有耳聞的。

他跟他那些狐朋狗友聚會的時候，每每聽說過這樣一句話：若是沒有銅州的景大將軍，這邊境還得亂十年。

當時他就在想，這景大將軍到底是何方神聖？竟然有如此威名！卻不承想，他跟自己心目中的英雄共事多日，卻是對面不相識。

確切地說，是他有眼無珠。

趙庸回了總兵府，特命手下從庫房找出一株南海紅珊瑚和兩枝百年老參，精心包起來，直奔魚嘴村。

而在海戰平息後，魚嘴村的人又過上了日出而作、日落而息的日子。

不同的是，經歷了這場海戰，他們似乎更懂得這樣的日子得來不易，兄弟鄰里間也變得和睦起來。

那短短七、八日的海戰經歷，雖然並沒有傷到他們，卻是他們不願意回首的噩夢。

第五十一章　他是她背後的那個人

時值晌午，天有些陰沈，不時零星飄下的雪花落到地上，很快沒了蹤跡。

蕭景田去鳳凰嶺那邊的田裡鋤了一下地，正扛著鋤頭往回走，就看見趙庸騎著馬進了他家的胡同。

趙庸見了他，忙翻身下馬，抱拳作揖道：「景大將軍，趙某有眼不識泰山，竟然沒有認出將軍，慚愧、慚愧。」

「趙將軍言重了。」蕭景田不以為然地笑了笑。「如今我就是一介草民，並不是什麼將軍。」

「趙某早些年就聽人說，若是沒有景大將軍，銅州邊境還得再亂個十年。」趙庸客客氣氣地道：「今日有幸見識景大將軍的謀略，才真正領悟到這句話的深意。」

「趙將軍，這裡是魚嘴村，不是沙場，切不可再稱我為將軍了。我倒是希望將軍能像前些日子一樣，喚我一聲兄臺即可。」蕭景田放下鋤頭，請趙庸進屋。

麥穗已經做好飯，正在炕上織漁網，見蕭景田領著一個陌生男人進屋，便把亂蓬蓬的漁網收拾好，下炕要去給兩人沏茶。

「這是拙荊。」

「這位是總兵府的趙將軍。」

蕭景田笑盈盈地為兩人介紹。

「嫂夫人。」趙庸畢恭畢敬地抱拳作揖。

「趙將軍。」麥穗連忙回禮。

上茶後，蕭景田又道：「趙將軍想必還沒吃飯，一起吃個便飯吧！」

「如此，那就叨擾了。」趙庸抱拳道。

小雞燉蘑菇和老醋花生是早就做好的，因為有客人在，麥穗又添了兩個菜，糖醋白蘿蔔和紅燒鯉魚。

趙庸很懂禮數，知道蕭景田父母健在，便主動去正房見過蕭宗海和孟氏，而後才回南廂房吃飯。

一頓飯吃得賓主盡歡。

「嫂夫人好廚藝，趙某從來沒吃過如此鮮美的小雞燉蘑菇。」趙庸對小雞燉蘑菇這道菜讚不絕口。「這蘑菇味道居然如此獨特，敢問是從哪裡買來的？」

「是拙荊秋天的時候，在後山上採的松菇。」蕭景田展顏道。

「原來如此，難怪味道如此香醇。」趙庸恍然大悟。

吃完飯，麥穗又給兩人重新上茶，便悄無聲息地退出去。剛走沒幾步，她便聽見趙庸說：「將軍，趙某這次來，除了探望將軍，還有個不情之請。溧陽郡主回禹州城後，便一病不起，又不肯吃藥看大夫，病情也是日益嚴重。她的貼身侍女碧桃託我給將軍帶個信，煩請將軍去看一看郡主，不要讓她再日益消沈下去，否則要是郡主有個三長兩短，那可如何是好？」

麥穗忍不住停下腳步。

「我去了，她就能好嗎？」蕭景田淡淡道。

「此次郡主是真的不大好，煩請將軍親自跑一趟吧！」趙庸言詞懇切道。「無論如何，此次海戰，郡主也是立下了汗馬功勞。就算是看在她千里迢迢帶兵來援的分上，將軍也不能就這樣不管她哪！」

「好吧，我去。」蕭景田點頭應道。

「將軍果然大義。」趙庸頓時鬆了口氣。

麥穗心裡一沈，抱著漁網進了正房，倚在炕邊繼續織網。

她越想心裡越不是滋味。

那個秦溧陽明明知道蕭景田已經成親，還這樣明目張膽地讓蕭景田去看她，也太過分了吧！

「媳婦，妳是怎麼了？」孟氏見麥穗拿著網線，一動也不動地出神，忙問道：「是不是身子不舒服？」

「沒有。」麥穗忙回過神來，勉強笑道：「我在想前些日子的那場海戰，現在想起來，還是心有餘悸。」

「可不是嘛，咱們雖然在禹州城，挺安全的，可是看不到你們，心也是一直懸著呢。」

孟氏一聽，頓時也打開話匣子，道：「這次多虧了溧陽郡主，她不但沒有殺那些海蠻子，還把他們收編，讓他們進了衛所當差。聽說那些海蠻子是打從心裡感激溧陽郡主，還嚷嚷著要去禹州城送牌匾呢。」

麥穗只是笑。

這哪裡是秦溧陽的功勞，分明是蕭景田這幾天前後奔走、日夜操勞的結果，如今全都變成了秦溧陽的豐功偉績。

他是甘願做她身後的那個人吧？

正想著，蕭景田和趙庸並肩走進來，蕭景田道：「娘，我有點事要跟趙將軍去一趟禹州城。」

「伯母，告辭了。」趙庸作揖道。

「以後有空再來啊！」孟氏客氣道，她抬頭看了看天色，又囑咐道：「這天怕是要下雪了，你們路上慢點走。」

「娘，您放心吧，不會有事的。」蕭景田又看著麥穗，溫言道：「那我走了。」

「好，你早去早回。」麥穗勉強一笑。

「我很快就回來了。」蕭景田見麥穗一臉不悅，又細心囑咐道：「天冷了，妳沒事就別往外跑，小心著涼。」

兩人到了禹州城後，直奔鳳陽客棧。

碧桃見趙庸真的請來了蕭景田，喜極而泣，忙領著蕭景田進屋。

來。

秦溧陽有氣無力地躺在被窩裡，見了蕭景田，一句話也不說，扯過被子，蒙住頭就哭起來。

蕭景田不說話，只是站在她床前，默默地看著她哭。

幾天不見，她像是變了個人，臉色蒼白、面容憔悴，看樣子是真的病了。

待她漸漸停住哭聲，蕭景田才上前道：「溧陽，還是請大夫過來看看吧，妳這個樣子怎麼行？得吃藥。」

「好。」秦溧陽蜷縮在被窩裡，順從地點點頭。

趙庸早就請來大夫，候在客棧樓下。

碧桃聽說主子答應看大夫了，忙引著大夫進內室。

大夫診過脈後說是鬱結於心引發的風寒，又沒有得到及時的醫治，必須好好調養一番才行，否則，要是落下病根可就麻煩了。

說完，又責怪蕭景田道：「你怎麼讓你媳婦病成這樣才請大夫？我告訴你，以後若是落下病根，有你好受的，你們還年輕，不知道珍惜自己的身子，真是罪過。」

「有勞大夫了。」蕭景田淡淡地道。

秦溧陽見那大夫誤認為她跟蕭景田是夫妻，而蕭景田也沒有多解釋，心裡覺得很甜蜜。

那大夫開了幾服藥，又叮囑一番，才告辭離去。

趙庸也識相地回了總兵府。

碧桃見郡主臉上有了笑容，興奮道：「煩請將軍陪陪郡主，奴婢出去煎藥。」

「去吧。」蕭景田撩袍坐在床前凳子上，倒了一杯溫水，遞給秦溧陽。
「二哥，我是不是得了什麼病，快要死了？」秦溧陽接過茶杯，楚楚可憐地望著他，想掙扎著下床，卻渾身無力，只好又軟綿綿地跌回床上，險些把茶杯裡的水灑在被子上。
「瞎說，大夫不是說養幾天就好了嗎？」蕭景田上前一把扶住她，從她手裡接過杯子，放回桌上，皺眉道：「妳何苦要折磨自己？」
碧桃端來了藥。
秦溧陽嚐了一口，搖頭說苦，不想喝。
「良藥苦口，別任性。」蕭景田突然覺得眼前的溧陽郡主很陌生。
記得有一次，她腿上中了一箭，硬是自己親手拔出羽箭，也是她自己處理傷口，整個過程她都沒有吭一聲。
如今，怎麼連藥也喝不得了？
「二哥餵我。」秦溧陽撒嬌道。
「天色不早，我該走了。」蕭景田淡淡地看了她一眼，轉身往外走。
「二哥，你別走。」秦溧陽忙掀開被子，跌跌撞撞地下床，從背後抱住他，懇求道：「二哥，我這次回京城後，說不定皇上就會召我入宮，這禹州城我是不會再來了，難道你就不肯多陪我一會兒嗎？」
「將軍，眼下只有我主僕二人在這間客棧住著，若是郡主的病情再有反覆，奴婢一個弱女子怎麼應對得了？」碧桃也跪在地上懇求道：「求將軍留下來陪陪郡主，明天再走吧。」

「我去隔壁找個房間，妳早點休息吧。」蕭景田大踏步地走出去。

臨近年關，鎮上的大集比以往熱鬧許多，大街小巷到處洋溢著歡慶的氣氛。之前海戰留下的陰影，也隨著陣陣炮竹聲一掃而空。

地上積雪未消，麥穗提著竹籃，慢騰騰地走在熙熙攘攘的人群裡，不時停下來等著比她走得更慢的婆婆和小姑子。

家裡要買的年貨不算多，可孟氏是個細心的性子，東挑西選了半天，連一個籃子都還沒挑滿。

本來跟蕭景田說好，要趁著年前這半個月的空閒，一起來鎮上買家具好裝修新房。這樣一來，等到過年開春，便能搬進去住了。

可是蕭景田前天去了禹州城，到今天也沒有回來。

看樣子，他是把此事給忘了吧。也許在他的心裡，還是那個溧陽郡主比較重要……

「景田媳婦，妳等等我！」姜孟氏氣喘吁吁地從麥穗身後追上來，上氣不接下氣地道：「我說你們家怎麼鎖著門，原來是趕集來了。那啥，早上的時候，許知縣讓狗子捎話，說是讓景田務必去衙門走一趟。景田呢？」

「表姊，景田去禹州城了。」麥穗停下腳步，答道：「前天就去了，我也不知道他什麼時候回來。」

「沒說什麼時候回嗎？」姜孟氏見麥穗的表情有些悶悶的，忙問道：「他怎麼去了這麼久？」

「我也不知道。」麥穗勉強笑了笑，又問道：「許知縣找景田有什麼事嗎？」

「聽狗子說，好像是關於那些海蠻子的事。」姜孟氏拽著麥穗，退到牆角處，悄聲道：「聽說那些海蠻子至今還被關在衙門裡，尚未安置，許知縣擔心夜長夢多。」

「這些事是衙門的事情，找景田幹麼？」麥穗不解道。「他又不是衙門的人。」

「話雖如此，可誰知道許知縣是怎麼想的？」姜孟氏嘆了一聲，又道：「算了，這些事橫豎不是咱們女人能管得了的，走、走、走，趕集了。」

麥穗望了望還在肉鋪前挑選豬肉的婆婆和小姑子，一時半會兒怕是也挑不完，便跟著姜孟氏進了身後一家絲綢鋪子。

這間鋪子是新開的，布料花樣繁多，裡面人頭攢動，很是擁擠。大姑娘、小媳婦都留戀在眼花撩亂的布疋前，興致盎然地問著價錢，挑選自己喜歡的花色，還不時發出陣陣笑聲。

麥穗也跟著姜孟氏擠過去看布料，只是這些布料顏色雖然鮮亮，價錢也不貴，但質地很一般。

麥穗不喜歡這種太過招搖的花色。

來這裡也快一年了，她發現這裡的人喜歡穿顏色濃豔的衣裳。不論是年輕的，還是年老的，大都喜歡穿純色的上衣配上一條帶花的裙子或褲子，或是帶花的上衣配純色的裙子、褲子，或者乾脆是一身花，幾乎成了時尚。

故而街上賣的，也大都是花布。

雖然生活中很多事都由不得她選擇，但穿什麼衣裳，她還是比較講究的。

「怎麼？不喜歡啊？」姜孟氏問道。

「我不喜歡這些帶花的。」麥穗如實道。「其他純色布料的顏色又不大適合我。」

小夥計耳朵尖，聽麥穗這麼說，忙上前熱情道：「小娘子若喜歡純色的布料，就上二樓瞧瞧，二樓的布料大都是純色的，只是價錢稍稍貴一點點。」

「走，瞧瞧去。」麥穗頓時來了興趣，拉著姜孟氏就去了二樓。

二樓人不多，只有三、五個女子在琳琅滿目的櫃檯前挑選布料，相比一樓，二樓的確是純色的多一些。

姜孟氏問了問價錢，撇嘴道：「那小夥計倒是會誆人，什麼叫貴一點點，分明是貴了一倍嘛！」

「表姊，貴有貴的道理，妳瞧這些布料質地真的很不錯。」麥穗摸了摸質地，心裡很滿意，她就喜歡這種厚實一些的純色布料，價錢貴點算什麼？

「我倒忘了妳如今是富戶了。」姜孟氏打趣道：「等下個月我娶了兒媳婦，也讓她跟著妳學做生意、賺大錢，到時候我也就不覺得貴了。」

麥穗只是笑。

怎麼說上次賣乾貨，她也賺了一大筆，這點布料錢還真不算什麼。

除了她和蕭景田的，她還給公公、婆婆和小姑子都各挑了一塊布料。要過年了，大家都得換上新衣裳，好圖個喜慶。當然，她也沒忘了給她娘吳氏買布料，吳氏長年穿著帶補丁的衣裳，她都看不下去了。

姜孟氏打趣道：「若是景田知道他家小娘子這麼賢慧，幫著一家子都買了布料，指不定多高興呢！」

等麥穗挑完，姜孟氏嫌樓上的布料貴，沒捨得買，又拉著她跑去樓下，給狗子買了一身過年穿的。

不一會兒，姜孟氏像是想到什麼，突然神秘兮兮地低聲問道：「說句妳不想聽的話，昨天妳婆婆去我家的時候，還特意囑咐我，讓我勸一勸妳呢。」

「勸我什麼？」麥穗一頭霧水。

「妳婆婆說妳過門這麼久，還沒有動靜，心裡著急了唄！」姜孟氏見麥穗不解，悄聲道：「她想讓妳去看看大夫。」

「我又沒病，我看什麼大夫？」麥穗扶額道：「妳告訴她，我不去。」

「哎，妳們婆媳之間的事，我跟著摻和什麼？」姜孟氏笑道：「要說妳自己說去。」

麥穗不以為然道：「表姊，既然我婆婆讓妳跟我說，那回話自然也得由妳去回了。」

「我才不管妳們婆媳間的這些彎彎繞繞呢！」姜孟氏見麥穗對此事反應不大，便也無所謂地笑了笑。「其實呀，妳婆婆只是愛操心罷了，也沒別的壞心眼。」

「說起來，我進了蕭家的門之後，婆婆也從來沒有為難過我，她的確是個好婆婆。」麥穗感嘆道：「只是這種事急不來，也急不得，順其自然就好。」

算起來，她跟蕭景田有夫妻之實還不到三個月，哪能這麼快就有孩子。

想到蕭景田，她不禁腹誹道，這個人到現在還不回來，是想要留下來陪那個秦溧陽過年嗎？

「其實我二姑姑比我大姑姑要好說話得多，妳若是到了我大姑姑手裡當媳婦，那才叫命苦。」姜孟氏笑笑，低聲道：「妳知道嗎？我大姑姑連兒子跟媳婦每個月同房幾次都要過問，還說男人不能經常那個啥，否則對身體不好。妳瞧瞧，這才是個真正難纏的婆婆。」

麥穗聞言，差點驚掉下巴。

兩人一邊聊著，一邊出了絲綢鋪子。

一出門，就見蕭景田牽著棗騮馬，笑盈盈地站在門口。

他看上去很疲憊，身上的衣衫雖然乾乾淨淨的，但依然掩不住風塵之色，像是長途跋涉之後的模樣。

「景田，你這是剛從禹州城回來嗎？」姜孟氏忙上前道：「今天一大早許知縣讓狗子給你捎話，說讓你去衙門一趟，說是有事相商。」

「多謝表姊，此事不著急。」蕭景田雙眼眨也不眨地看著麥穗，上前接過她手裡的竹籃，道：「娘和芸娘先回家了，咱們去木匠鋪看看桌椅吧？」

麥穗不吱聲，扭頭就走。

出去這麼久，回來一句解釋也沒有嗎？把她當什麼了？

「你的小娘子生氣了，快去。」姜孟氏朝蕭景田眨眨眼，知趣地走了。

蕭景田笑著搖搖頭，不聲不響地牽著馬跟在麥穗身後。

這個人還捨得回來啊？乾脆在禹州城陪著那個溧陽郡主過一輩子好了！

麥穗越想心裡越來氣，走路也快起來，很快地出了人群，七彎八拐地進了一家茶館。

茶館呈井字形，中間是四四方方的院子，院子裡搭了個戲臺，花旦和小生咿咿呀呀地唱得正起勁，好多趕集的人都跟過來看熱鬧。

麥穗無心看戲，信步上了二樓。

她要了壺茶，還點了一碟紅豆糕，一碟炒蠶豆。

紅豆糕香糯可口，炒蠶豆入口生香，再配上這甘甜清冽的綠茶，好不愜意。

她望著院子裡穿著古代衣衫的人群，心裡突然有種不真實的感覺。

她是在作夢？還是真的穿越了？

正想著，一張笑臉冷不防地出現在她面前。「小、小娘子，別、別來無恙，這幾天妳、妳男人不在家，是、是不是寂寞得很呀？」

第五十二章　軟骨散

「王公子請自重。」麥穗見是王子揚，面無表情道：「你怎麼知道我男人不在家？」

「我、我自然是親眼所見。」王子揚大剌剌地在她面前坐下來，捏了顆炒蠶豆，放在嘴裡咯咯地咬著，笑道：「想不想知道，我、我、我在禹州城看到了什麼？」

自從他上次在魚嘴村丟臉，就再也不好意思去找蕭景田的麻煩。沒想到昨天他去禹州城閒逛的時候，無意間碰到蕭景田跟一個女人在客棧出雙入對的，他正想找人好好地八卦一番，卻又恰巧在這裡碰到蕭景田的媳婦，真是天賜良機哪！

「想說就說，不想說就算了。」麥穗端起青瓷描金茶碗，輕輕抿了一口茶。其實她覺得王子揚這個人心眼不壞，只是有些幼稚而已。

「妳男人在、在禹州鳳陽客棧，跟、跟一個女人同進同出的，妳、妳一定想不到吧？」王子揚摸著下巴，目光在她身上落了落，齜牙咧嘴道：「我、我早就聽說妳男人是個土匪，果然是個靠不住的，嘿嘿。」

還不如跟了他呢！他可是很專一的。

「我憑什麼相信你？」麥穗眼角餘光瞥見蕭景田腳步生風地進了茶樓，正在人群裡四下找她，便往後欠了欠身，隱在柱子後面，淡然道：「他是去了禹州城沒錯，也的確是住在鳳陽客棧，至於那個女人，不瞞你說，是我家一個親戚而已，沒什麼好大驚小怪的。」

「親戚?哈哈哈!」王子揚大笑起來，拍著桌子道：「既是親戚，也、也應該男女授受不親，為何舉止那、那般親暱，當、當別人都是瞎子嗎?」

麥穗沈默不語。

她真的信了怎麼辦?這個王子揚雖然平日裡沒個正經，但這件事卻不像是在說謊的樣子。

王子揚見麥穗不說話，咧嘴笑道：「妳、妳、妳可以不相信我，但、但妳不能不相信吳、吳大人吧?」

「吳大人?」麥穗疑惑地看著他。「哪個吳大人?」

而蕭景田在人群裡找了一圈，許是沒有找到她，又轉身走了出去。

「自然、自然是吳三郎，吳大人，他也看到了呢。若不信，妳問他去。」王子揚神秘兮兮道：「妳、妳放心，看在吳大人的分上，我、我、我以後不會再難為你、你們家了。」

「怎麼說?」麥穗不動聲色地問道。

「我跟吳大人是至交好友，而妳、妳是吳大人的心上人。」王子揚壓低聲音道：「妳說，咱們這層關、關係，我能、能為難妳嗎?妳家那、那塊地，想租到什麼時候，就租到什麼時候，咱、咱們不會再去討要的。」

「想必是吳大人認錯人了，我不是他的什麼心上人。」麥穗臉一沈，把炒蠶豆往王子揚面前一推，起身就走。

吳三郎是什麼時候跟這種人成了至交的?

一出門，麥穗冷不防地撞進一個人的懷裡，耳邊緊接著傳來熟悉的聲音。「別氣了，跟我回家吧。」

見是蕭景田，麥穗抬腿就走。

蕭景田一把拽住她。「夠了，別鬧了。」

「到底是你在鬧，還是我在鬧？」麥穗說著，眼底倏地有了淚，甩開他就往前走。

剛走沒幾步，身子便突然騰空而起，蕭景田黑著臉抱起她，快走幾步，翻身上馬，揚鞭響了一記，那馬揚蹄嘶鳴一聲，便迅速朝前疾馳而去。

「你放我下來。」麥穗在他懷裡扭來扭去地掙扎著。

「不准亂動。」蕭景田在她耳邊低語道：「妳聽我好好跟妳解釋，事情真的不是妳想的那樣。」

「我不要聽，你放我下來。」麥穗倔強道。

蕭景田不說話，只是揚鞭疾行。

麥穗只覺得耳邊的風呼呼颳得厲害，身上也凍得直哆嗦，自然顧不得跟他嘔氣，只好老老實實地窩在他懷裡。

好在只是拐了兩個彎，他便在于記飯館門前停下來。

蕭景田抱著麥穗下馬，然後不由分說地拽著她走進去。

于掌櫃見兩口子彆彆扭扭地走進來，忍著笑一邊吩咐灶房炒菜，一邊把兩人請到後院的廂房。

「妹妹來了啊？快屋裡請，剛剛我家掌櫃的，還在念叨著你們兩口子怎麼這麼長時間不來了呢！」九姑笑盈盈地上前拉著麥穗，扭頭對于掌櫃道：「咱們去裡屋說幾句貼心話，你們別過來打擾咱們。」

「去吧、去吧！」于掌櫃笑了笑，領著蕭景田進了另一間廂房，問道：「聽說你前天去了禹州城？到底出了什麼事？」

「此事說來話長，以後再跟你說。」蕭景田從懷裡掏出手帕，放在桌上。「你先幫我看看，這是什麼藥？」

手帕裡包著半顆黃豆大小的褐色泥丸，那泥丸好像泡了水，軟軟的，甚至還帶著一絲茶香。

于掌櫃雖然不是大夫，但識毒、解毒的本事卻遠遠勝過那些尋常醫者。

「這是軟骨散。」于掌櫃不假思索地道。

「軟骨散？」蕭景田臉色一沈。

軟骨散是一種慢性毒藥，能讓人武功漸漸盡失，卻不會被輕易察覺，不出五個月，便會無聲無息地死去，且很難查出死因。

「這是秦溧陽身邊那個碧桃往我茶水裡下的藥。」蕭景田表情複雜道。「老實說，當時我並沒有覺得這茶有什麼不妥，只是覺得她的神色很不自然，竟然還連聲催我喝茶，我當然起了疑心，故意失手打翻茶杯。這半粒軟骨散，是我在茶葉底下發現的。」

「郡主的丫鬟？」于掌櫃大驚。「難不成是溧陽郡主因愛生恨，要對付你？」

「我不知道。」蕭景田搖搖頭，又道：「不過以我對秦溧陽的瞭解，我覺得不會是她，她若要殺我，不會這麼麻煩。」

「如果不是溧陽郡主的意思，那會是誰呢？」于掌櫃越說越感到事情的嚴重性，低聲道：「景田，你說，會不會是……」

難道是當今皇上對這個隱退的將軍不放心，暗中派人來謀害他？

「現在說什麼都只是猜測。」蕭景田淡淡道：「但也不排除是他，他這個人我最瞭解，行事風格向來不是那麼光明磊落，若是他有心除掉我，用這種手段也不是不可能。」

他早猜到會有這麼一天，只是沒想到會來得這麼快。

「但願是咱們想多了。」于掌櫃同情地拍了拍蕭景田的肩頭，道：「看來樹欲靜而風不止，你這個退隱將軍，依然有不少人牽掛著呢！遠的不說，就說這個溧陽郡主，我知道你是看在秦王爺的面子上才一直忍讓她罷了，可誰知道，她卻是個一條道走到黑的性子，真是難為你了。」

于掌櫃知道以前在銅州的時候，秦溧陽就曾經向蕭景田表白過，被蕭景田婉拒後，兩人曾一度不再來往，大有絕交的意思。哪知過了沒多久，秦溧陽又尋來了。

秦溧陽這喜怒無常和一根筋的性子，換成誰遇到都會頭痛的。

「你幫我查查此事究竟是誰幹的，否則我連自己怎麼死的都不知道，多冤枉啊！」蕭景田展顏道：「能把手伸到秦溧陽身邊的，還真是不多，你順著這條線索查，很快就能水落石出了，我看好你！」

于掌櫃無語。事關生死，他如此無所畏懼，真的好嗎？

狗子匆匆地走進來，見了蕭景田，忙道：「三表舅，可算找到你了。許知縣到處找你，都快急瘋了，您趕緊去衙門裡看看吧！」

「到底出了什麼事？」蕭景田皺眉道。

「我只知道是關於海蠻子的，具體什麼事情，就不清楚了。」狗子撓撓頭道。

「好，你先走，我隨後就到。」蕭景田繞到裡屋跟麥穗說了一聲，便馬不停蹄地去了衙門。

「你家景田還真是個大忙人。」九姑笑道：「連衙門也離不開他，日後怕是要當大官了呢！」

麥穗只是笑。

看樣子于掌櫃並沒有把蕭景田的過去告訴九姑，否則九姑不會這樣說。

反正她覺得這對夫妻的相處模式挺奇怪的，他們兩人對彼此的事都不怎麼上心，也不怎麼追問，彷彿只是生活在同一個屋簷下的鄰居。

蕭景田不在，她自然不好意思在人家飯館裡久待，稍坐了坐，便起身回家。

縣衙後堂

許知縣見了蕭景田，忙把他拉進書房，神秘兮兮地關上門。

「大人，到底發生什麼事了？」蕭景田很不悅，他又不是衙門的人，怎麼老是要找他商量這、商量那的。

「景田，你記不記得當時杜老大派出來送降書那個叫謝三的年輕人？」許知縣悄聲問道。

「記得，怎麼了？」蕭景田問道。

「他送完降書後就不見了！」許知縣神色忐忑道：「所以我估計海蠻子肯定還留有後手，咱們並未把他們一網打盡，若是他們的同夥再乘機來劫獄怎麼辦？」

「就算他們真的有後手，大人也不必驚慌。」蕭景田不以為意道：「大人難道忘了嗎？那天晚上突襲山梁村的那幫人，也不過區區幾百人罷了，若是他們真的前來劫獄，那正好把他們一網打盡就是。」

「那豈不是又得大動干戈？這可如何是好啊……」許知縣頓時像洩了氣的皮球般沮喪。原本以為海邊富饒，做個海邊的知縣會有好多油水，哪知油水沒撈著，卻鬧起了海戰，真是讓人心煩。

他這是什麼命啊！

「大人若是憂心此事，只管向總兵府稟報就是。」蕭景田起身道：「我想總兵府的趙將軍會有辦法的。」

「景田，既然總兵府提出要把這些海蠻子收編，那為什麼現在還遲遲還沒有音訊？」許知縣不安道：「還有，這些海蠻子明明大都是齊州人，為什麼非要把他們關在我這裡？難不成要讓他們在這裡過年嗎？」

「大人身在官場已有一段時日，難道沒聽說過異地關押才更安全的說法嗎？」蕭景田反問道。

「也是、也是。」許知縣汗顏道。

可惡！他怎麼越來越覺得蕭景田比他更合適當官呢？

從衙門出來後，蕭景田又去了一趟于記飯館，得知麥穗已經回家，便馬不停蹄地趕回去。

孟氏正在做飯，見蕭景田回來，悄聲道：「你媳婦去你表姊家搓網線了，你去把她接回來，好好跟她說一說你這幾天在禹州城幹麼。這都快過年了，你們小倆口就別再鬧彆扭了。」

蕭景田抬腿去了姜孟氏家。

狗子正在劈柴，見蕭景田進來，起身擦了把汗，憨笑道：「三表舅來了，快屋裡坐。」

「不了，我過來接你三舅媽回家。」蕭景田站在門口道。

「景田，你站在門口幹麼？快進來坐。」姜孟氏站在門口喊道。「表姊家又不是老虎洞，還能吃了你不成？」

蕭景田笑著進屋。

麥穗正坐在炕上搓網線，見蕭景田進來，沒搭理他，只是自顧自地忙著手裡的活兒。

「天色不早了，回家吧。」蕭景田站在她身邊，伸手扯了扯她手裡的網線。「回家我跟妳一起搓。」

麥穗沒吱聲，收拾起網線就往屋外走。

蕭景田亦步亦趨地跟著走出去。

姜孟氏笑盈盈地送兩人出去，她還是頭一次看見這小倆口鬧彆扭呢！

兩人一路無言，一前一後地回了家。

蕭宗海也扛著鋤頭回來了，他看上去很高興，還難得地哼著小曲。

蕭芸娘笑問道：「爹，啥事這麼高興？撿著大元寶了？」

「那倒沒有。」蕭宗海咧嘴笑道：「我今天在田裡鋤地的時候，正好碰到王大善人，妳們猜他怎麼說？」

「怎麼說？」孟氏問道。

蕭景田正在井邊洗手，聽蕭宗海這麼說，手裡的動作也跟著頓了頓。

「他說以前是他不對，以後那塊地由著咱們租。」蕭宗海高興道：「咱倆還坐在田裡說了好一會兒話，聊得很高興。本來我還一直為此事懸著心，現在看來，咱們不用擔心王家會再上門找碴了。」

「那就好，這樣咱們種田也能種得心安理得些。」孟氏笑道。

吃完飯，麥穗不聲不響地放下筷子回屋。

孟氏朝蕭芸娘遞了個眼色。

蕭芸娘忙抱著網線，跟著麥穗去了南房，說是要麥穗幫她纏一纏網線。

等蕭景田回屋的時候，麥穗已經睡下了。

他端著木盆出去洗漱一番，才脫鞋上炕，見身邊的女人壓根兒沒有跟他說話的意思，他忍無可忍地掀開她的被子，從身後抱住她，沈聲道：「穗兒，妳聽我解釋，我去禹州城是去看溧陽郡主沒錯，但不是妳想的那樣。她是真的病了，而且病得很重，我不能不管她。」

「她離了你就活不下去了，是不是？」麥穗一聽他這樣說，氣不打一處來，拚命想要掙脫他結實的臂膀，卻怎麼也掙脫不開，只能任由他抱著，沒好氣地道：「所以以後她若是再病了，你還得去照顧她，那你乾脆就不要回來了，直接住在禹州城吧。」

「自然不是。」蕭景田從背後擁住她，下巴在她的髮鬢間摩挲著，淺笑道：「她又不是我的誰，我幹麼要照顧她？日後她要死要活都跟我沒關係。」

「怎麼跟你沒關係？」麥穗冷聲道：「她是你救命恩人的女兒，你怎能不管她？」

她知道，無論是古代還是現代，人們對救命恩人都懷有一種特殊情感，要不然，怎麼會有那麼多「以身相許」的橋段。

可想要以身相許，也得雙方心甘情願才行，像秦溧陽對蕭景田這樣無止境地糾纏，她實在無法接受。

好像這個救命之恩，蕭景田得用一輩子沒有底線的忍讓來報答。

「該還的，我都還了。」想到那軟骨散，蕭景田心裡又是一沈，皺眉道：「救命之恩雖然是大恩，總不能讓我還一輩子吧？只是我跟她仍有些交情在，有些事實在做不到袖手旁觀。妳放心，我對她從未有過男女之情，以前沒有，現在更沒有。」

他被下了軟骨散一事，還是別讓她知道的好。不是他想刻意瞞著她，而是想讓她活得輕鬆一些，不要老是為他擔心。

他的小娘子沒有經歷過沙場的你死我活，也沒有目睹過人與人之間的爾虞我詐，乾淨單純得像一杯清澈見底的山泉水，所有的不堪和醜陋都讓他一個人來面對就好。

麥穗扭過頭去，不搭理他。

他說這些的另一層意思，就是說那個溧陽郡主若有什麼事情，他還是不能不管的。

「妳相信我，我只想好好地過眼下這種安穩的日子，日出而作、日落而息，每天不是捕魚，就是種地。」蕭景田扳過她的身子，認真道：「而妳，想做生意就做生意，不想做生意就待在家裡給我做飯，只要咱們夫妻同心，日子肯定越過越好。難道這樣的日子，不是妳想要的嗎？」

「我當然想啊，可我總覺得你其實有好多事都瞞著我。」麥穗黯然道：「我覺得夫妻之間應該相互信任、相互理解，而不是各懷心思。就像你這次去禹州城，若是你提前跟我說你是要去看溧陽郡主，說不定還得在那裡住幾天，我也不會如此擔心。但你瞞著我，就讓我很生氣。」

「其實我並非有意瞞著妳，而是我不確定溧陽郡主到底怎麼了，當時我本以為當天就能回來。」蕭景田如實道。「哪知溧陽郡主只帶了一個小丫鬟住在客棧，又真的病得厲害，我不得已才留下來。本來第二天就能回來，可是她那天早上突然發燒，我也不好在那個時候離去，只得幫她去請大夫抓藥，就這樣又折騰一天。這不，她燒一退，我就馬上回來了。妳放心，她這幾天就回京城，不會再來禹州了。」

「我並非不通情理之人，若是你一回來就跟我說這些，我也不會生氣的。」麥穗見他這樣說，心裡的氣也暫且消了一些，往上拉了拉被子，道：「別說是我了，換了任何一個女人遇到這樣的事，心裡都會不痛快的，畢竟沒人願意自己的夫君千里迢迢跑去照顧別的女人。」

「我知道了，以後不會了。」蕭景田伸手把她攬進懷裡，低頭吻了吻她的唇，伸手解著她的腰帶，悄聲道：「今晚，我好好地向妳陪罪，好不好？」

第五十三章　江湖救急

臘月二十三，是麥花出嫁的日子，也是蘇三出嫁的日子。

大伯娘李氏早早就託人捎了口信，說是讓麥穗跟著花轎一起去山梁村。

麥穗雖然不想去喝麥花的喜酒，但更不想去看蘇三出嫁。

巧得很，她跟兩個新娘子關係都不好，雖然不至於見面就掐，但也的確到了兩看相厭的地步。

權衡一番，她決定直接去山梁村。至少去山梁村還能見見她娘親吳氏，也能順便把新做好的衣裳送過去。

這裡的風俗，講究的是越早過門越吉利，因此麥花的花轎一大早就到了山梁村。

麥穗跟吳氏到的時候，院子裡早就坐滿前來賀喜的人們。

莊青山穿著嶄新的喜服，在院子裡走來走去地招待客人，見了麥穗，他眼前一亮，忙招呼道：「妹妹來了，快屋裡坐。」

「恭喜姊姊、姊夫，祝你們百年好合，早生貴子。」麥穗笑嘻嘻地挽著吳氏進了院子。

「多謝、多謝。」莊青山忙還禮。

「怎麼還給娘做衣裳呢？」吳氏見麥穗給她新做了衣裳，嗔怪道：「娘除了去妳那裡，平日裡又沒什麼地方好去，用不著穿新衣裳的。」

「娘，給您買了就是讓您平日穿的，誰說新衣裳一定得走親戚時才穿？」麥穗嬌嗔道：「這衣裳您一定得穿，要不然，我可不高興了。」

「好，我穿，就是妳以後不要再買了。」這衣裳的布料一看就是好料子，肯定花了不少銀子，這讓吳氏很心疼。

院子裡撐開了大紅喜帳，映得人人臉上都紅通通的。

喜帳下坐滿了女眷，大都是林氏的親戚，彼此也都認識，大家說說笑笑的很熱鬧。

麥穗不認識她們，只是安安靜靜地坐在那裡喝茶。

而吳氏算是自家人，早就讓林氏喊去做飯了。

「元嬸，都說你們村最近的魚乾和乾蝦都賣了好價錢，是真的嗎？」一個紫衣婦人笑盈盈地問道：「是什麼人如此大手筆，竟然把你們村裡的乾海貨全都收了，你們都是賣了多少錢啊？」

「除了龍霸天，還能有誰？」元嬸得意道：「他每斤主動給加了兩文錢。」

「主動加的啊？」紫衣婦人驚訝。「只聽說過砍價的，還沒聽過主動加錢的，以前不是才賣三文嗎？」

「可不是嘛！」元嬸笑道：「村人一聽，甭提多高興了，連聲說龍叔是大貴人，有的甚至把家裡擺了好幾年的乾貨都拿出去賣了呢。」

麥穗聞言，吃驚之餘，心裡很疑惑。

龍霸天如此大張旗鼓地抬高價格收購魚乾和乾蝦，到底想幹麼？難道他知道她在千崖島大集上賣得好，想跟自己競爭嗎？

想想，又覺得不可能。

龍霸天是多大的商人啊，豈會跟自己一個小小的村婦搶生意？

麥穗百思不得其解。

菜很快就上來了。

涼拌青蘿蔔、涼拌胡蘿蔔、蝦皮炒白蘿蔔，還有涼拌白菜和蝦仁炒白菜。

「他們家這是請兔子吃飯嗎？」元嬸嘀咕道。

一桌子的菜，一點葷腥也不見。

元嬸活了這麼大把年紀，也吃過好多人家的喜宴，卻沒有一家像莊家這麼寒磣的。要不是她跟莊家是親戚，兩家也好多年的交情，她早就甩袖子走人了。

麥穗看了這菜，也覺得不可思議，難道莊青山家的日子過得如此艱難？

「就是啊，娶媳婦多大的喜事，就讓咱們吃這個啊？」紫衣婦人撇撇嘴，朝別桌張望一眼，低聲道：「咦，怎麼別人桌上有魚，咱們這桌沒有呢？」

眾人忙跟著看過去。

的確，別的桌上都有一條清蒸馬鮫魚，唯獨她們這桌沒有，便紛紛埋怨道：「大家都是來賀喜的，怎麼還給分出個遠近高低來，難道咱們就比他們矮一頭嗎？」

「各位嬸娘，咱們這桌的魚肯定是還沒有上來。」麥穗雖然不知道是怎麼回事，但也不能幫著眾人數落莊家，便起身道：「大家先吃著，我這就去廚房看看。」

「咦，這小娘子是誰？怎麼沒見過？」

「是吳氏的女兒，也是這家新娘子的堂妹。」

「哦，怪不得眼生。」

「看上去是個通情達理的。」

不遠處，只見林氏穿梭在人群裡。

「大家盡情吃、盡情喝，千萬不要客氣啊！」林氏熱情地招呼著。

她穿著半新不舊的綠衣棉襖，打扮得油頭粉面的，鬢間還別了一朵紅色絹花，看上去像是個唱戲的花旦。

「吃什麼吃？有什麼好吃的?!」元嬸黑著臉道：「你們看著，等她過來我非搶白她一番，大喜的日子就讓咱們吃這個，也不怕人家笑話。」

麥穗來到灶房，就見她娘吳氏正一臉愁容地站在魚簍前發愁，忙上前問道：「娘，您在幹麼？外面還有一桌缺了條魚，是忘了嗎？」

「不是忘了，是妳林姑姑不讓上了，說是妳姑父就去海上釣了這麼幾條，還得留著給妳姊姊三日回門的時候用，讓我把這些小沙丁魚燉了盛上去。」吳氏指著魚簍，嘆道：「可是這些沙丁魚太小，我擔心一燉就碎了，不知道該怎麼辦呢。」

「娘，人家喜宴都是上整條魚，他們這是在幹麼呢……」麥穗真是無語，過日子也不是這麼個過法吧？

「這事也不是娘說了算，橫豎是妳林姑姑家的喜事。」吳氏皺眉道：「好了，不要說了，幫娘想想辦法，先把眼前這個難關給應付過去再說。」

麥穗彎腰看了看筐底的那些小沙丁魚，沈思片刻，心裡有了主意。

記得以前看過一個什麼電視劇來著，具體名字忘記了，反正就是講述一個廚神的故事，其中裡面就有個情節是現場救急，把有限的食材透過想像，加工成一道精美的菜品，最終一舉成名。

當時那個廚神就是把一條普通魚的魚肉，削成好多花瓣的形狀，裹上麵粉、雞蛋啥的，用油炸了，拼成一朵栩栩如生的玫瑰花，令人嘆為觀止。

眼下，麥穗不想成為什麼廚神，也不想讓人刮目相看，只想救這個急。

就當是她善心大發了吧！

想到這裡，她讓吳氏幫她把這些沙丁魚的頭用剪刀斜斜地剪掉，洗乾淨，撒上鹽醃了，又用雞蛋跟麵粉做了麵糊，把去了頭的小沙丁魚裹了麵糊用油炸成金黃色，然後又把炸好的金燦燦的沙丁魚擺成一整條魚的模樣，並且還在瓷盤中點綴綠色的海草。

這些海草是從筐底下找到的，反正海裡的東西又不髒，洗洗一樣能用。

吳氏看呆了。

若不是親眼所見，打死她也不會相信，這是女兒親手做的。

「娘，這也沒什麼，都是景田教我的。」麥穗不以為意道。

拿蕭大叔來當擋箭牌，是再好不過的了。

畢竟人家蕭大叔在外闖蕩十年，這是眾所周知的事，會做幾樣別人沒見過的菜，那也是再正常不過的事。

「咱們家這姑爺還真是無所不能。」吳氏激動道。

她慶幸女兒嫁了這麼個姑爺，要模樣有模樣，要本事有本事，這麼個打著燈籠也沒處找的人物，竟然讓她女兒歪打正著地碰到了。

可見老天待她和女兒，還是很公平的。

這盤黃燦燦的沙丁魚上桌後，很快引起女眷們的讚賞和驚豔，連原本打算好好質問一下的元嬸和紫衣婦人也沒了脾氣。

原來人家不是忘了給她們上魚，而是想要做一道更別致的給她們罷了。

「閨女，這魚是妳做的嗎？」元嬸津津有味地吃著黃燦燦的沙丁魚，興奮道：「我也是在海邊長大的，活這麼大把年紀，卻頭一次吃到這麼好吃的魚，今天真是沒有白來哪！」

「嬸娘過獎了。」麥穗淡淡地笑道。

味道不錯是真的，可這位嬸娘說自己活了這麼久，頭一次吃到這麼好吃的魚，那就有些過了。說起來，不過是油炸沙丁魚罷了。

「閨女，妳教教我怎麼做，我回去做給我家老頭子嚐嚐。」元嬸笑道：「我家老頭子雖然不出海，做了一輩子的鐵匠，卻最喜歡吃炸魚了，特別是近兩年，他的口味越發刁鑽了。」

「那還是元嬸妳廚藝好，把老頭子的嘴養刁了。」紫衣婦人打趣道。

眾人齊笑。

「哎呀，妳個嘴快的，還敢打趣妳元嬸，越發沒大沒小了。」元嬸吃得高興，心情也好起來，往麥穗身邊靠了靠，一本正經道：「閨女，快教教我，以後若是妳家需要啥鐵器就儘管去南山頭村後面那條官道上找我，包准妳用著滿意。」

麥穗很喜歡這個元嬸的爽朗，便把詳細的做法說給她聽。

元嬸聽得認真，連聲稱讚麥穗好廚藝，笑道：「依我看，妳乾脆去咱們村子後頭的官道上賣這種炸好的沙丁魚好了，這樣，我就能天天吃到妳做的魚了。」

眾人一陣哄笑。

紫衣婦人笑著揶揄道：「敢情是妳喜歡吃才讓人家姑娘去賣的，那若是賣不了，就全送妳家去得了！」

「哪裡是我喜歡吃，妳們不是都喜歡嘛！」元嬸笑了笑。「咱們村後那條官道上，來往的路人比較多，我敢說，要是賣這種炸好的魚，肯定能賣得動。」

麥穗聞言，心頭微動。

如果她把魚弄熟了，再做成魚罐頭來賣呢？這樣可以賣的地方可就多了！

吃完飯，麥穗又跟吳氏閒聊一會兒，才起身回家。

快到家的時候，她突然聽到一聲叫喚。

「三嫂，妳回來了！」黃大柱不知道從哪裡冒出來，身後還拉著一輛架子車，正憨憨地看著她笑。

他知道她去山梁村吃喜宴去了。

黃大柱其實長得很像他爹。不同的是，他爹礙於里長的頭銜，平日裡不苟言笑，而他這個兒子，卻整天笑嘻嘻的。

「是啊，你這是去哪裡了？」麥穗問道。

「我去南山頭給龍叔拉了一些乾海貨。」黃大柱笑道。

「龍叔在南山頭村買下的嗎？多少錢一斤？」麥穗不動聲色地問道。

「五文錢一斤。」黃大柱如實道。「龍叔這次幾乎把南山頭村的乾海貨都買空了，也不知道他買這麼多要幹麼？」

「你知道龍叔這次從南山頭村買了多少斤魚乾嗎？」麥穗好奇地問道，這個龍霸天到底在搞什麼鬼啊？

「差不多得有兩千斤了。」黃大柱認真地算了算，道：「我跟牛五來回一共拉了兩趟呢！」

麥穗心裡越想越不對勁，聽說牛五也跟著去了南山頭村，便又去問牛五。

「聽龍叔說，他年前要去千崖島大集出一次貨，想必就是要送這些魚乾和乾蝦吧。」牛五撓撓頭道：「三嫂，現在龍霸天也賣魚乾，萬一他跟妳頂價錢怎麼辦？」

「到時候再說吧。」麥穗現在還不知道龍霸天的意圖，也不好作什麼決定，想了想，便對牛五道：「牛五，你幫嫂子留意一下這批貨的去向，以及賣出去的實際價錢，只要這批貨一出手，你就立刻告訴我。」

「這事就包在我身上了。」牛五拍拍胸脯道。

麥穗到家的時候，蕭景田已經回來了。

他穿著一身竹青色的杭綢直裰，身上再無半點漁夫的痕跡，憑空多了幾分貴氣。

這件竹青色杭綢直裰，麥穗是見過的，先前一直在箱底壓著，她以為這衣裳只是用來壓箱底，甚至還納悶蕭景田怎會有如此闊綽的衣裳，只是一直沒見他穿，故而也沒怎麼在意。如今他冷不防穿上，麥穗簡直難以相信，眼前這個長身玉立、風度翩翩的年輕男子是跟她同床共枕了好幾個月的夫君？

麥穗一下子呆住了。

許是她流露出來的目光，落在蕭景田的眼裡，頗有些花癡的韻味，他笑著朝她走過來，伸手揉了揉她的頭髮，低笑道：「怎麼？看傻了？」

他身上淡淡的草木香，影影綽綽地將她纏繞，如夢如幻。

「你這是要出去，還是剛回來？」麥穗饒有興趣地打量他一番。

果然是人靠衣衫馬靠鞍，簡直太帥了有沒有？

夕陽西下，落霞漫天，霞光跳躍在他稜角分明的臉上，連嘴角的笑意似乎也染上一層淡淡的暖色。

蕭景田抬手刮了一下她的鼻子，溫言道：「自然是剛回來，妳看我都還沒來得及換衣裳。妳去山梁村後，我本來想出海去的，可是趙將軍派人來接我跟許知縣一起去禹州城，商量如何安置那些海蠻子的事。看在那株紅珊瑚的分上，我只好勉為其難地去了一趟。」

上次趙庸來，帶的禮物確實太貴重了。

一株南海紅珊瑚、兩根百年老參。

麥穗本以為蕭景田不會收下，卻不想蕭景田毫不猶豫地搬進新房那邊，還說這樣的珊瑚樹可遇不可求，到了晚上，還會發光。

當時麥穗還打趣他，說想不到剛正不阿、征戰數年沒有帶回來一文錢的大將軍，也會收禮。蕭景田卻一本正經地說，有的禮不能收，有的禮卻一定要收。

大概，趙庸的禮，就屬於那種一定要收的禮吧！

「那事情談得怎麼樣了？」麥穗上前抬手撫摸著他領口繡得異常精緻的蘭草，心裡暗嘆，這繡功、這料子，她敢說就連禹州城也找不出能與之媲美的手藝來，這肯定是京城那邊做的衣裳吧。

兩人邊說邊進了屋。

蕭景田洗了手，換了尋常家居的衣裳，蹬掉鞋子上炕，盤腿坐在炕上，才緩緩道：「趙將軍把那些海蠻子帶到禹州城先操練著，待朝廷籌建衛所的旨意下來後，再將他們編入衛所。這樣一來，咱們這裡的沿海一帶就有了禦敵之力。」

「竟不讓他們回家過年？」麥穗驚訝道。

「妳個小女人。」蕭景田抬手彈了她腦門一下，鄭重道：「難不成在海上作亂還有功不成？他們想要回家，當然得看他們在衛所表現得如何了。」

麥穗這才恍然大悟。

「我聽妳在隔壁跟牛五嘀嘀咕咕半天，是出什麼事了嗎？」蕭景田問道。

麥穗便把龍霸天去南山頭村收購魚乾和乾蝦的事告訴蕭景田，滿心委屈道：「景田，你說咱們好不容易找到一個賣乾海貨的路子，若是龍霸天從中使壞，可怎麼辦哪？」

「別擔心，看看情況再說。」蕭景田悠哉道：「上次在千崖島趕集的時候，我不是揍了幾個小混混嗎？我也是今天才知道那幾個小混混的領頭，就是龍霸天的外甥龍泉。如今他大肆收購魚乾和乾蝦，或許是想藉此報復咱們。」

「可那件事，咱們又沒有錯。」麥穗憤憤地道：「明明是他們無禮在先，咱們才出手教訓他們的，他一個當舅舅的，不勸著外甥走正道，反而還助紂為虐地幫著報復咱們，真是不可思議。」

「算了，咱們不跟他計較。」蕭景田展顏一笑。「妳安安穩穩在家裡待著就好，我蕭景田還是能養活自己媳婦的。妳若實在閒不住，還是繼續曬妳的小魚乾吧，我看送去牧場就不錯，牧場有多少、要多少，也不用擔心賣不掉。」

「送去牧場可惜了。」麥穗嘆道。「以前我覺得有人給錢就能賣，可現在卻不是這個想法，凡事得物有所值才行。」

蕭景田只是笑。

他雖然不指望他的小娘子拋頭露面出去賺錢，但肯動腦筋、勤勞能幹的女人，他還是喜歡的。

「哎呀，你就知道笑，也不幫人家想辦法。」麥穗見他一個勁兒地盯著她笑，嬌嗔道：「人家不想渾渾噩噩地過日子嘛！」

「那我給妳個建議。」蕭景田捏了捏眉心，鄭重道：「做別人做不到，或是難以做到的事，如此一來，妳就是無可替代的。」

做別人做不到的事？

不如，試試做魚罐頭吧？就連元嬸也誇她魚做得好吃呢！

第五十四章 過年

不知不覺就到了除夕。

一大早，蕭福田和蕭貴田兩家人便有說有笑地進了院子。

男人們去了海邊燒香磕頭，祈求龍王爺保佑海上風調雨順，五穀豐登。

女人們則進了灶間做飯。

蕭菱兒和蕭石頭姊弟倆在院子裡進進出出地玩耍，不時傳來歡快的笑聲。

「等明年這個時候，咱們家就更熱鬧了。」喬氏摘著菜，看了看沈氏，笑盈盈地道：「若是三弟妹也有了，那咱們家一下子就要添兩個小娃娃了。」

兩個小娃娃？

麥穗一頭霧水。

「老大媳婦，妳這是有了嗎？」孟氏順著喬氏的目光看過去，見沈氏不停搓揉著自己的腰，欣喜道：「多久了？」

以前沈氏生蕭菱兒的時候難產，虧過身子，以至於這麼多年來肚子都沒有動靜，現在總算懷上，的確是一件大喜事。

「算起來也有一個多月了。」沈氏憪憪地道：「這幾天總覺得身子異常地乏，我只當是病了，昨天菱兒他爹請了大夫來，才知道是喜脈。」

「老大媳婦，妳趕緊到炕上躺著去，別太勞累了，這個時候可不能大意。」孟氏看了看沈氏，忙道：「老大也真是的，來的時候也不知道說一聲，還讓妳在這裡摘菜。」

「他是不好意思說。」沈氏笑了笑，放下手裡的活兒，扶著腰身站起來，心安理得地上了炕。

「老三媳婦，妳怎麼還沒有動靜？」喬氏看了看麥穗，意味深長地道：「我當初進門的時候，兩個月就有了身孕，妳這都大半年了吧？」

「這事順其自然就好，不著急。」麥穗淡然道。

其實她現在不是很渴望要有個孩子，眼下多賺點錢，闖出屬於自己的一條路，才是最要緊的。

喬氏見麥穗冷冷淡淡的樣子，自覺沒趣，訕訕地道：「敢情是咱們瞎操心了。」

「難道不是嗎？」麥穗不客氣地反問道。

孟氏還想說什麼，卻被蕭芸娘悄然拉了一把。「娘，您趕緊做魚去吧，爹和哥哥他們快回來了。」

孟氏這才點點頭，沒再吱聲。

晌午吃飯的時候，一家人圍了滿滿一炕。

沈氏有了身孕，蕭福田似乎格外高興，一個勁兒地拉著蕭貴田和蕭景田喝酒，嚷嚷著說要一醉方休。而蕭貴田和蕭景田也不推辭，兄弟三人你敬我、我敬你，竟然喝了足足一罈子的春風醉，氣氛很融洽。

吃完午飯後，大家便各自回家包餃子。

麥穗是新媳婦，按鄉俗，在婆家過的第一個年得跟公公、婆婆一起過，故而也就沒有另起鍋灶。

蕭景田難得沒有出去，穩穩當當地坐在炕上，幫著婆媳倆包餃子。

餃子餡是白菜豬肉餡，裡面還放了牡蠣肉，再配上些許新鮮蝦仁，香氣四溢。

「還是我三嫂會做飯，調的餃子餡也這麼香，娘從來不知道要在裡面放海鮮之類的，就只會加白菜和肉。」蕭芸娘問道：「三嫂，妳這手藝是誰教的啊？」

「妳忘了，我有本專門教人做飯的書，舉一反三地琢磨一下，就會了唄！」麥穗語氣輕鬆道。

哼哼，別的她也許不怎麼懂，但若說起做吃的，她還是很有心得的。

「瞧瞧，妳三嫂多聰慧，妳得好好跟著妳三嫂學一學。」蕭景田打趣道：「以後到了婆家，要是不會調餃子餡，還不讓人笑話？」

蕭芸娘搗嘴笑。

「就你嘴甜。」麥穗嬌嗔地看了蕭景田一眼。

蕭芸娘不想坐在炕上幹活，拿起擀麵杖就下了炕，站在炕前擀餃子皮。她見蕭景田包的餃子挺著一個小肚子，很是好看，便笑道：「娘，我三哥這些年真是沒白白出去闖蕩，竟然也學會了包餃子呢！」

「是啊，以前可是油瓶倒了也不會扶的人。」孟氏感嘆道：「看來妳三哥之前在外面吃了不少苦頭哪！」

想著、想著，孟氏心裡有些難過。若不是被生活所逼，他哪能學會這些？

「這沒什麼，做多了，也就會了。」蕭景田淡淡道：「以前我在外面的時候，過年總是大家一起動手包餃子，行伍裡人多，光靠廚子是包不完的，這一來二去的，不就學會了嗎？」

「三哥，給咱們講講你在外面的事唄！」蕭芸娘饒有興趣道。「自你回來後，還沒跟咱們說過你在外面闖蕩的事呢。」

「對了，景田，我聽你爹說，你是在銅州府當差的？」孟氏順著蕭芸娘的話問道。「銅州那邊氣候如何，是不是跟咱們這裡差不多？」

「銅州氣候多變，風沙漫天，哪裡能趕得上咱們這裡？」蕭景田把包好的餃子，放到案桌上，展顏道：「倒是跟銅州有一山之隔的楚國，卻是四季如春，冬暖夏涼，是個富饒之地呢。」

「那山是叫靈珠山吧？」麥穗問道。

「對，就是靈珠山。」蕭景田點點頭，衝著自家小娘子笑了笑，溫言道：「這靈珠山說起來也並非浪得虛名，靠咱們大周這一面的山頂上，的確有一顆渾然天成的巨大石珠，銅州當地人稱之為靈珠，說是有求必應。逢年過節，他們便會上山朝拜靈珠，很是熱鬧。」

「那一定很好玩，三哥你去拜過靈珠嗎？」蕭芸娘聽得津津有味。

「去過一次，而我去的那次，正是去年的今天。」蕭景田笑道：「當時並非特意去拜靈珠，而是想看看靈珠山背面的景色。當時銅州還下著雪，另一面卻是百花盛開，一派生機盎然的景象。」

「世上還有這麼神奇的山哪！」孟氏驚訝道：「你們說說，同一座山，怎麼氣候還不一樣呢？」

「那是因為靈珠山的山峰太高，把寒氣都擋在銅州這邊。」蕭景田解釋道：「氣候的不同，也造就了兩國人性情不同，銅州的百姓豪爽直率，楚國人陰柔，倒也應了一方水土養一方人的說法。」

麥穗點頭道「是」。

大楚有南楚、北楚之說，南楚人狡猾陰柔，大都擅長做生意；北楚人實在憨厚，都在家裡種地為生。可見蕭景田所說的楚人陰柔，指的是南楚人。

這時，大門響了一下，有腳步聲傳來。

蕭景田瞄了一眼窗外，臉上頓時笑意盡失，冷冷地繼續捏著手裡的餃子。

麥穗察覺到蕭景田眉眼間的冷淡，暗自思忖，難不成來的是他不喜歡的人？

「嬸娘，小女子不請自來，還望嬸娘不要見怪。」秦溧陽笑盈盈地推門進屋，她身後的丫鬟碧桃則大包小包地拿了不少禮品。

碧桃畢恭畢敬地上前行禮道：「給老夫人請安。」

「哎呀，使不得、使不得！」孟氏慌得連忙下炕，用力在身上擦擦手，才上前攙起碧桃，受寵若驚道：「勞郡主大駕，咱們怎麼敢當？」

麥穗見蕭景田沒動，便也跟著沒動，繼續包著手裡的餃子。

看不出來，這個溧陽郡主的臉皮還挺厚的。堂堂郡主，居然覬覦已有家室的男人，有意思嗎？

「嬸娘客氣了，我是想著今天是除夕，怎麼也應該過來給嬸娘拜年的。」秦溧陽一眨也不眨地盯著蕭景田，道：「三哥不會不歡迎小妹吧？」

「自然不會。」蕭景田淡淡地看了主僕二人一眼，面無表情道：「只是大過年的，郡主不回京城，留在這裡幹麼？」

碧桃解釋道：「回稟將軍，我家郡主從海戰後，身子一直不適，皇上特許郡主等身子好些了再回京城。郡主昨日才覺得身子有所好轉，便想著正逢過年，說什麼也要來給老夫人拜年才行。」

「多嘴。」秦溧陽訓斥道：「這裡哪有妳說話的分？」

碧桃忙低下頭，垂眸不語。

將軍？

孟氏和蕭芸娘面面相覷。

麥穗知道蕭景田的身分，因此並不感到奇怪。

氣氛有些冷場。

「郡主，快上來坐。」孟氏手忙腳亂地招呼道。

秦溧陽也不扭捏，竟然大大方方地上炕，挨著蕭景田坐下來。她悄然打量麥穗一眼，心裡酸酸的，原來這就是蕭景田喜歡的女子。

蕭景田放下手裡的餃子，抬頭對麥穗道：「我記得新房那邊還有好幾罐新炒的茶葉，妳去拿過來，讓郡主帶回去嚐嚐。」他這樣說，等於是在下逐客令了。

「好。」麥穗順從地穿鞋下炕，去新房取茶葉。

她對蕭景田的態度很滿意。

是男人就應該這樣，喜歡便喜歡，不喜歡就不喜歡，拖泥帶水的最麻煩。

「二哥，我明天就回京城了，一來給嬸娘拜個年，二來是跟二哥告辭的。」秦溧陽見蕭景田態度依舊冷淡，幽幽道：「我這一走，怕是不會再來禹州城了。」

「郡主珍重。」蕭景田淡然道。他又抬頭看了看碧桃，和顏悅色地說：「妳最是細心，務必要照顧好妳家主子。」

「奴婢遵命。」碧桃受寵若驚道。將軍向來待人冷淡，如今對自己說話這般溫和，讓她感到有些不可思議。

「碧桃姑娘茶藝了得，日後若是有幸去了京城，必前去討一杯茶喝。」蕭景田也不看秦溧陽，只是對著碧桃淺笑道：「到時候，碧桃姑娘不要嫌棄蕭某叨擾就好。」

「奴婢不敢。」碧桃愈加惶恐道。

秦溧陽見這個死丫頭竟然搶了自己的風頭，氣得簡直想撕了她，不悅道：「好了，妳退下吧！」

難不成二哥是看上了這個丫頭，才故意把媳婦支出去，為的就是想跟這個丫頭說幾句話？真是氣死人了！

「是。」碧桃委屈地退下去。

「二哥，你、你就沒有什麼話要對我說的嗎？」秦溧陽的眼圈紅起來，她那麼掏心掏肺地待他，怎麼就是得不到他半分喜愛呢？

那個農家女憑什麼做他的妻？還有那個死丫頭碧桃，憑什麼能博得他一笑？

蕭景田皺皺眉，沈默不語。

對於她，他的確無話可說。

「告辭。」秦溧陽頓感無地自容，扭頭跑了出去，正好碰到抱著幾罐茶葉回來的麥穗。她冷冷地看了麥穗一眼，從碧桃手裡猛然抓過韁繩，翻身上馬，揚長而去。

這茶葉是白取了吧！麥穗在心裡道。

孟氏從屋裡追到大門口，喊了一聲。「郡主，有空再來啊！」

回答她的，只是一片揚起的塵土。

「景田，你怎麼這麼對人家？人家只是來給我拜年的。」孟氏原本對秦溧陽的印象就不錯，見蕭景田壓根兒不搭理人家郡主，便埋怨道：「再怎麼著，人家也是帶著誠意來的，你這樣可不對啊！」

不是她貪圖人家那點禮物，而是人家堂堂郡主一張熱臉貼了冷屁股，連她在一旁都看不下去了。

「娘，您別說了，我的事情，自有分寸。」蕭景田臉一沈，穿鞋下炕，大踏步地出了門。

孟氏只是嘆氣。

待包完餃子，街上陸續響起鞭炮聲。

牛五和小六子手裡提著兩條魚，說笑著走進來。

每當逢年過節的時候，牛五一貫都會來蕭家蹭飯，今天除夕，他來也不稀奇，倒是小六子是頭一次來。

孟氏向來心善，見小六子也來了，也沒說什麼，熱情地招呼兩人上炕。

「嘿嘿，是、是三哥讓我來的。」小六子憨笑道。

牛五則在一旁悄聲跟麥穗說：「三嫂，龍叔收的那批魚乾，一直沒有出手，而是放在倉庫裡。」

「他還繼續讓人去南山頭那邊收貨嗎？」麥穗問道。

「他說繼續收。」牛五點頭道：「我聽負責去南山頭村收購的那個夥計說，南山頭的貨，是有多少、要多少的，龍叔主動提高價錢後，村人都願意把貨賣給他。這樣一來，官道上反而沒有在賣乾海貨的了。」

麥穗點點頭，沒再說什麼。

一家人連同牛五和小六子，熱熱鬧鬧地吃了餃子，放了鞭炮，換上新衣裳，高高興興地出去串門子了。

蕭家三代單傳，旁支只有啞巴大爺一家，能走動的親戚不多。倒是姜孟氏一家連同周邊一些小輩，紛紛上門拜年。

大家坐在一起說說笑笑的，倒也熱鬧。

秦湈陽回去後，越想越不是滋味。

她把碧桃喊過來，冷聲問道：「碧桃，妳說實話，我病著的那些日子，妳都對蕭景田做了些什麼？」

碧桃嚇得立馬跪在地上，驚恐道：「回稟郡主，奴婢什麼也沒有做啊！」

「好妳個膽大的奴婢，若是妳什麼都沒做，那我二哥為何對妳如此熱情，頻頻拉著妳問話，還誇妳茶煮得好，妳當我是傻子？還是妳自以為長得好看，就可以誘惑我二哥了？」秦湈陽怒氣沖沖道：「妳給我從實招來，若有半句虛言，休怪我不念妳我多年的主僕情分！」

「郡主息怒，事情不是郡主想的那樣，奴婢冤枉。」碧桃哭泣道：「奴婢知道郡主心儀蕭將軍，又怎麼敢對蕭將軍做出任何逾越之舉，奴婢冤枉啊！」

想到蕭景田那突如其來的熱情，她越想越覺得後背發涼，禁不住一陣寒顫。肯定是蕭景田察覺到什麼，才故意對她那麼熱情，他的用意其實很簡單，只是想借郡主的手來除掉她罷了。那個蕭景田，果然是好毒辣的手段！

她跟隨郡主來禹州城的前一天晚上，宮裡的一個小太監找到她，說是讓她找機會除掉蕭景田。當時她很害怕，覺得自己做不到，可是那人給了她一瓶藥，說只要乘機把這藥放到茶水裡，再讓蕭景田喝下，就算大功告成。還說若是她不答應，就要她弟弟的命。她死不足惜，可是她弟弟將來還有大好前程，所以她不敢不從。

「碧桃，妳以為我不忍心殺妳嗎？」秦溧陽順手抽出腰間的佩劍，指著她的胸口，怒道：「妳知道，我這個人最恨身邊的人背叛我，若今天妳不說出一個讓我信服的理由，我定不會饒過妳！」

「郡主，奴婢真的是冤枉，奴婢什麼也沒有做啊！」碧桃跪地求饒道：「奴婢願以死明志，但求郡主相信奴婢的清白，奴婢對將軍，是萬不敢有非分之想的。」

「碧桃，妳別忘了，我跟蕭景田有十年交情，我最瞭解他，我知道他這個人，是最不喜歡說廢話的，若是妳跟他沒什麼牽扯，他斷不會當著我的面如此待妳。」秦溧陽揚了揚手裡的劍，見碧桃不敢抬頭看她，心裡愈加相信自己的判斷，冷笑道：「在我看來，只有兩種可能，第一，妳勾引過他；第二，妳做了什麼對他不利的事情，他想要借我的手除掉妳。妳想好了再回答我，到底是哪一種？」

「郡主，奴婢真的冤枉。」碧桃小聲求饒道：「奴婢跟蕭將軍之間真的什麼都沒有發生過。」

「碧桃，我知道妳有個弟弟在宮裡當差。」秦溧陽用劍尖輕輕挑著她的衣領，意味深長地看著她，一字一頓道：「要不要我把他帶到妳面前，然後讓他親自問妳？」

「郡主饒命！」碧桃再也頂不住了，一把鼻涕一把淚地說出緣由。說完之後，還連連磕頭道：「求郡主放過奴婢的弟弟，他什麼都不知道啊！」

她跟隨郡主多年，深知郡主的性子，她要動手殺人，那是連眼皮都不會眨一下的。

「妳可看清楚了，那個小太監真的是皇上身邊的人？」秦溧陽聞言，臉色鐵青道：「是那個小太監親自給妳藥的？」

「的確是的，他說、他說他是皇上的人，還給我看了權杖。」碧桃泣道：「奴婢要不是受人要脅，就是借給奴婢一百個膽子，奴婢也不敢加害將軍的。求郡主賜死碧桃，保全奴婢弟弟，奴婢家裡就弟弟一根獨苗，求郡主不要遷怒於奴婢的弟弟……」

「這麼大的事情，妳為什麼不告訴我？」秦溧陽氣急敗壞道：「我自認待妳不薄，如此重大的事，妳卻瞞著我。我告訴妳，這也就是蕭景田沒事，若是蕭景田真的中了妳下的毒，妳和妳弟弟，一個都別想活命！」

「郡主饒命！」碧桃嚇得只是不停哭。「奴婢並非有意要隱瞞郡主，而是實在不敢說出口啊！」

「好了，妳下去吧，大過年的，我也不想手上沾了誰的血，我要一個人待一會兒。」秦溧陽起身走到窗前，推開窗子，望著漫天燦爛的煙花。

想到她跟蕭景田這十年來的種種交集，她最終頹廢地跌坐在椅子上，久久沒有動……

第五十五章　蕭將軍的自信

過完年以後，麥穗便開始琢磨她的魚罐頭。

如今鮮魚市場都操控在龍霸天手上，乾海貨的部分，徐家則是老大，兩家都財大氣粗，且在當地根深柢固，她沒本事跟他們抗衡。

想了半天，她覺得唯有魚罐頭可以一試。

無論是龍霸天的鮮魚還是徐家的魚乾，賣的都是生魚。而她做的卻是煮熟的、隨時隨地都能吃的魚。

想想就很有挑戰性。

在現代超市裡賣的魚罐頭，大都是用玻璃瓶或密封鐵盒裝的，可無論是玻璃還是密封鐵盒，在這裡都沒有。想來想去，她還是覺得得用泥罐來裝比較好。

麥穗把想法告訴無所不能的蕭大叔。可惜蕭大叔口頭上表示支持，便沒有下文了。

其實這也怪不得他，這幾天潮水好，千崖島附近出現了一大批魚，村人瘋了一樣地前去撈魚，作為最先發現魚群的帶頭人，蕭景田自然也顧不上跟她討論她的魚罐頭。

麥穗知道，蕭景田把她的魚罐頭看成她閒暇時的消遣而已，並沒有真的指望她掙錢。在他眼裡，女人就該是待在家裡繡花、做飯、看孩子的，掙錢是男人的事。

甚至，連孟氏也感到奇怪。

明明她兒子這麼能幹顧家，怎麼媳婦還成天進進出出地在做那什麼魚罐頭，一心就想著要賺錢呢？難道生孩子不是首當其衝的大事？

但她又不好經常催問，只得由著媳婦折騰。

老宅地方小，麥穗就在新房裡研究她的魚罐頭。

新房那邊已經完全收拾好了，就等著在木匠鋪訂製的那套家具完工。等家具擺好後，就能搬進新房住了。

麥穗專門去鎮上訂製了一口平底鍋，好用來煎魚，做罐頭用的魚，得提前煎好才行。

她決定先做十瓶魚罐頭試驗一下。

巴掌大的小黃花魚，先去頭、去尾、去內臟，洗乾淨後再用鹽和蔥、薑、蒜等辛香料醃一會兒。接著在平底鍋裡放少許油，鍋熱後，就把魚放進去，將兩面都煎成金黃色，再用筷子挾到泥罐裡。

她數了數，每個泥罐差不多能放十條魚左右。

然後再把調製好的湯料放進去，用蒲草封口，纏住，最後放到鍋裡蒸，這一步驟是為了高溫消毒。

約莫蒸個兩盞茶工夫，魚罐頭就能出鍋了。

麥穗喜孜孜地拿到老宅那邊，讓婆婆和小姑子嚐嚐。

蕭景田出海還沒有回來，要不然，她肯定會第一個纏著他，讓他給自己當評委的。

「三嫂，這魚真好吃，妳怎麼做的啊？」蕭芸娘嚐了嚐，大呼小叫道：「快教教我，我也要學著做。」

「不告訴妳。」麥穗神秘道。

「味道還不錯。」孟氏見泥罐裡的魚，味道鮮美不說，顏色也很好看，其中配著的佐料倒也齊全。但聽說麥穗想拿出去賣，她又很擔憂地道：「眼看天氣會越來越熱，這魚能禁得住久放嗎？」

再說，這會有人買嗎？誰會買這種已經煮熟的魚？反正她沒見過。

「娘，您放心，現在就是考慮味道行不行，至於怎麼存放，我自有辦法。」麥穗胸有成竹道。「我看您上次還醃了一罐鮮蝦醬，放了這麼長時間，不是也沒壞嘛！」

「蝦醬是蝦醬，能跟這個一樣嗎？」孟氏憂心道：「那蝦醬是生的，又是放了鹽醃漬的，妳這個可是熟的，又不是很鹹，若是賣不動，放壞了可怎麼辦？」

媳婦到底太年輕，做事容易衝動，她這個當婆婆的不能坐視不管，畢竟她兒子掙錢也不容易。

「三嫂，妳又做什麼好吃的了？我在家裡就聞見香味了。」牛五笑嘻嘻地走進來，看見泥罐裡還冒著熱氣的魚，眼前一亮，忙順手拽了一尾魚，放在嘴裡嚼了嚼，讚道：「三嫂，這肯定是妳想讓我三哥帶到船上去吃的，是不是？這也太好吃了！只是怎麼放泥罐裡了？」

「這是三嫂做的魚罐頭，三嫂想拿出去賣呢！」蕭芸娘說道。

「拿出去賣啊……」牛五愣了一下，本能道：「不會餿掉嗎？」

「妳看，連牛五都懷疑呢。」孟氏勸道：「媳婦，娘看妳還是不要折騰了，做這魚罐頭，還不如曬點小魚乾拿去牧場賣。」

麥穗很沮喪。

她做什麼婆婆都要阻止，真是夠了！

魚罐頭的原材料好解決，自己家門口就有片海，而且蕭景田還是個出海捕魚的。泥罐的取得也不難，姜孟氏她那個兄弟做的罐子就不錯，以後用他家的罐子就好。

關鍵問題就是銷路。在哪裡賣才好呢？

京城太遠，暫時不考慮。

她知道能賣的地方，就是鎮上、千崖島或在南山頭村後面的那條官道。

想來想去，她還是決定先少做一點，去千崖島大集試賣看看。

畢竟那裡來來往往的船隻很多，把魚罐頭帶到船上吃或帶回家給家人嚐嚐，都是不錯的選擇。

麥穗越想越興奮。

蕭景田見他的小娘子，很認真地提出要他去給她撈幾網小黃魚回來的時候，才終於意識到她並非是閒來無聊找事情解悶，而是正兒八經地想要做生意，便也鄭重地提出心中的疑問。「妳這個想法固然不錯，但是問題來了，妳怎能保證這泥罐裡的魚可以長久存放而不變質？」

「這個問題我早已經想到了！」麥穗認真道：「先用蒲草封住瓶口，然後放在鍋裡蒸，這樣一來肯定能存放得久一些。」

「可是過了年，現在天氣只會越來越熱，又該怎麼辦？」蕭景田抬手揉了揉她的頭髮，笑道：「萬一放到壞了呢？」

麥穗心裡一陣沮喪，又見蕭景田只是問她，卻沒說他也沒辦法，便撒嬌地伏在他膝上道：「那你給我想個辦法嘛！」

「辦法倒是有一個。」蕭景田沈思片刻，抬手摩挲著她軟軟的頭髮，道：「銅州靈珠山南坡的楚國境內，有一種鳳頭草，只要把它的葉子用水泡開，然後把泥罐放進泡過葉子的水裡兩、三個時辰，用這樣的泥罐儲存食物，即便是夏天，也可保半年無憂。」

這鳳頭草的功用，還是他五年前無意間知道的。

五年前，他閒來無事去靈珠山打獵，射中一隻山鷹，恰恰掉在南坡一個水窪裡。本來是讓侍衛去撿的，可是當時聽到號角聲響起，他便帶著侍衛匆匆地下山。

半個月後，侍衛路過那個水窪，意外發現那隻山鷹還在水窪裡掙扎，便順手把那隻山鷹撿回來。當時蕭景田覺得這隻山鷹甚是命大，受了傷居然還能活這麼久，便下令讓軍醫醫好牠，然後放飛了。

當地人說，那水窪裡長的是鳳頭草，對治療傷口有奇效，故而那山鷹才能活下來。又說鳳頭草還有一大功能，就是它的葉子發出的氣味，能保存食物長久不腐。

現在他的小娘子要做魚罐頭，他不禁想起靈珠山上的鳳頭草。

「鳳頭草真的這麼神奇？那太好了！」麥穗眼前一亮，繼而又嘆道：「只是銅州那麼遠，那鳳頭草還在楚國境內，咱們該怎麼弄到手呢？」

「妳放心，這事交給我就行。」蕭景田拍拍她的肩頭，溫言道：「最多一個月我便會派人取回鳳頭草，妳且等著就是。」

「派人？」麥穗疑惑地問道。

難道蕭景田手底下還有人可以使喚嗎？

「這個妳就別問了，說實話，我還沒有想好具體該怎麼做。」蕭景田自知失言，笑著岔開話題道：「對了，忘了告訴妳，林大有的事情查清楚了，他確實在京城開了家鋪子，也早已娶妻生子。去年他的外甥莊青山還曾經去京城看過他，岳母也該替自己打算了。」

「原來莊家早就知道林大有的下落。」麥穗越想越生氣，不悅道：「他們家這不是明擺著欺負人嘛！」

敢情一家子都知道，單單瞞著她娘一個人！

「這件事林家做得確實不地道。」蕭景田道。「此事妳覺得應該怎麼辦？」

「我娘對林大有並沒有什麼感情，他如今娶妻生子，想必我娘也不會放在心上。」麥穗多少瞭解吳氏一些，道：「既然林家有意隱瞞，那個林大有應該是不想回來面對我娘，所以我想現在莊家肯定巴不得我娘走。至於我娘之後何去何從，等我跟我娘商量一下再說，若是她同意到咱們家來住，咱們就把她接過來一起住，相互之間也有個照應，你覺得怎麼樣？」

「我沒意見。」蕭景田淡淡道：「妳們商量著辦，只要岳母願意，怎麼都行。」

「好，那我明天去一趟山梁村，把這件事告訴我娘，看她想怎麼樣吧。」麥穗嘆道。

果然，吳氏得知此事既不生氣也不激動，只是淡然道：「穗兒，娘的事情娘自有主意，無須妳操心，既然莊家要瞞著我，那就瞞著好了，我也裝作不知道，大家就這麼過吧，等哪一天過不下去再說吧！」

「可是娘，您如今才三十多歲，得好好替自己打算一下啊！」麥穗晃著吳氏的手道：「我和景田都希望您可以搬到咱們那裡住。妳就離開這個山梁村，別在這裡受罪了，好不好？」或者她娘有心再嫁，那也是完全沒問題的。

「穗兒，娘知道妳的心思，可是娘在這裡住習慣了，哪裡都不想去。」吳氏笑道：「我這個人最戀舊，若是真的去了妳那裡，反而吃不好、睡不寧的。再說，自從上次海戰後，我這兩個叔父都跟變了一個人似的，再也不去徐家老宅那邊混日子了，而是幫著我種田幹活。後來他們聽說咱們這裡要成立衛所，還說要去衛所當差呢！」

麥穗見吳氏是真的不想離開這裡，只好作罷。

于記飯館，後院。

「你說謝嚴要見我？」蕭景田問道：「是有什麼事嗎？」

「自然是我讓他去打聽的事情，已有了結果。」于掌櫃望了望窗外，低聲道：「今天一大早，就有人過來報信，說是謝宗主有要事相告。我尋思著肯定是你的事情有了著落，這不，馬上就把你叫過來了。對了，沒耽誤你出海吧？」

「那倒沒有，碰巧我也有事找他。」蕭景田笑道：「我跟他也算是有默契吧！」

于掌櫃哈哈大笑。

這時，一個小廝引著謝嚴走進來。

見了蕭景田，謝嚴忙上前抱拳行禮道：「屬下見過將軍。」

「宗主快快請坐。」于掌櫃笑著還禮道。

蕭景田也抱拳還禮，往裡挪了挪身子，示意他坐下，還親自給他倒茶。

謝嚴受寵若驚，撩袍坐下。

待小廝退下後，謝嚴才肅容道：「啟稟將軍，軟骨散並非皇上授意，而是曹太后所為，她一直懷疑成王會在宮外跟將軍聯手對付皇上，所以便想神不知鬼不覺地置將軍於死地。」

「原來如此。」蕭景田苦笑，緩緩道：「太后跟皇上果然是母子情深，我這都還沒有做什麼，她就率先防患未然了。」

「景田，曹太后出身將門世家，耳目遍布朝野，且手段陰狠毒辣，後宮不知道多少妃嬪和皇嗣都死在她手裡，就連前朝一些忠臣良將，也不能倖免於難。」于掌櫃同情道：「如今你被她盯上，她豈會善罷甘休？」

「將軍，屬下會安排人確保將軍的安全。」謝嚴信誓旦旦道。「只要將軍不嫌棄，屬下願效犬馬之勞。」

「我不需要誰來保護我。」蕭景田望著茶碗裡起起伏伏的茶葉，肅容道：「你們放心，事情還沒有你們想像的那麼糟糕，曹太后手段雖然毒辣了些，但她又最多疑善變，要是我剛剛解甲歸田，就這麼無聲無息地枉死家中，難免會惹人非議，說不定我昔日一些屬下還會替我尋仇，這也是她不敢明著對我動手的原因。」

這些年，他沒攢下金、沒攢下銀，倒是積攢了些許的至交好友，就衝著他身後這些盤根錯節的人脈，他料定曹太后不敢明目張膽地對他下手。

「景田，就算你分析得對，可暗中動手也是動手啊！」于掌櫃急切道：「如今曹太后一手遮天，連皇上都蒙在鼓裡，就算你真的被人害死，皇上也絕對不會想到是太后所為。」

曹太后就像是頭頂上懸著的一把刀，說不定什麼時候就會落下來。

「將軍，于掌櫃說得對，我鐵血盟誓死保衛將軍安全，絕不敢大意。」謝嚴忙道：「將軍有所不知，原本皇上還念及我鐵血盟當初的從龍之功，一直不曾虧待咱們，可太后卻三番兩次勸說皇上解散鐵血盟，說作為帝王不應該過於親近一個江湖幫派，免得失了體面。皇上礙於太后的面子，明令咱們退至京城以外待命，無詔不得入宮，兄弟們個個群情激憤，說太后這是過河拆橋。如今咱們鐵血盟就好比無家可歸的孤兒，空有一腔熱血卻報國無門，終日裡為了生計，只能給人四處押鏢幹活。謝某每每想來，就覺得對不起兄弟們。」

「這個你放心，最近禹州城正打算組建衛所，等朝廷的旨意下來，我會想辦法讓你們去衛所當差。」蕭景田看了看謝嚴，又道：「此事下個月就會有消息，你先回去安撫兄弟們，切不可出什麼亂子。」

「屬下謹遵將軍命令。」謝嚴眼前一亮。

「另外還有一件私事，我想請你幫一下忙。」蕭景田沈聲道：「你替我去一趟銅州靈珠山那邊，給我帶一些鳳頭草回來，能帶多少就帶多少，我有急用。」

「是，將軍放心，屬下回去就安排人前往銅州，半個月內，定會為將軍取回鳳頭草。」

謝嚴忙道。

「最好能連根帶回來一些，我也有需要。」于掌櫃忙道：「有了這鳳頭草，我的魚塘裡就可以多放些魚了，萬一哪天景大將軍不出海，我這飯館也能繼續開下去。」

一番話說得幾人笑起來，原本凝重的氣氛稍稍緩和了些。

待謝嚴走後，于掌櫃又問蕭景田。「你替這個打算，替那個打算，就真的不想為自己打算一下嗎？」

「謝嚴來的時候，我就打算過了。」蕭景田站在窗前，負手而立地看著窗外，沈聲道：「保護自己最好的辦法，就是讓自己強大起來，然後除掉想要除掉你的人。」

「景田，你的意思是？」于掌櫃聞言，嚇了一大跳，忙上前低聲道：「你是想回歸朝廷？」

「你錯了，我若是想上戰場，那還回魚嘴村幹麼？」蕭景田伸手拍拍他的肩膀，大踏步走出去。

于掌櫃一頭霧水。他到底是啥意思啊！

第五十六章　將計就計

千崖島大集這一天，讓麥穗驚掉下巴的是，龍霸天把從南山頭村收購來的乾海貨，全都照進價在大集上賣。

兩、三個小夥計站在龍霸天的攤位前，賣力地吆喝著。「便宜了、便宜了，質優價廉的南山頭魚乾、乾蝦，五文一斤啦！」

很快地攤位上便圍過去一群人，紛紛上前詢問價格。一聽只要五文錢，大都毫不猶豫地掏錢購買。

「真搞不懂他們為什麼要這麼做，難道就只是為了對付咱們？」見龍霸天那攤位前熙熙攘攘的人群，麥穗真的不理解。

反正這種殺敵一千、自損八百的事，她是不會做的。

「肯定是的，這點小錢，龍霸天還沒放在眼裡。」蕭景田笑了笑，朝小六子招招手，悄然道：「小六子，你去跟他們說，他們的貨，咱們全包了。」

他就不信龍霸天還會把他的真實意圖告訴他手下的人，說他就是衝著他蕭景田來的。

「三哥，咱們是來賣貨的，不是來買貨的啊！」小六子不解。

若是把錢都花完了，豈不是不能去酒樓吃飯了嗎？上次的燒雞真的很好吃，他還想再吃一次，這次他想吃兩隻！

「讓你去就去，廢話真多。」蕭景田抬手彈了他腦門一下，從懷裡掏出錢袋，遞給他。「多給他們幾個賞錢，讓他們把貨拉到這邊來。」

小六子不動，扭頭看著麥穗。

「去吧！」麥穗立刻會意，忍著笑，一本正經地道：「聽你三哥的，沒錯的。」

龍霸天的用意再明顯不過，不就是故意壓低價錢，想要讓他們在這千崖島做不成生意罷了。

蕭景田索性來個將計就計，買下他的貨，然後跟自家的魚罐頭一搭配，照樣賣。

蕭大叔一直說自己不會做生意，可如今看來，蕭大叔真是謙虛了。若論腹黑，這大集上，誰能比得上蕭大叔哪！

小六子見兩口子都這麼說，確認自己沒有會錯意，便提著錢袋，扒拉開人群，找到看起來像領頭的那個人，說明來意。

領頭的那人一聽有人要買下全部的貨，很是高興，忙讓手下人清點一下貨物，算了價錢。

小六子按照蕭景田的吩咐，多給了他們一些賞錢，讓他們把貨送到蕭景田和麥穗的攤位上。

那些人想不到這批貨會賣得如此順利，送完貨之後，都興奮地吹著口哨，揚長而去。

看著成堆的乾貨，麥穗哭笑不得，若是龍霸天知道他費心費力收來的海貨，全讓他們買過來，說不定會氣瘋呢！

「既然他們之前賣五文，那咱們現在賣十文，倒手賺一倍就行。」蕭景田輕咳道：「若是賺多了，我怕龍霸天會氣壞身子，做人得厚道。」

麥穗差點笑哭了，蕭大叔好幽默喔！

不到晌午，魚罐頭沒賣幾瓶，那堆乾貨倒是全都賣光了，竟然也讓他們賺了二十多兩銀子。

欣喜之餘，麥穗又有些擔憂。

剛才蕭景田大量收購龍叔的乾海貨，痛快是痛快，只是如果龍霸天因此惱羞成怒，再更加瘋狂地報復他們，那該怎麼辦？

畢竟做生意是講究和氣生財的，若是有人處處跟你作對添堵，那多彆扭。

她見蕭景田依然一副雲淡風輕的樣子，便忍不住把心裡的疑慮說給他聽。

不想，蕭景田卻仍是神色平淡地道：「他原本就是在賣貨，咱們也是拿了銀子在買，妳擔心什麼？」

「別忘了，他之所以平進平出，是因為之前你揍了他那個外甥的事。如今他偷雞不著蝕把米，被咱們擺了這麼一道，按龍叔的性子，豈能善罷甘休？」麥穗嘆道：「若是以後他再處處為難咱們，那咱們還不得時時提防著他？」

「妳放心，一切有我。」蕭景田不以為意道：「兵來將擋、水來土掩，咱們無須看任何人的臉色過日子。記住，像龍叔這樣的強硬角色，一味妥協根本解決不了問題，唯一的辦法就是硬碰硬。」

「你該不會是又要用拳頭解決問題吧？」麥穗無奈地看了他一眼，笑道：「有時候拳頭是解決不了問題的。」

「但卻是最快速且有效的解決辦法。」蕭景田伸手揉了揉她的頭髮，淺笑道：「這些妳不用操心了，妳想怎麼做就怎麼做，其他事情交給我就好。」

「好，聽你的。」麥穗聽他這麼說，心裡也跟著輕鬆起來。是呢，有蕭大叔在，她還怕什麼呢？

小六子心無城府，對兩口子說的話沒怎麼在意，只是不停嚷嚷著要去明月居吃炸醬麵。小倆口只得依他。

吃完飯，三人又在附近逛了逛，才坐船回家。

海上風平浪靜，沒有一絲風，偶爾有海鳥從船邊悠閒掠過。

剛出了千崖島碼頭，就看見有好多船井然有序地在海面上排成兩隊，船上的人聲勢震天地喊著口號，似乎是在操練海上作戰之類的。

「三哥，咱們過去看看吧！」小六子很好奇。

「咱們走咱們的，不必理會。」蕭景田扭頭看了一眼那些船隊，皺眉道：「他們不過是在操練，有什麼好看的。」

待到了近處，麥穗才發現那些船竟然全用鐵鏈子拴著，牢牢地固定在一起，然後船上的人都拿著長矛相互演練。

此情此景，讓她瞬間想起火燒赤壁那場戰役，難道在這個時空裡，竟然也有人想到要把船拴在一起打仗？若是對方用火攻，他們豈不是得全軍覆沒？

「三哥，那些人的船怎麼還拴在一起呢？」小六子好奇地問道：「是為了打仗的時候更加平穩嗎？」

「看樣子是的。」蕭景田的語氣甚是冷淡。

這些船一看就是總兵府的船，也不知道是哪個蠢貨在領著士兵操練，殊不知，海上作戰最忌諱把船鏈在一起。

「這些人好聰明啊，竟然想到把船鏈在一起操練，如此一來，就像在平地上打仗一樣了。」小六子饒有興趣地看了一會兒，又湊到蕭景田面前，討好道：「三哥，聽說你跟總兵府的趙將軍有些交情，你能不能出面跟趙將軍說一聲，讓我也去總兵府謀個差事。」

「怎麼？不想跟我出海了？」蕭景田頗為驚訝。

「那倒不是。」小六子撓頭道：「只是我平日裡一個人過日子，太寂寞，不如去人多的地方來得熱鬧。反正我沒有什麼拖累，一人吃飽，全家不餓，有口飯吃就行。」

「如果遇到戰事，你不怕嗎？」蕭景田打量一眼這個跟了他好幾個月的半大孩子，這孩子其實挺聰明，人也善良，若是稍加歷練，說不定會有出息。

「不怕。」小六子拍拍胸脯道：「男子漢大丈夫，怕什麼戰事？再說他們日夜操練，本來就是為了保家衛國，我怕啥？」

「好。」蕭景田抬手拍拍他的肩頭，和顏悅色道：「再給你一晚上的時間考慮，若是明天你還想去，我就送你去總兵府。」

「謝謝三哥！」小六子樂得差點沒蹦起來。

船剛進碼頭，就見趙庸在碼頭上來來回回地徘徊，一見到蕭景田，他快步上前揮手道：「蕭將軍，你總算回來了。」

「將軍？」小六子一頭霧水地看著蕭景田。「三哥，他是在喊你嗎？」

「你們先回去。」蕭景田沒有回答他，伸手小心翼翼地扶著麥穗下船。

「晚上要不要準備一些酒菜？」麥穗悄聲問道。

雖然他們剛吃了飯，但現在已經下午，再過半個時辰，就該吃晚飯了。

「不用，妳回去好好休息，我很快就將他打發走了。」蕭景田捏捏她的手，才大踏步地到了趙庸面前，朝他抱了抱拳，笑道：「趙將軍，別來無恙。不知將軍在此，所為何事？」

「三嫂，他剛剛為什麼喊我三哥作將軍呢？」小六子不依不饒地問道。

「大概是你三哥以前做過將軍吧！」麥穗認真道。

小六子只是嘿嘿地笑。他才不信呢！

「蕭將軍，在下有要事相求。」趙庸一反之前的慵懶散漫，肅容道：「此次咱們沿海一帶組建海事衛所，在下懇求將軍再次出山，由你我二人共同守護這片海域的安寧，造福百姓，效力朝廷。」

「趙將軍言重了，如今你有巡撫王大人相助，組建海事衛所並不是什麼難事。」蕭景田淡然道：「我既然已經解甲歸田，就不會輕易回歸，但若是將軍有什麼需要蕭某的地方，蕭某還是會鼎力相助的。」

王顯巡撫沿海三州也不是一日、兩日了，有他在，組建衛所應該不是難事。

這些事情他不想參與。

「不瞞將軍，此次在下前來，正是受王大人所託。」趙庸嘆了一聲，道：「王大人已經奉旨回京，他早年膝蓋受了風寒，受不得這海邊的濕氣。上次海戰，許是在船上待得太久，回去後，病情竟然突然加劇，已然不能下床。王大人無奈之下，只好遞了摺子請求回京，得到准許後，昨晚就動身回京了。」

在他的想法中，蕭景田肯定是受了同僚排擠，才會憤然解甲歸田。可如今在禹州城就不同了，禹州城到京城走海路需要七、八日的路程，走旱路則需要半個月，加上這裡也不是富饒之鄉，朝中大將大都不願意前來任職，他們更喜歡四季如春、炊金饌玉的南方州府。

像蕭景田這樣上馬能戰、上船也能戰的將領，大周恐怕再也找不出第二個。當年景大將軍的威名可不是傳著玩的，就連現在銅州軍隊用的旗帆，也還是景大將軍的名號。

聽說邊境那些殘兵見了帶著「景」字的旗幟，依然是聞風而逃，不戰自敗。

朝中上下對蕭景田一直是敬重有加，聽說為了蕭景田解甲歸田一事，朝中幾個元老至今仍吵得不可開交。

這些年來，他雖然過著醉生夢死的日子，卻也知道兔死狗烹的殘酷。可如今這一帶海路不寧、內憂外患，皇上不會不答應重新起用蕭景田的。

「將軍需要我做什麼？」蕭景田問道。

「組建衛所，操練海上巡防營。」趙庸鄭重地道。

「可以。」蕭景田不假思索道。「只是我有兩個條件，一是讓我做你的副將，不入總兵府的編制，功過均無須上報朝廷。二是組建衛所，操練海上巡防營，一切聽你我二人號令，外人不得干涉。」

過去付出的代價太大，他實在不想重蹈覆轍。但若只是為沿海一帶出一把力，他還是義不容辭的，這不僅是將軍的職責，更是作為一個男人的責任。

「只要將軍肯幫忙，別說兩個條件，就是一百個條件，在下也答應。」趙庸眼前一亮，忙道：「將軍放心，朝廷那邊由我出面交涉，您只管安心組建衛所就成。」他就知道領兵之人比文官爽快得多。

「好，那就這麼定了。」蕭景田嘴角扯了扯，抬手指著遠處的戰船，問道：「是誰在那裡領兵操練？怎麼還把戰船給拴起來了。」

「他是蘇侯爺的姪子蘇錚，以前在御林軍當過差，蘇侯爺聽說咱們這一帶要組建海事衛所，特派他前來歷練。蘇錚來的時候帶了一眾親兵，因從未下過水，故而才把戰船拴在一起操練。」趙庸望著波濤翻滾的海面，搖頭道：「此人是世家子弟，又建功心切，個性甚是張揚不說，連我也不放在眼裡，不是個好相處的人。」

但看在蘇侯爺的分上，他又不好真的與蘇錚翻臉。

他雖然是當今皇上的大舅子，但在京城那些老狐狸面前，也不敢囂張，萬一他們再給他亂扣一些莫須有的罪名，就夠他受的了。

故而對這個蘇錚的所作所為，他也是睜一隻眼、閉一隻眼，只盼著衛所早點組建起來，趕緊把這個瘟神給送走。

「告訴他，海戰最忌船隻相連，他練了也是白練。」蕭景田沈吟道：「我知道皇上手裡有個江湖幫派鐵血盟，盟裡的兄弟個個身手不凡、能征善戰，只可惜鐵血盟被朝廷所忌憚，一直沒怎麼派上用場。只要你此時向皇上討要這個鐵血盟，用來編制衛所，我想皇上肯定會同意的，如此一來，鐵血盟也會感激將軍的引薦之恩，成為將軍的心腹之兵。」

「多謝景大將軍提醒。」趙庸心裡一喜，忙道：「在下也聽說過鐵血盟的名號，過去曾經動過這個念頭，只是覺得鐵血盟是皇上的左膀右臂，皇上未必肯給。但如果真的是被朝廷忌憚而一直無法得到重用，那事情就容易得多了。景大將軍放心，在下這就回去給皇上遞摺子，請求皇上把鐵血盟賜給總兵府。」

龍霸天得知他那些貨都被蕭景田如數買去，氣得拍著桌子大罵道：「你們這些蠢貨，我讓你們去千崖島低價賣那些海貨，就是想排擠蕭景田，讓他在千崖島大集上做不成生意。可你們倒好，竟然蠢到把貨賣給他，你們都是傻子嗎？」

「龍叔息怒，當時去買貨的人是個半大的孩子，小的們以為他是哪家船上的孩子，故而也沒有太在意。」為首那年輕人嚇得大氣也不敢出一聲，戰戰兢兢道：「若是小人知道是蕭景田買的，就算打死小人，小人也不敢賣的。」

「你們給我聽好，以後再去千崖島賣貨，不管是誰，只能買一斤，多了不准賣。我就不信，蕭景田還能找多少人去幫忙買。」龍霸天氣急敗壞道：「蕭景田真是欺人太甚，氣死我了！」

他在地上來來回回轉了兩圈，越想越生氣，高聲喊道：「管家！管家呢？」

「老爺，小人在。」管家忙從身後走出來，一臉恭敬地垂手而立。

「把蕭家老大、老二給我攆了，告訴他們，就說他們兄弟得罪我了，讓他們滾蛋！」龍霸天咬牙切齒道：「從此我跟蕭家勢不兩立。」

「是，小人這就去辦。」管家一溜煙地跑了。

——未完，待續，請看文創風621《將軍別鬧》3

2018年3月出版

丫頭有福了

文創風 615～618

穿越也是門技術活！誰教她運不好，穿成一個喪母的小丫頭，
為了救治生病又沒謀生能力的父親，她也只好咬牙賣身去當丫鬟；
誰知自己會讀書識字的優點，當了丫鬟卻變成天大的缺點……

奴比主大 不服來愛／秋鯉

穿來這異世，卻成了喪母的小丫頭，還得養活百無一用又生病的書生爹爹，
也只能隨遇而安，找個人牙子把自己賣了，改去當丫鬟賺錢救父！
她秉持原則，既然來了將軍府、被九爺挑去當差，盡心做事就是了，
只是九少爺簡直是將軍府小霸王，發起脾氣連將軍跟夫人也要逃之夭夭；
偏她是書房唯一的丫鬟，主子不開心，倒楣的都是底下的她──

一夜歡

花花世界，霓虹燈下，
男人為歡而愛，女人為愛而歡，
當黎明來臨，激情褪散，
這一夜是偶然擦撞的火花，
抑或將點燃出恆久的光芒？

江山如畫　不及美人／半卷青箋

2018年2月出版

瑾有獨鍾

花有謝期，但她回眸一笑的身影卻烙在他心底。
再見惦念一世的女人，怎能放手？

文創風 611 **1**

身為皇族，陸無硯明白，捍衛大遼乃天生使命，
但帝王孤獨，前世收服四邦，卻讓他失去摯愛，心碎而亡。
幸虧神垂憐，再睜眼時，讓他回到與方瑾枝初識那年——
江山似畫，哪及她聲聲喚他三哥哥的模樣？
有緣無分的痛，經歷一次足矣。
這次，換他守護她，至死方休！

文創風 612 **2**

他是她心中最重要的人，因他歡喜，陪他苦惱。
她決定做他的妻，有陸無硯的地方，才是她的家，
誓言只有一句——生不能同時，死必同期！
剛許下相伴相隨、不離不棄的承諾，卻意外發現——
原來一切阻礙及殺戮，皆因她的驚天身世而起；
原來情有獨鍾是對彼此的懲罰，她是否應該為他放手……

文創風 613 **3**

歷經兩世風雨，陸無硯深覺幸福不易，只想牽著妻子一起走，
如今她懷著小無硯，怎能不恪盡夫責，給他們平安的天下？
依據前世記憶，大遼與四邦交戰在即，他運籌帷幄，唯願功成，
孰料一場宮宴卻讓愛妻踢翻醋桶，讓他好生無奈。
征戰四方他無懼，怕的卻是她的傷心和委屈，
唉，她的夫君，只有她能保護，唯有她能欺負啊……

文創風 614 **4** 完

遇見陸無硯，方瑾枝才知曉，原來有一種感情，叫生死相依。
她習慣棲息在他的羽翼下，卻非嬌養的姑娘，
一擲千金、散盡家財只為養兵，陪他守護這片國土。
大遼關鍵之戰逼至眼前，她知他肩負皇室使命，勢在必行，
好吧，與其牽腸掛肚，不如和他共赴生死！
有道是夫君有難，妻子同當嘛～～

巾幗本色，萬夫莫敵／鴻映雪

文創風 620

將軍別鬧 2

國家圖書館出版品預行編目資料

將軍別鬧 / 果九著. --
初版. -- 臺北市 : 狗屋, 2018.03-
冊 ; 公分. --（文創風）
ISBN 978-986-328-845-9（第2冊 : 平裝）. --

857.7 107000509

著作者	果九
編輯	江馥君
校對	黃薇霓　黃亭蓁
發行所	狗屋出版社有限公司
地址	台北市104中山區龍江路71巷15號1樓
電話	02-2776-5889～0
發行字號	局版台業字845號
法律顧問	蕭雄淋律師
總經銷	知遠文化事業有限公司
電話	02-2664-8800
初版	2018年3月
國際書碼	ISBN-13　978-986-328-845-9

本著作物由阿里巴巴文學信息技術有限公司授權出版

定價250元

狗屋劃撥帳號：19001626

網址：love.doghouse.com.tw　E-mail：love@doghouse.com.tw